레전드급
전생자

레전드급 전생자 8

홍성은 퓨전 판타지 소설

초판 1쇄 찍은 날 § 2021년 8월 19일
초판 1쇄 펴낸 날 § 2021년 8월 26일

지은이 § 홍성은
펴낸이 § 서경석

총괄팀장 § 노종아
편집책임 § 이민지
디자인 § 스튜디오 이너스

펴낸곳 § 도서출판 청어람
등록번호 § 제387-1999-000006호
등록일자 § 1999. 5. 31
어람번호 § 제1-3151호

주소 § 경기도 부천시 부일로 483번길 40 서경B/D 3F (우) 14640
전화 § 032-656-4452 팩스 § 032-656-4453
http://www.chungeoram.com
E-mail § chungeorambook@daum.net

ISBN 979-11-04-92373-9 04810
ISBN 979-11-04-92312-8 (세트)

도서출판 청어람

레전드급 전생자 8

[완결]

홍성은 퓨전 판타지 소설

FUSION FANTASTIC STORY

레전드급
전생자

목차

제1장

—

새로운 시작II

기왕지사 이렇게 된 거 약을 나눠 준 기사들에게 몬토반드 왕의 검법까지 전수해서 약의 효과를 극대화시켜 보려고 시도했지만 이건 실패했다.

미세한 내력의 움직임까지 가르쳐 주는 건 아주 어려운 일이었다. 더욱이 4검급에까지 오른 기사들은 이미 자기들만의 내력운용법을 확립한 상태였다. 그것도 대부분은 가문에서 이어받은 아주 유서 깊은 방법이었다.

그런 상태에서 왕의 검법으로 내력운용법을 바꾸라고 종용한다? 가능은 한 일이었으나 그리 환영받지는 못했고, 별 의미가 없는 일이기도 했다.

하긴 이게 그렇게 쉬운 일이었으면 몬토반드 가문은 아직도 검법의 가문으로 이름을 날렸겠지. 어려운 왕의 검법 대신 다른 검술을 배워 경지에 오른 후 왕의 검법을 배우는 방식으로 말이다.

하지만 이 실패를 통해 나는 몬토반드 가문 또한 같은 시행착오를 겪었음을 추측할 수 있었다.

그래도 다행히 실패한 건 왕의 검법 전수뿐이었다. 카를 약은 제대로 효과를 발휘해 기사들의 수준을 올려놓았다.

"좋아, 그럼 다음!"

재료 문제로 조제할 수 있었던 수량에 제한이 있었기 때문에, 나는 약발이 잘 받는 이들 위주로 계속해서 카를 약을 투여했다.

물론 같은 약을 계속해서 먹어봐야 효과는 떨어지기만 할 뿐이었기에 성분과 효과를 조금씩 조정하면서 [카를약 2], [카를약 3] 등 지속적으로 버전업을 시켰다.

그렇게 [카를약 5]까지 나왔을 때 사달이 벌어졌다.

포아드 경이 5검급에 오른 것이 바로 그 사달이었다. 포아드 경은 눈물마저 흘리며 내게 감사했다. 하긴 그가 얼마나 긴 시간 동안 경지라는 이름의 벽을 뛰어넘기 위해 노력해 왔는지 나는 그의 입으로 들어서 알고 있었다.

"가, 감사합니다! 전하!!"

"오, 진짜로 되잖아?"

"……?"

아무리 그래도 이 '오, 진짜로 되잖아?'는 내 실언이 맞았다. 지금은 반성하고 있다.

좌우지간 나는 포아드 경의 사례를 통해 희망을 보았다.

이대로 카를 약을 계속해서 개발해 먹이다 보면 더 많은 5검급 기사를 양산할 수 있을지도 모른다!

물론 개중에는 약의 독성 때문에 리타이어 하는 기사들도 있었지만……. 그거야 정화의 성법을 받으면 해결되는 일이니 상관없었다.

그렇게 생각할 수 있었던 것도 일주일 정도였다.

"죄, 죄송합니다, 황자 전하……."

마지막까지 남았던 기사마저 중독 증상으로 리타이어 하고 말았다. 결국 5검급에 오른 건 포아드 경 하나였다.

—약만 먹어서 5검급에 오를 것 같았으면 연금술의 가격이 지금보다 더 비쌌을걸요?

"하긴 그건 그렇네."

냉정을 되찾고 생각해 보니 포아드 경은 어차피 5검급을 목전에 둔 인재였다. 약을 먹은 건 그저 계기에 지나지 않을지도 모른다.

그렇다고 이 고생이 허투로 돌아간 건 아니었다. 내 정화 성법으로 중독 증상에서 벗어난 기사들은 그동안 고생은 했지만 그래도 예전보다는 더 나은 기량을 선보였으니까.

더불어 내 내력도 미세하게나마 불어났다. 나도 약발 좀 받았다는 소리다. 새로운 약을 만들면 첫 실험 대상이 나였으니 당연한 일이었다.

이뿐만이 아니라 내 연금술 기량도 많이 올랐다. 굳이 숫자로 표현하자면, 다운로드로 5.0성급의 연금술을 익혔다면 이번 실험으로 5.2까지는 성장한 것 같았다.

아무리 내가 다운로드로 지식과 기술을 얻을 수는 있다지만 나 자신의 숙련도는 또 별개의 이야기였으니 의미가 없진 않았다.

종합적으로 볼 때, 좀 아쉽긴 하지만 손해를 본 건 아니다. 뭐 이런 결론을 내릴 수 있겠다.

"게다가 방법이 이거 하나만 있는 건 아니니까."

*　　　*　　　*

나는 기사들 사이의 대련을 적극적으로 권장했다.

특히 나와의 대련을 강요하다시피 했다.

서로 간의 대련을 통해 실력의 상승을 기대할 수 있음에도 불구하고, 제국 기사단에서는 어느 정도 이상 수준이 올라간 기사 간의 대련은 꽤 지양되는 편이다.

이유는 물론 부상 위험 때문이다. 신성교단과 밀월 관계라 비교적 치유 기도술의 접근성이 좋은 제국 기사단조차 이런 경향이 강하다. 교단 측에서 치유할 때마다 황금을 잔뜩 요구하는 탓도 있을 것이다.

그러나 나는 내가 직접 성법을 쓸 수 있는 데다 신성력이 넘치므로 아무런 문제가 없었다.

나는 4검급의 기사단장 여럿을 내게 덤벼들게 했다. 5:1, 6:1, 7:1을 넘어 어느새 14:1의 차륜전이 기본이 되어가고 있었다. 이 대련으로 나도 얻는 게 있긴 하지만, 사실 각 기사단장들이 얻는 게 훨씬 많을 터였다. 고수와의 대련이란 그런 법이다.

처음에는 내게 덤벼드는 건 고사하고 성법을 받는 것조차 망극해하던 기사들은 점차 바뀌어갔다.

"오늘은 반드시 폐하께 승리를 얻어낼 것이다! 모두 준비됐나!?"

내가 너무 많이 팼나? 살기등등한 기사들을 보며 나는 조금 후회했다.

그렇다고 손에 힘을 빼지는 않았지만.

"끄, 끄윽! 져, 졌습니다……!"

"으윽, 크흑흑……."

아니, 울 것까지는 없지 않나?

이 대련을 마치고도 체력이 남아서, 나는 5검급 기사들과의 1:1 대련을 차례대로 했다. 포아드 경, 테이아 경, 게르메르 경, 벨리사리오 경의 순서였다. 그리고 다른 5검급 기사 간의 대련을 관전하고, 다친 사람이 있으면 치유했다.

"하하, 이러다가 6검급에도 금방 오르겠다."

그런 경지가 실존하는지 어떤지는 모르겠다만.

—유료입니다.

내 혼잣말에 라플라스가 반응했다. 그렇다는 건?

"아, 있나 보네?"

—유료입니다.

있다는 것만 알면 됐다. 어차피 또 6검급은 다운로드가 안 된다느니 사람마다 다르다느니 이런 소리나 돌아오겠지. 한두 번 속지, 서너 번 속겠냐.

아무튼 이제는 나도 풋내기 5검급 티를 많이 벗었다. 다른 능력의 힘을 빌려서 싸우는 비중이 점차 낮아지고, 순수한 검력의 비중이 쭉쭉 늘어나는 데에서 그걸 알 수 있었다.

나뿐만이 아니라 다른 기사들도 마찬가지였다. 4검급 기사들도 빠른 속도로 실력이 늘었고, 5검급 중에서는 포아드 경의 성장이 볼만했다. 하긴 갓 5검급에 올랐으니 당연하다면 당연한 일이다만.

치유 성법 쪽도 실력이 쭉쭉 늘어났다. 매일매일 다치는 사람이 엄청 많아서 나도 성법을 쓸 기회가 자주 찾아오다 보니 자연히 숙련도가 늘어났다.

그러던 어느 날, 드디어 라플라스로부터 이런 메시지를 받을 수 있었다.

—축하드립니다. 치유 성법도 2륜급에 달하셨군요.

아무리 내가 신성력만 따지자면 5륜급이라지만 말 그대로 신성력만 클 뿐, 그걸 다루는 성법의 수준은 상대적으로 낮은 데다 짜라스트라계 성법에 치중된 상태였다.

그런데 루블 투자도 안 했는데도 2륜급의 성법을 얻는 성과라니, 참으로 고무적인 일이 아닐 수 없었다.

—그만큼 자주 치유를 하셨으니 가능한 일입니다.

"그래? 역시 그렇군."

나는 잠깐 생각했다. 어떤 사악한 아이디어가 문득 떠오른 탓이었다.

"…그렇다고 일부러 기사들에게 상처를 내고 다닐 순 없지."

—대현자님께서는 그러셨는데요.

아니, 대현자 놈 인성 수준이 어떻게 되어먹은 거지?

—효율적인 방법이니까요.

"효율 앞에서 모든 게 다 정당화될 거라고 생각하지 마라!"

하지만 좀 거칠게 대련하는 건 괜찮지 않을까? 그런 생각이 언뜻 들었다가 말았다.

* * *

카를 기사단의 점령하에 놓인 시티 오브 툴루의 행정은 란첼 자작이 맡아주었다.

"엉망진창입니다."

아무리 제국이 오랫동안 정복을 중단하고 평화를 지켰다 한들, 예전의 지침은 그대로 남아 있다. 본래 점령지의 행정 업무는 어지간하면 현지 관리에게 그대로 이어받게 하는 게 라틀란트 제국의 방침이었다.

그러나 시티 오브 툴루에선 그 방침에 그대로 따를 수가 없었다.

전임 시장 피어스 툴루스가 임명한 관리들은 능력보다 미모

위주로 뽑은 인선인지라, 행정 능력이 낮으면 다행이고 보통은 없다시피 했고 심하면 글도 못 읽는 경우까지 있었다.

세상에, 행정관이 문맹이라니!

따라서 관리들을 아예 처음부터 다시 다 뽑아야 했다.

당연히 이건 보통 일이 아니었다.

피어스 툴루스가 시정을 그냥 버려두고 있는 동안 글줄 좀 읽을 줄 아는 양반들은 다 자기 살길 찾아서 주변 도시로 떠나거나 아예 제국 중앙으로 상경해 버리기까지 했다. 도시의 인재풀이 다 작살났다는 뜻이다.

란첼 자작의 입에서 차라리 귀족 출신 기사들을 관리로 임명해서 시키는 게 나을 정도라는 말이 나올 정도였다.

"그럼 어쩌지?"

—방법이 없는 건 아닙니다.

라플라스에게 물어보니 방법이 나왔다. 라플라스에게 루블을 지불하면 타인에게도 몇몇 기술이나 정보, 지식 등을 다운로드 시켜줄 수 있다고 한다.

"결국 루블이냐!"

—대신 새 주인님 본인에게 적용할 때보다는 가격이 저렴합니다.

하긴 가격 책정 기준이 '이걸 씀으로써 내 삶이 얼마나 쉬워지는가' 이니 싸질 수밖에 없긴 하겠다. 다른 사람에게 기술 가르쳐 준다고 내 인생이 쉬워질 가능성은 별로 높진 않을 테니 말이다.

아무튼 가격이라도 싸니 다행이다. 나는 글이라도 읽을 줄 아는 기존 행정관 몇몇에게 행정 능력을 주입시키기로 했다.

대상을 재운 상태에서 이마에 손을 올려야 했는데, 지금 내게 있어선 별로 어려운 일은 아니었다. 그저 상대가 다 미녀다 보니 안 좋은 소문이 돌까 봐 몰래 해야 했던 게 좀 성가셨을 뿐이다.

"이거 들키면 어린놈이 발랑 까졌다는 소리나 듣겠지."

—아뇨, 황가의 핏줄답게 자손 생산에 정력적이라는 평가를 들을 겁니다.

그건 또 그것대로 기분 나빴다.

"아, 라플라스. 그럼 다른 사람한테 힘을 주는 건 어때?"

—그건 불가능합니다.

타인에게 다운로드 시켜줄 수 있는 건 일반 지식이나 정보, 기술로 한정된다고 한다. 1령급 정령사를 막 양산시킨 후 불의 정령과 계약시켜서 전장에 불이라도 지를까 했던 내 야망이 깨지는 순간이었다.

아무튼 이로써 행정 마비 사태는 어떻게든 틀어막았다. 어차피 그 전까지 시청이 아무 일도 안 하던 상태라 행정 마비니 뭐니 말하긴 좀 뭐하긴 하지만, 어쨌든 도시가 좀 도시처럼 돌아가게 만들었으니 한숨 돌렸다.

란첼 자작은 환호성을 질렀다. 의문보다 환호성이 먼저라니, 그가 그간 얼마나 업무에 시달려 피폐해졌는지 잘 알 수 있는 대목이었다. 따라서 나는 굳이 변명하지 않았다. 답을 원하지도 않는데 일부러 답을 쑤셔 넣어줄 필요를 느끼지 못했다.

한편, 벨리사리오 경은 나와의 대련을 하지 않는 때에는 원래 신성교단의 신전이었을 터인 건물에 틀어박혀서 기도와 선교에 열중하고 있었다.

왜 '원래 신성교단의 신전이었을 터'라는 수식어가 붙었냐면, 벨리사리오 경이 직접 신전에 붙어 있던 신성교단의 간판을 떼고 대신 따로 주문 제작 한 태양신교의 심볼을 그 자리에 대신 달아두었기 때문이었다.

기존 신앙이 남아 있는 곳에 진출하려는 신흥 종교가 흔히 겪듯 이단이라고 돌이라도 날아들어야 정상이건만, 신성교단에 의해 이단이라 선포된 충격이 큰 탓인지 시티 오브 툴루의 시민들은 생각했던 것보다는 태양신교에 호의적으로 다가왔다.

무엇보다 이미 3륜급 신관인 벨리사리오 경의 신성력은 모르는 사람이 봐도 대단한 수준이라, 거기다 대고 뭐라고 할 수 있는 사람이 몇 없었다.

설령 신성력이 없더라도 5검급 제국 기사이자 대공령의 실세 중 하나인 벨리사리오 경한테 뭐라고 하는 것 자체가 용기가 가상하다고 찬양받을 일이다.

아무리 그래도 벨리사리오 경 혼자 신전을 운영하는 건 힘들 것 같아서 심부름이라도 하라고 포로로 잡은 신성교단 신관들을 넣어주었다.

그런데 첫 사흘 정도는 이단이라고 빽빽 소리를 지르던 신관들은 의외로 금세 적응했다.

왜 그렇게 됐냐고 벨리사리오 경에게 물어보니, 신관 중 하나가 시험 삼아 일리어스 여신님께 기도해 봤더니 신성력이 더 잘 오르더라는 고백 한 방에 전체 여론이 뒤집어졌단다.

하긴 자기들은 10년 가까이 기도에 몰두해도 2륜급에는 못 오르는데, 기사를 겸업한 벨리사리오 경이 소리 소문 없이 3륜급에 올라 있는 걸 보고 눈이 안 돌아가는 게 더 이상하긴 하다.

"너무 퍼주시는 거 아닙니까?"

—이게 다 투자란다! 초기 투자가 중요한 법! 내가 이미 한 번 실패해 봐서 더 잘 안단다!

그리고 그러한 일리어스 여신님의 투자는 금방 빛을 보았다. 신성교단 신관들이 배교하고 일리어스 여신님께 붙었다는 소문들이 툴루 시민들 사이에서 금방 퍼졌다나? 그래서인지 개종하는 신도들이 요즘 많이 늘었다고 한다.

"여신님께서 옳으셨군요."

—내가 잘 안단다!

여신님께서 우쭐대셨다.

아니, 왜 귀엽지?

* * *

한편, 제국 수도에서는 이 소식 때문에 파란이 일고 있었다.

—제국 기사단이 배신했다!

아니, 이 소식이 아니었다. 이걸로도 시끄럽긴 했지만 결정적인 건 아니었다.

—라틀란트의 카를 페르디넌트 황자 전하께오서 생존해 계셨다!

아니, 이것도 아니었다. 처음에는 이걸로 시끄러웠지만, 이제는 아니었다.

—가짜 황자 카를, 반역하다!

제도에 파란을 일으키고 있는 것은 제국 소식지에 실린 바로 이 기사였다.

사실 정확히 따지자면 이 소식인 건 아니었다. 당국의 검열 대상인 제국 소식지에서 제대로 된 소식을 얻을 수 있을 리는 만무했으므로. 모든 소식이 제국과 황제에게 유리한 대로 쓰이는 것이 소식지의 기사였다.

그러나 사람들은 어디서 들은 건지, 사건의 진상을 이미 전해 들어 알고 있었다.

고대 제국의 율법에 기인한 카를 대공령의 선포. 학살과 약탈, 방화와 파괴에 몰두하던 징집병 무리를 쳐부순 카를 기사단. 고대 제국의 유물이자 레갈리아인 툴루의 보주를 찾아내어 시티 오브 툴루, 아니, 툴루 왕국의 왕이 되었다는 소식까지.

제국 소식지에서는 결코 찾아볼 수 없는 자극적인 소재가 서부로부터 찾아들었고, 한동안 서부 변경의 소식이 끊겨 씹을 거리의 부족에 괴로워하던 제국 중앙 호사가들의 갈증을 만족시켜 주었다.

다른 무엇보다 제국 수뇌부와 황제가 그렇게 묻어버리려고 애썼던 용혈각성이라는 단어가 제도 시민들의 입에서 오르락내리락하고 있었다.

물론 이 민감한 단어가 황제의 역린을 건드리는 성질을 지니고 있다는 것마저 사람들은 잘 알고 있었으므로, 이 화제에 대해 거론할 때 사람들은 항상 속삭이듯 말했다.

'왜 현 황제 프란츠 페르디넌트는 용혈각성을 하지 못했지?'

'현 황제에 대한 추문에 대해 들은 적이 있으세요? 어머나, 글쎄!'

'그렇다면 프란츠 황제는…….'

'쉿!'

이러한 속삭임이 제도를 가득 채우고 있었다.

고작 몇 달 전, 서부 변경의 반역에 대한 분노와 제국에 대한 애국심으로 가득 차 뜨겁게 외치던 사람들은 어딜 간 건가?

그때 그 사람들이 지금 속삭이고 있는 이 사람들이었다.

분노가 식은 것도 애국심이 삭아 없어진 것도 아니지만, 이번 화제는 떠들지 않기에는 너무 자극적인 소식이었다.

더욱이 제도 시민들의 애국심은 제국 그 자체를 향한 것이지, 황제를 향한 것이 아니었다.

진심으로 황제에게 충성하는 이들은 스스로 모병관에게 달려가 서부 변경으로 떠난 탓도 있지만, 애초에 프란츠 페르디넌트는 시민들에게 별로 사랑받는 황제가 아니었던 탓이 더 컸다.

이런 와중에 카를 페르디넌트가 용혈각성을 해 보였다는 소식은 제도 시민들에게 있어서도 동요하지 않고 듣기에는 지나치게 흥미로웠다.

시민들에게 있어 별로 매력적이지 않은 황제를 드라마틱하게 등장한 새롭고 신선한 황제로 바꿀 수 있는 기회처럼도 여겨진 덕택이었다.

현 황제, 프란츠 페르디넌트는 이러한 소문과 여론을 당연히 민감하게 받아들이고 있었다.

프란츠 황제 본인도 원래부터 스스로가 사람들에게 사랑받는 황제라는 생각은 하지 않았다. 그러나 그러한 기존의 인식을 바꿀 기회가 찾아왔다고 생각했었다.

황궁 앞 중앙광장을 가득 채울 정도로 모여든 의용병들을 보며 식었던 가슴이 다시 데워지는 것을 느꼈던 황제였다. 그 광경을 보며 황제는 자신의 말을 듣지 않는 변경을 무력으로 진압하고 고대 제국의 위상을 자신의 것으로 하리라는 야망마저 품었다.

그러한 의용병들이 카를 페르디넌트의 카를 기사단에 의해 한여름 아이스크림처럼 녹아버렸다는 소식을 들었을 때는 좌절을 넘어 증오심마저 느껴졌다.

아니, 카를 페르디넌트에 대한 증오심은 원래부터 품고 있었다. 크리스티나 귀빈의 회임 소식을 들었을 때부터 황제는 그 아이에 대한 살심을 품었다. 자신의 피를 잇지도 않은 황자가 황위를 이을지도 모른다는 생각만 해도 뱃속이 뒤틀리는 것 같았다.

불과 1년 전, 그 아이가 자연재해에 의해 죽었을 것이라는 소식을 들었을 때는 아무도 몰래 박수마저 쳤다.

그런데 그 카를 페르디넌트가 사실 살아 있었고, 심지어 자신은 못 한 용혈각성까지 해 보인 데다, 생전 처음 듣는 고대 제국의 율법 운운하며 황명으로 일으킨 토벌군까지 역으로 토벌하다니!

지금 프란츠 황제가 카를 페르디넌트에게 품은 감정은 이전과는 달랐다. 이전에는 단순히 거슬려서 눈앞에서 치워 버려야겠다는 다소 소극적이라고도 할 수 있는 감정을 품었다면, 이제는 달랐다.

인정하고 싶지는 않았지만, 지금 프란츠 황제가 카를에게 품은 감정을 정확히 계량하자면 이 단어를 쓸 수밖에 없었다.

위기감.

단순히 자신의 혈육이 아닌 자가 제국의 황위를 채어 갈지도 모른다는, 다소 막연한 미래에 대한 위기감만이 아니었다.

지금 당장 자신의 권위를 위협하고 있는 것으로도 모자라, 어쩌면 머지않아 황위마저 빼앗길지도 모른다는 위기감은 황제로 하여금 자리에 가만히 앉아 있지 못하게 만들고 있었다.

'무슨 수를 써야 해.'

그 위기감은 프란츠가 어렸을 적 억지로 교정당했던, 손톱을 씹는 버릇마저 재발할 정도의 크기가 되어 있었다.

'무슨 수를 써서든 치워 버려야 해!'

그런 생각을 하고 있는 프란츠 황제에게 누군가의 목소리가 들려왔다.

"폐하, 저들을 당장 반역죄로 처형하셔야 합니다!"

제도 시민들은 반역죄에 걸릴까 봐 대놓고 이야기를 안 했지만, 제도에 깔린 황제의 정보망은 시민들의 쑥덕임조차도 걸러낼 정도로 촘촘했다.

그리고 그 촘촘한 정보망을 짠 본인인 중앙첩보국 국장 블라드 세르빌리아는 프란츠 황제에게 직접 보고서를 올리며 황제 앞에서 길길이 날뛰었다.

하지만 프란츠 황제는 블라드 국장의 이러한 행동이 자신에게 보이기 위한 것임을 잘 알고 있었다. 실제로 보고서에 올라온 이들 전부를 처형할 수는 없었다. 그랬다간 황제가 시민들을 대상으로 정보망을 펼치고 있음 또한 발각되므로.

더욱이 소문을 입에 올리는 이들의 숫자가 너무 많았다. 저들을 전부 처형했다간 제도 전체가 반발할 수 있었다.

아무리 황제라도 그런 사태를 직면하고픈 생각은 없었다.

"눈에 보이는 잡초를 베어봤자 비가 오면 다시 나게 마련이지."

프란츠 황제는 냉정한 척 말했다. 그러나 그 안광은 분노로 번뜩이고 있었다.

이미 결단을 내렸다.

카를 페르디넌트를 죽인다.

그러나 그 방법에 대해서는 황제로서도 고민을 잠깐이나마 할 수밖에 없었다.

안 그래도 인기가 없는 황제가 자신의 혈육을 죽이라는 명령을 내렸다는 소문이 퍼지면?

치명적이지는 않다. 원래 황제라는 자리는 그런 모략을 써도 어느 정도 참작이 되는 자리다. 오히려 자신이 점찍은 후계자를 위해 미리미리 다른 혈육을 정리하는 것이 미덕처럼 여겨지는 자리이기까지 했다.

이 경우에는 오히려 체면이 문제였다.

황제가 혈육을 죽이는 거야 그렇다 치지만, 일개 대공에게 위협을 느끼고 그를 처리하라는 명령을 내렸다는 소문은 황제의 위엄에 결코 작지 않은 손상을 입힐 것이다.

그러니 내려야 할 것은 명령이 아니었다.

"애꿎은 이파리만 뜯는다고 효과가 있나? 뿌리를 뽑아야 해. 뿌리를 뽑아야 잡초가 나지 않지. 그렇지 않나? 블라드 국장."

"…그, 그렇습니다."

블라드 국장은 조금 전의 기세가 거짓말인 것처럼 황제의 분노에 위축당했다. 그런 국장에게 황제는 곧장 결정타를 날리듯 이런 지시를 내렸다.

"뿌리를 뽑아 오게."

"예, 예?"

황제의 일견 애매하게 들리는 지시가 가리키는 바는 명백했다.

뿌리.

소문의 뿌리.

카를 페르디넌트.

그럼에도 중앙첩보국 국장은 못 알아들은 듯 되물을 수밖에 없었다.

그도 그럴 것이, 카를 페르디넌트는 황자였다. 황제의 피를 이은 아들. 실제야 어떻든, 지위상으로는 그러했다.

아무리 황제가 직접 내린 명이라 한들, 국장이 직접 손을 대기엔 껄끄러운 존재다.

게다가 황제는 굳이 '뿌리' 라는 표현까지 써가며 애매한 명령을 내렸다. 이게 어떤 의도일까? 국장은 굳이 생각하지 않으려 했지만, 결론은 이미 내려져 있었다.

만약 일이 잘못되면 책임은 모두 자신이 뒤집어쓰게 되리라는 것.

일이 잘되더라도 결과는 바뀌지 않으리라는 것.

"못 알아들었나?"

프란츠 황제는 뱀의 눈처럼 번뜩이는 눈으로 블라드 국장을 노려보았다. 그가 무슨 생각을 하는지, 황제는 이미 꿰뚫어 보고 있었다.

그럼에도 화를 내거나 추궁하지 않은 것은 블라드 국장이 결국 자신의 명령에 따르리라는 것을 잘 알고 있었기 때문이었다.

"…아닙니다. 알아들었습니다."

황제를 섬기는 이로서 황제의 명령을 거스를 순 없다.

블라드 국장이라면 그렇게 판단할 줄 알고 있었다.

프란츠 황제는 흡족히 고개를 끄덕였다.

그와 별개로, 국장의 운명은 이미 결정된 것이나 마찬가지였다. 잘려 나간 꼬리의 운명이야 빤하니.

*　　　*　　　*

나는 어떤 결심을 했다.

"루블을 좀 벌어야겠군."

이런저런 일로 루블이 좀 나가서, 다시 벌 필요가 생겼다.

다행히 이번에는 이게 그리 어려운 일이 아니었다.

"시티 오브 툴루의 지하 수로에 고블린이 그렇게 많았지."

지하 수로의 고블린들은 바깥의 고블린들이 자기 새끼를 수로 안에 유기했기에 생겨난 것. 이 말은 곧 수로 밖에도 고블린들이 많다는 의미로도 받아들일 수 있었다. 그리고 이 고블린들 또한 카를을 몇 번 죽였을 수도 있었다.

그러므로 이 고블린들을 죽이기만 하면 루블을 벌어들일 수 있다!

"맞지?"

—그렇습니다.

"내가 직접 죽일 필요는 없지?"

—맞습니다.

라플라스의 확인을 받은 나는 휘하 기사들을 돌려 시티 오브 카를 주변을 깨끗하게 청소했다. 물론 여기서 청소란 더러운 고블린이나 오크 따위를 이 세상에서 쓸어내는 것을 뜻한다.

청소가 완료될 때마다 20루블씩 따박따박 들어오는 게 정말 좋았다.

더욱이 이건 나만 좋은 일이 아니었다.

사소하게는 3검급 이하의 기사들에게 실전을 겸한 훈련이 된다는 이점도 있었지만, 이건 정말 사소한 이점이었다.

"위대하신 카를 대공 전하 만세!"

"부디 만수무강하시옵소서, 전하!"

그보다는 시민들의 충성심을 높일 수 있다는 게 더욱 컸다.

시티 오브 툴루의 시민들은 그동안 고블린을 비롯한 크고 작은 괴물들에 의해 고통받고 있었다. 시에서 기사단을 움직여 주면 금방 청소할 수 있을 것을 시장인 툴루스 피어스가 놀고 자빠져 있느라 방치한 게 원인이었다.

그런데 내가 툴루에 오자마자 고블린들을 청소해 버리니 시민들이 안 좋아할 수가 없었다.

청소는 시 외곽에서만 이뤄진 게 아니었다. 도시의 폭력단과 야합해 온갖 패악을 저지르던 경비대를 해체해 버리고, 기사단을 통해 치안을 유지하기로 했다.

이 과정에서 전문적으로 시민들 고혈을 빨아먹던 폭력단부터 시작해 온갖 잡범들이 쓸려 나간 건 말할 것도 없었다.

"란첼 자작이 진짜 유능하구나."

원래 이런 건 도시의 사정을 잘 아는 토박이가 아닌 이상, 이게 부패인지 관례인지 알아보기가 힘들다. 굴러온 돌이 박힌 돌을 뽑는 건 원래 힘든 법. 결국 토박이들이 관례라고 우기면 그냥 그러려니 하고 넘기는 경우가 더 많은 게 현실이다.

반대로 지나치게 강경하게 나가면 폭력배들을 쓸어내는 과정에서 무고한 시민이 잡혀 들어가는 경우도 많았다. 폭력배들이 불리해지면 시민들 뒤에 숨는 경우가 많아 어느 정도는 어쩔 수 없는 부작용이었다.

그러나 란첼 자작은 이런 걸 다 대충 처리하지 않았다. 되도록 억울한 사람이 없도록, 하지만 범죄자는 철저히 잡아내도록 양립시켰다. 어떻게 이런 게 가능한지 나는 설명을 들어도 모르겠던데, 참 잘도 해냈다.

그리고 이놈들을 공개 처형하자 신기하게도 루블이 뾰로롱 불어났다. 카를은 참 이런 잡범한테도 죽은 적이 있구나 싶기도 했지만, 그 덕에 내겐 득이 많았으니 더 이상 뭐라 하기도 힘들었다.

남부 대륙에서 루블 벌려고 내가 일일이 고블린 소굴을 찾아다니며 칼을 휘둘러야 했던 걸 생각하면 참 신세가 많이 변했다. 그냥 명령 하나만 내리면 루블이 쭉쭉 들어오니, 이게 진짜 권력의 참맛이었다.

이제까지 권력의 맛이라고 느낀 건 다 가짜였어! 이게 진짜야!

그런데 이게 진짜가 아니더라.

진짜는 그쪽에서 내게 찾아왔다.

"전하, 시티 오브 마실리아에서 전령이 왔습니다."

서부 변경의 주요 도시 중 하나인 마실리아에서 전령을 보냈다.

"위대하신 전하께 무궁한 영광이 이르시길 빌며……."

뭔가 긴 인사말을 늘어놓았지만, 요는 내 휘하에 들어 대공령에 속하겠다는 선언이었다.

"시작이 좋군."

도시마다 순회공연을 하며 기사단으로 위력 행사를 해야 하나 고민했었는데, 그런 것도 없이 소문 하나만 듣고 충성 맹세를 하다니.

—항복의 여지조차 없는 황제보다야 새 주인님 밑에 드는 것이 더 나을 거라 판단한 거겠죠. 옳은 판단입니다.

뭐, 그건 그렇다.

마실리아는 가까운 도시이기도 했고, 만약 황제의 토벌군이 계속해서 토벌을 해 나갔다면 다음 사냥감이 될 도시이기도 했다. 납득할 만한 이유였기에 나는 고개를 끄덕였다.

"다른 도시들도 이런 걸 보내줬으면 좋겠군. 그럼 이대로 가만히 앉아서 대공령을 선포할 수 있을 텐데."

그럼 손도 안 대고 코 푸는 거다.

아, 생각만 해도 좋다.

—…….

라플라스가 침묵해 버렸다. 내가 너무 양심 없는 기대를 해서 그런가? 나는 그렇게 생각했지만, 꼭 그런 이유인 것만은 아니었음이 곧 드러났다.

"전하, 시티 오브 라이온에서도 전령이 왔습니다."

"시티 오브 낭테스에서도 전령이 왔습니다, 전하."

연이어 전령이 찾아왔다. 전령이 들고 온 메시지는 모두 같았다.

"카를 페르디넌트 대공 전하 만세! 대공 전하와 대공령에 무한한 영광이 깃들기를 기원합니다. 그리고 그러한 영광에 저희 시티 오브 라이온이 한 손 보탤 수 있기를……."

"대공 전하, 만수무강하소서! 저희 시티 오브 낭테스는 대공 전하께서 선포하신 대공령에 한없는 지지를 보내옵니다. 그리고 저희 도시 또한 대공령에 합류할 수 있기만을……."

사실 도시들 입장에서는 나의 대공령 선포가 나쁘지 않은 일이었다.

어차피 변방 도시들은 무늬만 제국의 일부였을 뿐, 그동안 계속해서 봉건적인 질서를 유지해 왔다. 그런데 라틀란트 제국이 서부 초토화 작전을 천명함으로써 목에 칼을 들이밀자 이야기가 바뀌었다.

어차피 내야 하는 세금은 똑같이 나간다. 그저 내는 대상이 바뀌었을 뿐. 그런데 이런 식으로 나를 자신들의 대표로 내세움으로써 제국과 황제의 적대감을 내게 집중시킬 수 있으니 도시의 안전을 담보받기에도 좋은 일이다.

이런 이점이 있기에 기존에 모시던 주인을 프란츠 황제 대신 나로 바꾸겠다는 논리도 정합성을 가지게 되었다.

그렇다고 이게 내게 나쁜 일이냐면 당연히 그렇지 않다.

아니, 나쁘지 않은 정도가 아니라 대단히 좋은 일이다.

—진짜 손 안 대고 코 푸실 수 있게 되셨네요.

"하하, 그러게."

프란츠 황제에 의해 서부 변경 도시들은 전부 반란 도시로 지명되었다. 그러니 고대 제국의 율법에 따라 서부 변경을 평정한다는 명분을 세우기 위해서는 사실 기존 도시들을 내 휘하에 넣을 필요가 있었다.

그런데 저들 도시들이 자신들의 의지로 내 휘하에 놓이니 라플라스의 말대로 손 안 대고 코 푼 격이 되었다.

그것도 꽤나 성대하게.

시티 오브 페르핀에 시티 오브 툴루, 거기에 시티 오브 마실리아, 라이온, 낭테스! 다섯 개 시티라면 이미 도시 연합을 구성할 수 있는 숫자다. 독립해서 국가도 만들 수 있는 규모이니, 당연히 대공령을 세우기에도 부족하지 않다.

그런데 이걸로 끝난 게 아니었다.

"시티 오브 파미에에서도 전령이 왔습니다!"

시티 오브 파미에는 서부 변경에서 가장 큰 도시로 그 위상이 매우 컸다. 그러한 파미에가 내 휘하에 듦으로써 적어도 이 주변 지역에서 내 권위는 확고하게 자리 잡았다고 자인해도 무리가 없었다.

"경하드립니다, 전하!"

"이것으로 서부 변경을 평정하셨다고 선언하셔도 아무도 감히 부정하지 못할 것입니다!"

란첼 자작과 벨리사리오를 비롯한 내 추종자들도 목소리에 신이 났다. 아주 그냥, 내 어깨에 뽕을 못 집어넣어서 안달 난 듯했다.

하긴 내게 줄을 댄 이상 내가 잘나가야 지들도 잘나가니 그럴 만도 하지.

우리야 기분이 좋지만, 프란츠 황제와 제국 중앙 측은 과연 어떤 기분일까?

—암살자를 보내도 이상하지 않겠죠.

'아, 역시?'

나도 예상 못 한 건 아니었다. 오죽하면 라플라스가 루블도 안 받고 말해주겠는가?

—고금동서를 막론하고 이보다 더 쉽고 빠른 해결 방법이 없으니까요.

'그렇구나, 역시.'

라플라스의 설명에 나는 고개를 끄덕였다.

"조심을 좀 해야겠군."

* * *

라플라스와 그런 대화를 나누고 며칠 지나지도 않은 어느 날. 달빛이 유난히 어두웠던 밤에 일어난 일이었다.

내 방에 방문자가 찾아왔다.

"……!"

가장 먼저 반응한 건 위기 감지였다.

"타이밍도 좋지."

나는 끼릭이를 불러내 정령 합일을 써서 스코프의 효과를 눈에 덧씌움과 동시에 각성창 안에서 어둠장막의 단검 효과를 받은 후 앞으로 굴렀다. 그리고 뒤를 보니 세 명의 그림자가 보였다.

그중 둘은 내가 갑자기 사라졌다고 느낀 듯 주변을 두리번거렸지만 내가 방금 전까지 그 존재조차 몰랐던 하나는 달랐다. 놀랍게도 어둠장막의 효과를 무시하고 내 쪽을 똑바로 바라보고 있는 게 아닌가?

'……! 5야급이구나!'

나는 직감적으로 파악했다. 당연하지만 나를 발견한 5야급 암살자는 그냥 보고만 있지는 않았다. 곧장 나를 향해 뭔가를 던졌다. 받아서 도로 던져주면 멋있기야 하겠지만, 던진 것의 정체도 모르는데 그런 곡예나 부리고 있을 여유는 없었다.

따라서 나는 그냥 옆으로 크게 뛰어 투사체를 피함과 동시에 벽을 부수고 방 밖으로 탈출했다. 벽은 석재로 단단히 쌓은 거였지만, 나는 어렵지 않게 뚫고 나올 수 있었다.

아니나 다를까, 내가 방금 전까지 있던 방에 매캐한 연기가 차올랐다. 그냥 시야만 가리는 연기일 가능성은 낮아 보였다. 독이거나 마비 가스거나……. 뭐 어느 쪽이건 상관없었다. 이미 피한 건데 뭘.

"끼릭."

나는 입으로 끼릭이 소리를 한 번 내준 후 검지를 겨눴다. 겨눈 검지에서 정령탄이 소리 없이, 하지만 가차 없이 연사되었다. 기습적인 반격에도 놈들은 별로 당황하지도 않고 곧장 회피 행동에 들어갔다.

그런데 이를 어쩐다. 끼릭이의 정령탄에는 유도 성능이 있다. 피했던 놈들을 따라가 기어코 적중시키는 저 집요함! 내가 이래서 끼릭이를 좋아하지.

"끅!"

"크욱!"

훈련받은 놈들이라 그런지 신음 소리도 거의 내지 않는다. 그런데 그 숨죽인 신음 소리도 2인분뿐이다. 나머지 한 놈은 뭔가 전신이 안개처럼 변하더니 정령탄을 그 자리에서 피해 버렸다.

하, 저 5야급 실력 좀 봐! 나는 감탄하면서 정령류탄을 쏴 보냈다. 손바닥에서 퐁 하는 소리와 함께 날아간 정령류탄은 곧 폭발하여 방 안을 불지옥으로 만들었다.

이 정도면 피하지도 못하겠지? 나는 그렇게 생각했다.

"아니, 혹시 모르지."

5야급이면 다를지도. 나는 그렇게 혼잣말을 중얼거리며 폭발로 엉망진창이 된 내 방 안에 발을 디뎠다. 아직 독연이 남아 있을지 모르니, 피식이로 산소를 대량 생성해 환기를 시키면서.

아니나 다를까, 위기 감지가 다시 켜졌다.

아니, 이걸 사네?

다 귀찮아진 나는 그냥 [황금 월계관]의 효과와 [보복의 가시]의 효과를 동시에 켰다. 일정 시간 무적과 입은 피해 반사의 콤보!

"끄륵!"

괜히 5야급 암살자가 아닌지 공격 궤적은 보이지도 않았고, 어찌나 치명적인 공격을 했는지 [황금 월계관]의 잎들이 단번에 전부 시들었다. 그 치명적인 공격의 피해 일부가 반사된 것만으로도 공격을 한 본인이 너덜너덜해질 정도니 알 만했다.

"후, 내가 트레저 헌터가 아니었다면 지금쯤 죽었겠어."

원래 월계관은 머리에 써서 무적을 발동시키는 단계를 거쳐야 하고, 보복의 가시 또한 꺼내 들어 상대에게 겨누는 모션이 필요하다. 그리고 이러한 준비 과정은 적에게 대비할 여지를 준다.

하지만 나는 이 모든 과정을 생략하고 각성창에서 효과만 뽑아다 썼다. 그러니 상대도 대응하지 못한 거고.

한마디로 몰라서 당했다, 이렇게 정리할 수 있겠다.

"끄… 으……."

너덜너덜해진 몸으로도 아직 살아남아 신음성을 흘리는 놈을 내려다보며, 나는 어떤 발상을 했다.

"라플라스, 이 녀석 이름이 뭐야?"

―10루블입니다.

"5야급 암살자 정도 되니 이름만으로도 비싸군."

뭐, 10루블 정도는 지금에 이르러선 별로 부담스러운 금액도 아니다.

—이름은 막스 세르빌리아입니다.

"뭐야, 귀족이야?"

나는 투덜거렸다. 투덜거린 이유는 이름이 길면 귀찮기 때문이다.

—유료입니다.

"뭐 이런 것도 유료야. 그럼 됐어. 본인 입으로 듣지, 뭐."

나는 라플라스의 말에 적당히 대꾸해 주면서 각성창에서 오랜만에 [바르하의 반지]를 꺼내 들었다. 하도 오랜만이라 [변신 브로치]에도 등록을 안 해둬서 일일이 꺼내야 했다.

검기를 아주 얇게 빼어 들어 반지 안쪽에 암살자의 이름을 새긴 나는 반지를 손가락에 끼워 넣으며 투덜거렸다.

"아주 귀찮아 죽겠어."

괜히 이 반지를 오랜만에 꺼내는 게 아니다. 사용법이 지나치게 귀찮으니 어쩔 수 있나. 없지.

하지만 효과는 좋다.

나는 반지를 낀 손으로 암살자의 뒤통수에 꽁 하고 꿀밤을 먹였다.

"내게 충성을 바쳐라, 막스 세르빌리아."

그리고 명령을 내렸다.

"으, 으윽……!"

5야급쯤 되는 실력자다 보니 저항을 좀 하는 모양이다. 이럴 땐 또 방법이 따로 있지.

퍽, 퍽!

나는 아까 전보다 조금 더 세게 막스의 뒤통수를 몇 번 후려갈겼다. 그제야 반지의 힘이 온전히 자리 잡은 건지 막스의 신음 소리가 잦아들었다.

—죽음을 극복하셨습니다.

"후, 됐어."

라플라스의 신호로 반지가 힘을 발휘하고 있다는 확신을 얻은 뒤에나 나는 녀석에게 성법을 퍼부어 치유시켰다. 그러자 녀석은 그 자리에서 의식을 놓고 기절해 버렸다.

"황제 폐하께 감사드려야겠군. 이런 쓸 만한 인재를 내려주시다니……."

10루블짜리 5야급 흑법사를 손에 넣었다!

* * *

암살 기도로 인해 한 차례 소동이 일어난 것은 어쩔 수 없는 일이었다.

특히 란첼 자작이 길길이 날뛰며 호위들을 전부 목매달려고 하는 걸 내가 말려야 했다. 아니, 기껏해야 4검급인 내 호위들이 5야급 암살자를 어떻게 막겠어?

설령 5검급 기사가 직접 내 호위를 맡았다고 하더라도 5야급인 막스 세르빌리아를 막지는 못했을 것이다.

그래서 나는 자기가 직접 호위를 하겠다며 자청하고 나선 벨리사리오 경의 제안을 걷어찼다. 더 적절한 인선이 있는 것도 사실이었다.

그 적절한 인선이 바로 막스 세르빌리아, 나를 죽이러 온 5야급 흑법사였다.

5검급 기사는 5야급 흑법사가 자신을 암살하러 오는 건 반응할 수 있어도 타인을 암살하려고 하는 걸 걷어내기 힘들다. 자신을 향한 살기에는 반응해도, 타인을 향한 살기에는 아무래도 반응이 좀 둔해질 수밖에 없는 탓이다.

하지만 호위가 같은 5야급이라면 이야기는 달라진다. 살기고 자시고 애초에 서로의 은신을 꿰뚫어 볼 수 있으니, 호위로 쓰기에 이보다 더 적절한 인선이 드물었다.

"안 됩니다, 폐하!"

"그렇습니다, 폐하!"

그럼에도 불구하고 란첼 자작과 벨리사리오 경, 둘이 모두 나를 말렸다. 막스 세르빌리아를 신뢰할 수 없다는 이유였다.

바르하의 반지가 지닌 능력에 대해 모르는 이들로선 합당한 반대였다.

나도 이들에게 세뇌를 할 수 있는 수단이 있다는 걸 그다지 알리고 싶지 않았기 때문에, 이상한 변명을 해야겠다.

"내게 감화되어 충성의 대상을 나로 바꾼 이를 내가 어찌 내칠 수 있겠소?"

"폐하… 사람이라는 생물을 너무 믿으셔서는 안 됩니다."

"난 그대를 믿소, 란첼 자작. 벨리사리오 경, 그대도. 당연히."

"……!"

다 크다 못해 늙어가는 아저씨들이 부끄러워하는 모습을 지켜보는 건 굉장히 기분 좋은 일은 아니었다. 아무튼 이 말이 잘 먹힌 덕에 나는 어떻게든 내 결정을 번복하지 않을 수 있었다.

'군주도 신경 쓸 게 많군. 뭐든 다 자기 마음대로 할 수 있는 자리라고 생각했는데…….'

그렇게 내 호위로 임명된 막스 세르빌리아는 내게 충성을 다하는 모습을 보였다. 막스에게 의심의 눈길을 보내던 이들도 내 졸렬한 변명을 믿을 수밖에 없는 언행이었다.

*　　　　*　　　　*

나는 막스를 호위로만 쓰자고 반지에 이름까지 새겨가며 영입한 게 아니었다. 내게는 또 다른 꿍꿍이가 있었다.

"막스, 내게 흑법을 가르쳐라."

스승으로도 써먹겠다!

"제대로 못 배워도 이 경험을 살려서 나중에 흑법 배울 때 더 싸게 배울 수 있을 테니 나쁘지 않은 선택이지?"

―그건 그렇습니다만.

제대로 된 기술, 지식, 정보는 나중에 라플라스한테 다운로드 받더라도, 이런 식으로 미리 배워놓으면 라플라스가 값을 깎아주기 때문에 결코 시간 낭비가 아니었다.

물론 군주가 흑법 같은 수상한 걸 배우는 모습을 대놓고 보여줄 수는 없었기 때문에 강습은 주로 밤에 이뤄졌다.

"잠자는 시간이 갈수록 줄어드네……."

나는 투덜거렸다. 아무리 행정 업무를 란첼 자작에게 다 떠넘겼더라도 중요한 보고를 받지 않을 수가 없었고, 서부 변경의 다른 도시들이 보낸 전령들에게 내가 직접 모습을 보이고 말고는 정치적으로 엄청난 의미를 낳았기 때문에 자리를 비울 수도 없었다.

물론 검법, 성법, 마법, 정령법의 수련도 계속 해야 하고.

특히 5마급 마법사의 강습은 원래는 돈 주고도 못 듣는 건데, 란첼 자작을 휘하에 들이면서 공짜가 되어버렸다. 이걸 빼먹을 수는 없다!

—그냥 제게서 구입하셔도 됩니다만. 1초면 끝납니다.

"루블을 모으는 게 1초만으로는 안 되거든?"

아무리 내가 직접 움직이지 않아도 루블을 벌어들일 수 있는 시스템이 갖춰졌다고 한들 낭비할 수 있을 리가 없었다.

더욱이 언제까지고 같은 방법으로 벌 수 있을지도 모른다. 시티 오브 툴루가 안정되고 안전해질수록 내 루블 수입은 줄어만 갈 수밖에 없는 구조니 말이다.

도시 주변의 고블린들은 점점 씨가 말라가고 있었다. 고블린들이 숨풍숨풍 새끼를 깐다고 하더라도 카를의 목을 땄던 고블린이 무제한 생성되는 것도 아니다.

도시 안의 흉악범들의 목도 거의 다 수확해 간다. 아무리 카릅이라도 사기꾼이나 소매치기 같은 잡범한테 죽을 일은 드무니 이걸로 루블 버는 것도 끝나간다고 봐야 했다.

"역시 본업에 충실해야 하는데……."

내 본업은 당연히 트레저 헌터다. 그런데 벌써 몇 달째 유적은 구경도 못 하고 있자니 자괴감이 드는 것도 어쩔 수 없었다.

"이거 분신이라도 만들어야 뭐가 되겠군."

나는 한숨을 푹 내쉬고 농담을 입에 올렸다.

—구입하시겠습니까?

그러자 라플라스가 즉각적으로 반응했다.

"아, 있어?"

하긴 잘 생각해 보니 명색이 대현자인데, 분신 하나 못 만들 리가 없었다.

"마법이야, 술법이야?"

—각기 장단점이 있습니다.

둘 다 있는 거냐!

—최대한도로 활용하기 위해서는 전부 다 배우시는 편이 좋습니다만…….

"내가 그러지 않을 거 잘 알잖아?"

—일단 분신을 어떤 식으로 활용할 것인지 말씀해 주십시오. 그러시면 제가 용도에 맞는 쪽을 권해 드리겠습니다.

나는 잠깐 생각했다.

"내 대신 업무 대행을 하는 것까지 원하지는 않지만, 얼굴마담 정도는 해줬으면 좋겠군."

―그거라면 환상 마법을 익히는 정도로 끝내실 수 있겠군요. 골렘 제작법은 이미 익히셨으니 문제없을 것 같고요.

골렘을 아주 정밀하게 만든 후 거기에 환상 마법을 덧씌우면 된단다.

"골렘 수준의 자율 행동으로는 문제가 많을 것 같은데."

―더 높은 수준의 자율 행동을 원하시면 골렘 제작법을 더 높이셔야 합니다.

"그러려면 5마급을 찍으라는 소리 아냐?"

루블 아끼려고 다운로드 안 받고 란첼 자작에게 강습까지 받고 있는 마당인데, 돈으로 미는 건 어불성설 주객전도다.

"다른 방법은 없어?"

―물론 있습니다. 새 주인님의 혼을 조금 나누어 담는 것이 그 방법이죠.

"술법 같군."

―술법 맞습니다. 분혼술이라고 합니다.

라플라스의 설명에 따르면 더 많은 혼을 잘라 넣을수록 골렘의 지능과 능력, 자의식이 강해진다고 한다.

지능과 능력은 그렇다 치고 자의식?

"위험할 것 같은데."

―위험한 것 맞습니다. 투자한 분혼을 아예 돌려받지 못하게 될 수도 있으니까요.

분혼은 잘라 넣은 술자의 혼, 여기서는 나의 혼을 뜻한다.

즉, 자의식을 갖게 된 골렘이 자기 삶을 살겠다고 도망가 버리거나 파괴당해 혼을 잃어버리거나 하는 사태가 일어나면 내 혼의 일부를 영원히 잃어버릴 수도 있는 위험성을 내포하고 있다는 의미였다.

"그거 안 좋은 거 아냐?"

—안 좋은 점만 있는 건 아닙니다. 분혼을 회수하면서 분혼술을 구사했던 대상의 기억과 지식, 경험을 가져올 수 있으니까요.

그런 의미에서 투자라는 단어를 쓴 모양이었다.

"오, 괜찮네."

내가 지금 몸이 두 개여도 모자란 이유는 학습과 수련에 시간과 노력을 투자하고 있기 때문이다. 그런데 그 일부라도 분신으로 대신할 수 있다면 나쁘지 않다. 나쁘지 않은데…….

"회수하지 못하면 모두 말짱 꽝이잖아."

문제는 언제나 그렇듯 리스크다.

—그건 그렇습니다.

"회수하지 못할 경우 입을 리스크가 정확히 뭔데? 상세하게 말해줘."

—영력의 최대치가 영구히 깎이고 수명도 줄어듭니다. 재능을 일부 잃을 수도 있습니다.

"하필 또 수명인가……."

나는 연명의 돌을 충분히 모아놔서 일반인보다야 수명이 길겠지만, 그렇다고 수명이 줄어든다는 소릴 듣고도 꺼림칙함을 느끼지 않을 리 없다.

라플라스가 은근슬쩍 흘린 재능이라는 단어도 신경이 안 쓰이지는 않는다.

—너무 걱정하지 마십시오. 그러한 리스크를 미연에 방지하는 방법도 있으니까요.

그러면서 설명한 내용은 다음과 같았다.

"요는 술법을 더 사라는 소리네?"

5성급을 찍어라!

뭔가 설명이 길었지만 한 줄로 요약하면 이거였다.

—꼭 그렇지만은 않습니다. 4성급 정도면 어느 정도 예방책을 세울 수 있으니까요.

"확실히 하려면 5성급이 필요하다며?"

—그건 맞습니다.

그냥 골렘 만들고 환상 마법만 덧씌우느냐, 4성급의 술법으로 불안정한 분혼술을 구사하느냐, 그것도 아니면 5성급 술법을 지르느냐. 내게는 이렇게 세 가지 선택지가 나왔다.

내 선택은?

"더 싼 거 없어?"

4번째였다.

—…없… 지는 않습니다. 새 주인님께 추천드리기에는 조금 애매한 방법이긴 합니다만.

"뭔데?"

—골렘 대신 사람을 쓰는 방법입니다.

살아 있는 사람에게 분혼을 박으면 분혼술의 안정성을 크게 끌어올릴 수 있다고 한다.

"오, 그런 방법이. 그런데 왜 그게 애매하다는 거야?"

—새 주인님께서는 선량하시니까요.

"엥?"

갑자기?

—살아 있는 사람에게 분혼을 박으면 보통 그 사람의 자의식이 날아가 버립니다. 본인 입장에서는 죽는 거나 다름없죠.

"아……."

나는 내가 별로 선량하다고 생각하지는 않지만, 확실히 이건 좀 그렇다.

"그럼 나중에 죽일 놈이 생겼을 때 써야겠군."

—그러실 것 같아서 말씀드리고 싶지 않았는데요…….

아무래도 라플라스는 정말로 내가 선량해서 이런 방법을 쓰지 않을 거라고 믿은 게 아니라, 그냥 이런 식으로 딜을 뒤로 미룰까 봐 그랬던 모양이었다.

—공개적으로 사용하시면 군주로서 인망을 잃을 수도 있는 방법입니다. 다시 생각하시는 게…….

"아, 그건 그렇네."

때려죽이거나 사형을 시키는 건 괜찮지만 이상한 술법으로 몸을 빼앗아서 분신으로 써버리는 건 확실히 좀 거부감을 살 만했다.

"그럼 5성급 술법을 배울 만한 루블을 모으거나 죽일 놈이 하나 생겨서 은밀하게 분신으로 만들 수 있을 때 진행하도록 하자."

—결국 미루시는 건 같군요…….

실재하지 않는 라플라스의 어깨가 축 처지는 게 보였다.

*　　　　*　　　　*

하지만 그날은 생각보다 빨리 왔다.

"아무래도 황제 폐하께오선 내가 자네를 수하로 삼았다고는 생각하지 못하신 것 같군."

암살자를 처리하는 막스 세르빌리아를 바라보며, 나는 혼잣말처럼 말했다.

"아니라면 이런 물량 작전을 동원하진 않으셨을 테니 말이야."

프란츠 황제, 혹은 황제 휘하의 누군가는 전략을 바꾼 모양이었다.

나를 확실히 죽이려고 하는 것보다는 지속적이고 계속적인 암살 시도로 나로 하여금 편히 쉬지 못하게 함으로써 육체든 정신이든 망가뜨리는 쪽으로.

거의 매일 밤마다 암살자들이 모기처럼 날아 들어왔다.

게다가 그렇게 날 찾는 암살자들의 실력은 꽤나 괜찮은 편이었다. 3야급이면 도시 번화가를 활보해도 아무도 그 존재를 눈치채지 못할 정도라 할 수 있으니.

같은 3야급인 나는 흑법을 써야 그 존재를 눈치챌 수 있고, 아니면 5검급의 직감을 켜거나 정령을 상시 소환 해두거나……. 아무튼 신경을 좀 써야 커트해 낼 수 있는 실력의 암살자였다.

하지만 5야급의 막스 세르빌리아에겐 그런 게 없었다. 문자 그대로 모기 잡듯이 잡아내고 있었다.

그리고 그렇게 모기가 잡힐 때마다 나한테 루블이 꼬박꼬박 들어오고 있었다. 그러다 보니 어느새 분신을 만들기 위해 굳이 사람을 제물로 쓰지 않아도 될 정도의 액수가 됐다. 물론 다른 방법으로 얻는 수익도 합쳐진 금액이지만 뭐 그거야 아무튼.

"황제 폐하께 감사를 올려야겠어."

하긴 프란츠 황제라고 알겠는가? 자신의 아들이 죽음의 위기를 겪을 때마다 돈을 버는 능력을 갖추고 있으리라고는 꿈에도 모르고 있을 터였다.

게다가 이번 일은 나로 하여금 분신을 익힐 마음이 들게 만드는 것이기도 했다.

"대역을 세워놓으면 좀 낫겠지."

아무리 위기 감지가 커지기도 전에 막스가 암살자를 쳐내 버린다고는 해도, 귀찮은 건 귀찮은 거다. 한창 집중해서 흑법 배우고 있는데 집중이 끊겨 버리잖아. 따라서 분신으로 대역을 세워놓는 것이 필요한 일이 되었다.

"라플라스, 5성급 술법. 그리고 환상 마법에… 분혼술. 다 합치면 얼마야?"

―5성급 술법이 1,000루블에 4마급까지의 환상마법이 250루

블, 5성급까지의 분혼술이 125루블입니다. 전부 합치면 1,375루블입니다.

"역시 마법이 비싸군……."

분혼술은 5성급까지 올리는 데 125루블밖에 안 하는데, 환상마법은 4마급이 250루블이라니.

하긴 쓰려고 모으는 루블이지. 그냥 모아두고 썩히기만 하려고 모은 루블이 아니다.

"딜!"

*　　　*　　　*

내 분신을 해줄 골렘을 만드는 건 쉽지 않은 일이었다.

그냥 골렘 코어에 대충 세공하고 휙 던진다고 끝이 아니었다. 그렇게 만든 골렘은 골렘 같은 움직임밖에 취하지 못한다.

사람 같은 움직임을 취하게 하려면 사람 같은 뼈대와 관절을 만들어줘야 했고, 관절이 접힐 때 바깥 구조가 허물어지지 않도록 충분히 탄력성 있는 재료로 외장을 붙여야 했다. 게다가 그 소재들이 적당히 튼튼해야 했고, 잘 썩지 않아야 했으며, 냄새가 나지 않아야 했다.

내가 처음부터 만드는 거라면 여러 소재를 써보며 시행착오를 여러 번 겪어야 했겠지만, 다행히 내겐 라플라스가 있었다. 그냥 다운로드를 받았다. 유료였지만 그럴 만한 가치가 있었다.

"아니, 근육 소재와 살 소재, 피부 소재를 따로 써야 한다고? 이건 생각도 못 했는데."

괜히 라플라스가 그냥 생사람 잡아다가 분혼 심고 쓰는 게 싸게 먹힌다고 한 게 아니었다. 인체란 생각보다 복잡한 구조로 되어 있었다.

심지어 나는 사람 그 자체를 재현하는 게 목적이 아니라 그냥 사람 움직임만 취할 수 있도록 대충 만들고 환상 마법으로 외견을 때워 버릴 건데도 이 노력, 이 정성이 들어갔다.

골렘 제작에만 이런 노력이 들어간 건 아니었다. 사실 골렘 자체는 그냥 움직임만 재현할 수 있으면 된다. 외견을 재현하는 환상 마법에는 더 많은 정성을 요했다. 그 정성에 준하는 마력도 빨려 들어갔고.

"…머리카락을 재현하는 데에 마력이 이렇게 많이 들어갈 줄 몰랐네."

특히 가장 어려운 게 헤어스타일이었다.

머리카락을 한 올 한 올 마력으로 빚어내고 있으려니 머리에서 김이 나는 듯했다. 그냥 통으로 처리하고 싶은 마음이 굴뚝 같지만, 그러면 가까이 접근했을 때 들킨다니 어쩔 수 없었다.

그런데 머리카락의 난은 이걸로 끝이 아니었다. 바람에 어떻게 반응하게 할 건지, 중력에는 어떻게 반응하게 할 건지, 손으로 쓸어 올리거나 머리칼을 털었을 때 어떻게 움직이게 할 건지를 일일이 다 환상 마법으로 입력해 놔야 했다.

환상 마법을 쓰는 마법사가 계속해서 환상을 제어해 줄 거면 그냥 뇌의 연산에 맡기고 대충해도 됐지만, 내가 자리에 머물러 마법을 유지하고 있을 거면 분신을 만들 이유가 없었다. 딴짓하러 가려고 만드는 분신인데…….

그래서 결국 다 공식을 입력하고 마력을 세공하는 과정을 거쳐야 했다.

"끄어억."

나는 잼을 퍽퍽 퍼먹으며 과부하된 뇌를 달랬다.

이런 작업을 다 다른 마법사에게 떠넘길 수 있다면 황제가 되어도 괜찮겠다는 생각이 들 정도였다. 그런데 정작 내 휘하의 5마급 고위 마법사인 란첼 자작은 도움이 안 됐다. 마력의 형질 차이 때문에 환상 마법에는 손을 못 댄다나.

"그러고 보니 나도 마력 형질을 자유자재로 바꿀 수 있는 마롤카의 홀이 없었으면 손 못 댔겠지."

—처음에는 이런 사기적인 유물이 다 있나 했지만 결과적으로는 다행이었네요.

"뭐가? 나한테 더 많은 종류의 마법을 판매할 수 있어서?"

—네.

당당하다!

좌우지간 그런 탓에 나는 혼자 작업에 매진해야 했다. 그나마 다행인 건 분혼술에는 별로 큰 노력이 들어가지 않았다는 점이다. 그냥 내 혼을 예쁘게 잘라서 한 조각 넣어주는 게 다였으니까.

"별 모양으로 잘라야지."

—그러시면 안 됩니다.

"…농담이야."

—그런 농담을 하시면 안 됩니다.

"아… 그건 그렇지."

아무튼 이러한 마지막 공정을 거쳐, 나의 분신 1호가 드디어 완성되었다.

분신 1호라는 말은 곧 2호를 만들겠다는 뜻이다. 내가 여러 신분을 거치면서 싸질러 놓은 게 많으니. 레너드 몬토반드는 그냥 방치하더라도 잭 제이콥스나 루브스 페르핀 정도는 만들어 둘 필요가 있었다.

하지만 그건 지금 할 일은 아니었다.

나중에!

사실 냉정하게 생각하면 하는 김에 한꺼번에 해치우는 게 맞지만 이번만큼은 나는 이성 대신 감성, 아니, 본능에 따르기로 했다.

"진이 다 빠졌는데 작업은 무슨 작업."

그렇게 내가 침대 위에 늘어져 있으려니, 란첼 자작이 찾아와 내게 조심스럽게 말을 걸었다.

"폐하, 오늘의 마법 강습은 어떻게 하시겠습니까?

아니, 불을 질렀다.

분신 제작에 도움이라도 줬으면 이렇게까지 화가 나지는 않았을 텐데!

물론 나를 돕지 못한 건 란첼 자작의 탓이 아니었다. 여기서 란첼 자작에게 화를 내는 건 부조리한 짓이다. 나는 잘 알고 있었다.

"오늘은 쉬겠다!"

그럼에도 불구하고 내 목소리가 조금쯤 거칠어진 건 어쩔 수 없는 일이다.

나도 사람이니까.

*　　　*　　　*

분신 1호의 외견은 로투스 루베르의 모습으로 만들었다. 이 모습이 라틀란트의 카를 페르디넌트로 알려졌으니 어쩔 수 없는 일이었다.

일단은 테스트 운용이었기에, 나는 분신의 자율 행동을 조금 제약시켜 놓았다. 기본적으로는 먼저 말하거나 적극적으로 행동하지 않고, 묻는 말에도 세 마디 이상의 대답을 하지 않는다.

능력적으로도 검기를 다루거나 마법을 쓰거나 하지는 못한다. 물론 이래 봬도 골렘이니 기본적인 전투 능력은 있지만, 자연스러운 움직임을 위해 소재가 제한당한 탓에 2검급만 와도 파괴할 수 있는 수준이다.

일단 테스트용으로 이렇게 만들어놓고 결과가 좋으면 필요에 따라 기능을 추가하거나 하면 되리라는 판단이었다. 사실 업그레이드도 별로 어렵지 않다. 필요한 부분의 분혼을 조금 더 잘라 넣으면 되는 일이니. 그만큼 내 힘이 약해지겠지만, 필요하다면 그렇게 해야겠지.

이런 설정으로 테스트를 통과시킨 결과는 흡족했다.

"정말 감쪽같습니다, 폐하."

란첼 자작이 조금 아부성 발언을 했다. 얼마 전에 내가 소릴 지른 게 마음에 걸린 모양이었다. 그런 자작의 반응이 조금 마음에 걸렸지만, 나는 그냥 고개를 끄덕여 주고 말았다.

"음."

내가 보기에도 분신이 꽤 그럴듯했기 때문이다. 대외 활동까지는 조금 힘들어도 그냥 옥좌에 앉혀두고 나인 척해두기엔 딱 좋았다.

"테스트 운행은 성공적이로군. 이제 완성시켜야지."

분혼을 조금만 더 잘라 넣어서 전투력을 증강시키고 대답할 수 있는 범위도 다섯 마디로 늘려야지. 반응에만 의존하지 않고 능동적으로 움직이는 기능도 추가시켜야겠다. 그래야 의심을 덜 받지.

나는 그렇게 마음만 먹어두고 일단 완성은 뒤로 미뤘다. 분신을 만드느라 밀린 일이 많아서 이것부터 처리를 해야겠다고 판단했기 때문이었다.

그러나 이러한 나의 판단이 잘못됐던 걸까?

결국 나는 완성품을 보지 못했다.

자고 일어난 내가 본 것은 처참히 목이 잘린 분신 1호의 모습이었으므로.

*　　　*　　　*

분신 1호가 파괴되었다.

"왜… 왜 이런 일이……."

그나마 5성급 분혼술을 익혀둔 덕에 분혼을 완전히 잃고 수명이 깎이는 사태는 피할 수 있었지만, 그나마는 어디까지나 그나마일 뿐이다.

분노해 그 자리에서 떨고 있으려니, 일이 터진 그날 밤 분신 1호의 호위를 맡은 기사 둘이 내 앞에 엎드려 이마를 바닥에 쿵쿵 찧고 있었다.

"죄송합니다, 폐하."

"죽여주시옵소서!"

그러나 이들을 탓할 수는 없다. 이들은 최선을 다했다. 온몸은 상처로 가득해 피투성이였다. 바닥에 널브러진 암살자들의 시체는 기사들이 중과부적을 호소해도 이상하지 않을 숫자였다.

그럼에도 이들은 용감히 싸웠으며, 적들을 무찔렀다. 나도 아닌 내 분신, 골렘을 지키기 위해. 아무리 결과가 중요하다지만 예외는 있는 법이다.

물론 막스 세르빌리아를 탓할 일도 아니었다. 녀석의 임무는 골렘의 호위가 아니라 내 호위였고, 그에 충실하게 자고 있는 내 곁을 지키느라 전투에 참여하지 못했으므로.

란첼 자작을 비롯한 측근들은 다 각자 일이 바빴다. 애초에 이들의 임무에 내 호위는 포함되어 있지도 않았다. 그런데 골렘이 부서졌다고 화를 낸다면 내 꼴만 우스워지는 거지.

어떤 의미에서는 골렘 자신이 가장 자기 임무에 충실했다고 할 수 있었다. 골렘 제작의 대외적인 목적은 암살을 미연에 방지하는 거였으니. 주변에서 보기엔 골렘을 만들어놔서 다행으로 보일 터였다.

하지만 다행이 아니었다. 내 진짜 목적은 암살 방지 같은 게 아니었으니까. 골렘에게 내 일을 떠맡기고 난 밖으로 돌겠다는 내 야망이 덧없이 분쇄되고 말았다.

"제대로 된 분혼을 박았으면 이렇게 맥없이 파괴되지는 않았을 텐데……."

지금은 바쁘니 나중에 완성시키자던 그 발상이 잘못된 거였을까?

아니, 그건 잘못되지 않았다.

"잘못한 건 황제지."

비로소 나는 분노를 돌려야 할 올바른 대상을 찾아냈다.

사실 나는 그간 프란츠 황제에게 이상하게 유감이 없었다. 물론 진짜 적은 따로 있고, 그 적이 예언자임을 이미 알고 있기 때문에 그런 것도 있긴 했다.

그러나 프란츠 황제가 예언자의 장난을 의도적으로 방치한 것에 대해서는 유감을 가져야 정상이다. 그럼에도 나는 별 유감을 느끼지 않았다. 어쨌든 이 건은 프란츠 황제가 적극적으로 나선 게 아니라 그런가? 뭐 그럴 수도 있겠다 싶다.

암살자들을 보내 날 죽이려 한 건 분명 의도를 갖고 능동적으로 내게 적의를 드러낸 게 맞다. 그러니 이 건에 대해 유감을 품는 게 보통이겠지만 나는 그러지 않았다. 아마도 내가 그 덕에 막스 세르빌리아를 손에 넣었기 때문이리라.

그 뒤로 이어진 자잘한 암살 시도도 그냥 루블 벌이라 생각해서 그런지 별로 불쾌하게 여겨지진 않았다. 그냥 좀 성가시긴 해도 별 해가 안 되는 어린애 장난이라 생각한 까닭일지도 모른다. 아무리 피가 안 섞여도 항렬상 부친인데 이런 맘을 품어도 되는 걸까 싶지만, 나는 된다.

그런데 부서진 분신 1호를 보고 있노라니 가슴속에 들끓는 분노의 온도는 단숨에 임계점을 돌파했다. 뭘까, 이 감정은? 프란츠 황제에게 이상하게 관대했던 내 감정이 고작 골렘 한 대 파괴당했다고 이렇게 끓어오르는 이유가 뭘까?

"뭐, 굳이 이런 걸 탐구할 필요는 없지."

아무튼 프란츠 황제는 선을 넘었다. 어디에 어떻게 어떤 식으로 그어져 있는 선인지는 나도 모르지만, 그 선을 넘었다는 것만큼은 명백했다.

프란츠 황제는 그 대가를 치르게 될 것이다.

어떤 식으로든.

내가 그렇게 만들 것이다.

* * *

프란츠 페르디넌트 황제는 최근 극심한 불안증에 시달리고 있었다.

중앙첩보국 국장이 행방불명되었다.

이 짧은 문장의 보고가 그로 하여금 밤에 제대로 잠도 못 자게 하는 원인이었다.

중앙첩보국 소속 최고 정예 요원 막스 세르빌리아의 투입이 결정되었을 때만 해도 모든 일이 다 잘 풀릴 줄 알았다.

라틀란트 제국 전체를 통틀어 셋밖에 없는 진정한 밤의 주인인 막스 세르빌리아가 죽이지 못할 대상은 프란츠 황제, 자신뿐이다. 그렇게 믿어 의심치 않았기 때문이었다.

그러나 일은 생각보다 쉽게 풀리지 않았다.

일단 막스 세르빌리아의 소식이 끊겨 버렸다. 임무에는 성공했는지 실패했는지조차 보고가 올라오지 않았다.

뒤이어 올라온 소식은 더욱 경악스러운 것이었다. 카를 페르디넌트가 공식 석상에 모습을 드러낸 것이 그것이었다.

이러한 소식은 프란츠 황제와 중앙첩보국 국장 둘을 모두 패닉에 빠뜨렸다.

프란츠 황제는 우선 막스 세르빌리아의 배신을 의심했다. 진정한 밤의 주인이 암살에 실패했다는 것보다는 적에게 회유당했다는 것이 더욱 신빙성이 높게 느껴진 탓이었다.

그러한 주인의 의심에, 중앙첩보국 국장은 가슴을 치며 항변했다.

"막스 세르빌리아는 제 아들입니다, 제 아들……. 제 아들을 믿어주십시오."

막스 세르빌리아, 곧 자신의 아들이 행방불명되었다는 소식에 가장 당황했을 이는 다름 아니라 블라드 세르빌리아, 그였다.

그러나 프란츠 황제는 그러한 국장의 심경을 헤아릴 생각이 없었다. 아니, 황제는 그런 발상 자체가 불가능한 인간이었다. 도구가 역할을 다하지 못함에 화를 내는 것은 당연하다. 황제로서는 당연한 언행을 한 것뿐이었다.

그러한 황제의 불신에서 벗어나기 위해 블라드는 최선을 다했다. 중앙첩보국의 모든 정보 자산과 암살 네트워크를 동원해 카를 페르디넌트의 주변을 캤다.

거의 매일처럼 암살자들이 파견되었고, 정보망은 날이 갈수록 촘촘해졌다.

그리고 중앙첩보국 국장, 블라드 세르빌리아가 행방불명되었다.

프란츠 황제의 시선으로 보자면 아무 전조도 없이 갑자기 사람이 증발한 것으로 보였지만, 황제도 스스로 생각하지 못하는 인간은 아니었다.

블라드는 왜 하필이면 지금 모습을 감췄을까?

블라드 본인으로부터 중앙첩보국의 정보망이 점점 더 촘촘해지고 있으며, 카를의 일거수일투족까지 알아낼 수 있다는 자신 어린 보고가 올라온 직후의 일이다.

블라드는 아마 그 정보망을 통해 어떤 정보를, 진실을 알게 되었으리라.

프란츠 황제는 그 진실이 막스 세르빌리아의 행방과 긴밀히 연결되어 있음을 직감했다. 아마도 적에게 항복하고 그 밑으로 기어 들어갔을, 쓸모없고 은혜도 모르는 개의 행방을…….

어쩌면 블라드는 스스로 막스를 처리하러 카를의 영역으로 떠났을 수도 있었다.

하지만 프란츠는 동시에 다른 가정을 떠올릴 수밖에 없었다.

블라드마저도 막스를 따라 카를의 밑에 기어 들어갔을지도 모른다는, 그런…….

이러한 망상이 프란츠 황제로 하여금 불안증에 시달리도록 만들고 있었다.

라틀란트 제국 전체를 통틀어 셋밖에 없는 진정한 밤의 주인. 그 셋 중 또 다른 하나가 바로 제국의 중앙첩보국 국장, 블라드 세르빌리아였다. 만약 그가 카를 밑에 붙었다면 카를은 진정한 밤의 주인을 동시에 둘이나 부리는 셈이었다.

라틀란트 제국 전체에 단 셋뿐인 진정한 밤의 주인이 제국에서 암살하지 못할 대상은 프란츠 황제, 단 하나뿐.

하지만 진정한 밤의 주인'들'이 제국에서 암살하지 못할 대상은… 과연 존재할까?

그런 의문을 떠올린 이후, 프란츠 황제는 더 이상 자신의 안전을 자신할 수 없었다.

*　　　*　　　*

라틀란트 제국 중앙첩보국 국장, 블라드 세르빌리아.

그는 지금 시티 오브 툴루에 당도해 있었다.

"황제 폐하께오서는 나를 믿지 않으신다."

혼잣말이었다.

혼잣말을 하는 것은 블라드의 오랜 버릇이었다.

암살행에 나서기 전에, 스스로의 의념을 모조리 토해내고 비워내기 위한 의식과도 같은 버릇. 모든 감정을 토해내고 무의 경지에 이르면 그 누구도 자신의 기척조차 잡아낼 수 없다.

그러한 믿음이 블라드로 하여금 다소 낯 뜨거운 버릇을 버리지 못하게 하고 있었다.

그러나 상관없었다.

어차피 지금의 혼잣말 또한 누구도 들을 수 없을 테니.

블라드 세르빌리아는 지금 5야급의 은신술을 발휘하고 있었다. 모습을 숨기는 것으로 끝내지 않고, 모든 기척을 숨기는… 다소 큰 목소리의 혼잣말조차 지워 버리는, 세상에서 가장 완벽한 은신술이 그를 지운 상태였다.

그런 의미에서 볼 때, 이 나지막한 혼잣말은 자신감의 발로라 말할 수 있었다.

"황제는 나를 믿지 않는다."

아무에게도 보이지 않는 상태에서 아무에게도 들리지 않는 혼잣말을 늘어놓고 있다는 확신. 이러한 확신이 있기에 누가 들으면 반역자라 외쳐도 할 말 없는 소릴 입밖에 낼 수 있었다.

"그러나 내가 무엇으로 증명할 수 있으리오. 나의 이 충성심을!"

블라드 세르빌리아는 우렁차게 외쳤다.

이미 혼잣말의 수준을 뛰어넘은 성량이었다.

"방법은 하나뿐."

"나의 아들, 막스 세르빌리아. 그리고 황제의 아들, 카를 페르디넌트!"

"이 둘을 내 손으로 목을 베어 그 목을 황제께 바치리."

"그것으로 나의 충성을 증명하리라."

패륜을 각오한 아비의 나지막한 혼잣말은 그 자리에 남았지만, 그 혼잣말을 남긴 이는 가고 없었다.

인륜, 인정, 인의.

혼잣말을 통해 그 모든 것을 버리고 비워낸 블라드 세르빌리아는 각오를 행동으로 옮기는 것에 아무런 망설임을 느끼지 못했으므로.

* * *

이미 암살을 위한 모든 준비는 끝내놓은 터였다.

그간 매일 밤 한 명씩 암살자를 보내 대상의 긴장감을 한껏 올려놓는 동시에 수면을 취할 여유를 빼앗아 체력 상태와 컨디션을 엉망진창으로 만들어놓았다.

카를 페르디넌트가 제아무리 진정한 검의 주인이라는 칭호를 갖고 있더라도, 그리고 막스 세르빌리아가 진정한 밤의 주인이라 불린다 하더라도 상관없었다.

블라드 세르빌리아, 자신은 만전의 컨디션을 유지하고 있는 반면 목표 대상들의 컨디션은 망쳐놓았으니까.

설령 같은 진정한 밤의 주인이라 하더라도, 아니, 오히려 비슷한 실력이기에 더더욱 승패는 순간의 컨디션에 갈리게 마련이다.

이뿐만이 아니다. 일부러 암살자를 보내는 간격을 패턴화시켰다. 특정 시간대에 무조건 암살자를 보냄으로써, 그 외의 시간대에는 상대적으로 빈틈을 보이도록 만들기 위한 조치였다.

이 사전 준비를 위해 수십의 암살자가 희생되어야 했지만, 모든 감정을 비워낸 블라드 세르빌리아는 아무런 양심의 가책을 느끼지 못했다.

그저 기계적으로 판단할 뿐이다.

모든 준비는 끝냈으며, 오늘 밤이 암살에 적기라고.

대상의 긴장감이 가장 느슨해질 시각.

블라드 세르빌리아는 카를 페르디넌트의 처소로 향했다.

이미 여러 차례 행해진 암살 시도로 인해 경비 상태는 꽤나 철저했지만, 그 철저한 경비도 진정한 밤의 주인이자 제국 중앙첩보국 국장을 상대로는 아무 의미가 없었다.

블라드 세르빌리아는 마치 산책이라도 하듯 뻥 뚫린 복도를 터벅터벅 걸었다.

그러나 그의 여유는 오래 가지 않았다.

"아버지."

진정한 밤의 주인이 펼친 흑법을 꿰뚫고, 그 존재를 간파한

자가 나타났으니.

"그래."

블라드 세르빌리아는 자신의 피붙이이자 수제자, 막스 세르빌리아를 보며 웃었다.

"나다."

육식동물의 미소였다.

다른 말은 더 할 필요가 없었다. 죽이겠다는 선언도, 왜 그랬냐는 의문도, 작은 욕설마저도 아무 의미를 빚지 못했다.

다음 순간, 아무런 준비동작도 없이 마치 거인에 의해 집어 던져진 것처럼 블라드 세르빌리아의 몸이 날았다.

막스 세르빌리아가 단도를 꺼내 들 때, 블라드 세르빌리아의 칼날은 이미 그 목에 닿아 있었다. 그는 망설임 없이 칼의 손잡이에 힘을 주어 칼날을 밀어 넣으며 말했다.

"오만하구나, 아들아! 진정한 밤의 주인이라고 다 같은 게 아니란 걸 벌써 잊었느냐!!"

말하자면 이것은 승리 선언이었다. 대답을 바라고 한 말이 아니다.

"그렇지. 5검급이라고 다 같은 5검급이 아니듯, 5야급 사이에도 차이가 있겠지."

그러나 대답이 돌아왔다.

심지어 대답은 아들에게서 돌아온 것조차 아니었다.

"……!"

카를 페르디넌트. 블라드 세르빌리아의 암살 목표.

원래라면 그의 칼날이 카를을 노려야 하건만, 실제 상황에서는 반대로 카를의 주먹이 블라드에게 내리꽂히고 있었다.

쾅!

*　　　　*　　　　*

막스 세르빌리아는 아주 잘해 주었다. 뭘 잘한 거냐면, 알람을 잘했다.

아무리 나라도 5야급의 은신을 완전히 간파하기는 힘들었는데 막스가 먼저 암살자를 발견해 주었으니 할 일은 다했다. 그런데 이걸로도 모자라 시선을 끌어주고 공격까지 받아내 주었으니 자기 역할을 200% 더 했다고 볼 수 있었다.

모습이 드러난 암살자는 절대 기사를 이길 수 없다. 물론 5야급쯤 되면 3검급쯤은 상성을 무시하고 처리할 수 있겠지만 내가 5검급이다. 게다가 약간이지만 흑법도 쓸 수 있지.

그러니 막스가 블라드를 발견한 시점에서 이미 내 승리는 결정된 것이나 마찬가지였다.

그건 그렇고, 부자가 대를 이어서 5야급의 흑법사가 되다니. 이것은 가문의 영광인가, 아니면 비사인가. 물어보면 대답해 줄 것 같지만, 나는 굳이 묻지 않았다.

왜냐하면 부자가 대를 이어 내 소유물이 된 건 틀림없는 가문의 수치가 될 것이기 때문에.

"이러다 반지에 이름 쓸 자리도 안 남겠다."

오늘 새벽, 나는 멋모르고 내 방에 침입해 온 블라드 세르빌리아를 제압하고 [바르하의 반지]에 이름을 새긴 후 꿀밤을 때려 내게 충성을 바치도록 했다.

여담이지만, 프란츠 황제에 대한 충성심은 블라드 쪽이 높았다. 꿀밤을 다섯 대나 때려야 했으므로. 막스는 세 대로 충분했는데…….

뭐, 둘 다 내 휘하에 머물게 된 지금에 이르러선 아무런 의미도 없는 일이다.

"마음 같아선 블라드를 프란츠 황제에게 보내서 목이라도 따 오라고 하고 싶은데……."

—그러시면 안 됩니다.

"아니, 그건 내가 더 잘 알지."

[바르하의 반지]로 내린 명령은 완벽하지 않다. 시간이 지날수록 지배력이 약해지기도 하지만, 본인의 신념에 강하게 위배되는 명령을 내리면 다시 저항할 여지가 생기기도 한다.

꿀밤을 다섯 대나 버틸 정도로 황제에 대한 충성심이 높은 블라드에게 황제를 암살하라는 명령을 내리면 당장 저항할 것이고, 제도로 가다가도 저항할 것이고, 황제 앞에 서서도 저항할 것이다. 내가 따라다니면서 꿀밤을 때릴 게 아닌 이상 그런 명령을 내려선 안 된다.

"…그냥 따라다니면서 꿀밤을 때릴까?"

—그러시면 안 됩니다…….

"나도 잘 안다."

자주 때리다 보면 또 점점 반지의 효과가 떨어지게 된다. 문제가 이것만이라면 뭐 여러 대 때리면 해결되지만, 이 해법을 지나치게 쓰면 대상의 상태가 점점 안 좋아진다. 지능이 떨어지고, 인격이 무너지고, 자아가 붕괴되는 등.

이 문제도 성법으로 해결할 수는 있지만, 갈수록 상태가 나빠져 고위 성법을 요구하게 되면 배보다 배꼽이 더 커지게 된다.

이런저런 방법으로 해법이야 있다지만 효율을 따지기 이전에 너무 사악한 방법이다. 그 정도까지 하느니 그냥 깨끗하게 죽여 버리고 말지.

"중앙첩보국 국장을 역임하면서 휘하에 뛰어난 흑법사를 여럿 길러낸 데다, 자기 자식도 5야급 흑법사로 길러낼 정도라면 훈련이나 육성에 재능이 있는 모양이지?"

"그렇습니다."

이 와중에 블라드 세르빌리아는 가슴을 쫙 펴며 자신의 능력에 대한 자신감을 드러내었다.

"그럼 내 훈련 교관으로 삼아야겠군. 블라드한테 배워야겠다."

그때, 갑자기 막스 세르빌리아가 이렇게 말했다.

"저도 잘할 수 있습니다."

"…그래?"

다소 당황한 이유는 막스가 이렇게 적극적으로 나서는 모습을 처음 보았기 때문이었다.

"그렇다면야 뭐, 네 교관직을 유임하도록 하지."

"영광입니다."

아무튼 이렇게 나는 5야급의 흑법사 둘을 스승으로 삼는 아주 호화로운 짓을 할 수 있게 되었다.

이러면 학습 효율도 2배!

…그렇겠지?

*　　　*　　　*

프란츠 황제가 직접 내린 서부 변경 초토화 명령의 여파는 아직 끝난 게 아니었다.

그 여파는 라틀란트 제국과는 바다를 사이에 두고 있는 남부 대륙에마저 영향을 미쳤다.

남부 대륙의 사정을 아는 이들에겐 유명하지만 라틀란트 제국의 입장에서는 존재하지 않는 것으로 되어 있던 주요 도시인 카트하툼과 가다메아가 프란츠 황제의 폭거에 반발하며 군대를 동원해 라틀란트 제국의 해안 거점 도시를 점령하고 제국 세력을 밀어낸 것이 그것이었다.

군대를 동원했다지만 다행히 유혈 사태는 일어나지 않았다. 이미 서부 변경에서 제국 토벌군이 벌인 만행이 남부 대륙에도 전해져, 제국의 영향력 아래에 놓인 거점들마저 별 저항 없이 항복해 버렸기 때문이었다.

심지어 중앙에서 파견된 행정관들과 기사들까지 제국과 황제로부터 등을 돌렸으니 더 말할 것도 없었다. 황제가 서부 변경 초토화 작전을 지시하면서 살아 있는 자를 남기지 말라는 명을 내렸으니 당연하다면 당연한 결정이었다.

사실을 따져보면 애초에 카트하툼과 가다메아가 결혼동맹으로 묶인 시점에서 남부대륙 서부의 패권은 이미 기울어진 상태였다. 프란츠 황제의 서부 초토화 명령은 그저 계기에 지나지 않았고, 남부대륙 전체가 라틀란트 제국의 영향력에서 벗어날 것은 시간문제에 가까웠다.

문제는 두 도시의 존재조차 몰랐던 라틀란트 제국 시민들이 이러한 사태를 중립적이고 온건하게 바라볼 리 만무하다는 점이었다. 전후 사정을 모르는 시민들의 입장에선 잘 있던 남부대륙 영토를 프란츠 황제의 실정으로 빼앗겼다고 느끼기에 충분했다.

기존에 남부대륙의 특산물을 수입해 향유하던 유산자 계급과 교역으로 돈을 벌어들이던 상인 계급의 반응이 특히 격렬했다.

프란츠 황제의 입장에서는 아닌 밤중에 홍두깨 같은 사태였다.

라틀란트 제국이 남부 대륙에 건설해 놓은 거점을 돈과 노력을 들여 유지하는 것은 단순한 이권 문제가 아니었다. 고대 제국을 계승했다고 말하려면 남부 대륙에도 영향력을 발휘하는 것처럼 보여야 했기 때문이다.

즉, 자존심 문제이며 그 이전에 명분 문제이기도 했다.

그런데 하룻밤 새에 남부 대륙의 거점을 모조리 빼앗기다니.

실제로 하룻밤 새에 일어난 일은 아니지만, 프란츠 황제의 입장에서는 자고 일어났더니 일이 벌어졌다는 소릴 들은 거나 다름없었다.

물론 이것은 황제의 가장 중요한 귀인 중앙첩보국이 블라드 세르빌리아의 행방불명과 더불어 먹통이나 다름없는 상태가 된 탓이 컸다.

블라드가 건재했더라면 적어도 조짐이라도 먼저 파악하고 최소한 거점에 주둔한 기사단이라도 빼내어 올 수 있었을 텐데 그러지도 못했다.

그러나 악재는 이것으로 끝나지가 않았다.

카트하툼과 가다메아, 이 두 도시가 뜬금없이 서부 변경의 카를 페르디넌트 대공을 지지하고 나섰다. 이 말이 뜻하는 바는 명백했다. 남부 변경마저도 대공령으로 선포될 가능성이 매우 높아졌다는 의미니.

그야말로 황제와 제국의 체면이 말이 아니었다.

와장창!

프란츠 황제가 집어 던진 유리잔이 크리스털 테이블에 정통으로 부딪혀 깨져 나가는 소리가 요란했다. 비록 소리만 요란했을 뿐 테이블은 구석이 깨져 떨어져 나가고 금이 간 게 전부였지만, 황제가 좀처럼 이런 식으로 분노를 터뜨리지 않는다는 것을 잘 아는 신하들은 어깨를 좁히며 숨을 참았다.

"……."

프란츠 황제는 한동안 어깨로 숨을 몰아쉬다가 아무 말 없이 신하들로부터 등을 돌렸다. 그러자 시녀들이 얼른 달려 나와 부서진 잔과 테이블을 치웠다.

안 그래도 용혈각성을 하지 못해 명분이 떨어지는 프란츠 황제다. 황제의 그릇된 판단 때문에 제국의 남부대륙 영토를 잃었고, 심지어 그 영토의 새로운 주인들이 카를 대공에게 지지를 보낸다는 것은 그 위엄에 큰 금이 갔다는 것을 의미한다.

그러나 이 자리에 모인 신하들은 황제를 탓할 수 없었다. 단순히 군신 관계이기 때문이 아니다. 황제를 충동질하여 서부 변경 초토화 작전이라는 황명을 내리게 한 것은 다른 사람도 아닌 그들이었기 때문이었다.

황제가 자리를 비운 후 몇 분이나 지나고서야 겨우 입을 벌려 참고 있던 숨을 쉬던 대신들 중 하나가 속삭이듯 말했다.

"예언자는 어디 있소?"

대신들이 프란츠 황제에게 입을 모아 서부 초토화 작전에 대한 칙령을 내리시라 진언한 것은 예언자의 충동질 탓이었다.

라틀란트 제국의 번영과 황제의 영광, 그리고 여기 모인 대소신료의 빛나는 미래를 위해 서부 변경을 점령하고 황제 직할령으로 삼으라는 예언자의 조언이 그들로 하여금 진언을 망설이지 않게 했다.

이제껏 한 번도 틀린 예언을 하지 않고, 예언이 그대로 이루어지는 것을 직접 목격하기까지 한 대신들은 예언자의 말을 믿어 의심치 않았다.

그런데 일이 이렇게 되다니…….

예언자의 말이 틀렸다는 것을 처음으로 확신하게 된 지금 이 상황에서 예언자의 위치를 묻는 이유는 하나뿐이었다.

그러나 그 질문에 대한 대답은 긴 침묵 후에나 간신히 나왔다.

"…죄, 죄송합니다."

"아니, 어디 있냐고."

"예언자의 소식이, 두절되었습니다. 즈, 증발했습니다. 정말로, 정말로 죄송합니다."

심복의 말을 들은 대신은 황제처럼 유리잔이든 뭐든 던지고 파괴하고 싶은 기분에 휩싸였지만, 여기가 황궁이라는 것을 잊지는 않은 상태였다.

더군다나 제국의 번영도, 황제의 영광도, 자신들의 빛나는 미래도 이미 유리잔처럼 산산조각 난 뒤였다. 여기서 뭘 더 부순단 말인가?

피가 통하지 않을 정도로 꽉 쥐었던 대신의 주먹에서 힘이 풀리기까지는 한 호흡도 필요하지 않았다.

제2장

—

용의 후예와 대주술사

그날, 나는 블라드 세르빌리아가 올린 보고에 눈을 크게 뜰 수밖에 없었다.

“전하, 카트하툼과 가다메아의 지도자가 시티 오브 페르핀에 도착했습니다.”

카트하툼과 가다메아가 나를 지지한다는 소식은 이미 블라드를 통해 전해 들은 바 있었다. 괜히 중앙첩보국 국장 출신이 아닌지, 정보 입수 능력은 란첼 자작의 그것을 상회하고 있었다.

하긴 제국의 정보 라인을 그대로 탈취해 왔으니 당연하다면 당연한 일이다.

첩보국은 여전히 제국 소속이지만, 조직에 속한 인물들은 프란츠 황제보다 블라드에게 더 큰 지지를 보내고 있는 것 같았다.

그 덕에 이 일견 말도 안 되는 성과를 거둘 수 있었던 거였다.

거론된 두 도시가 남부대륙 북부를 장악하고 제국의 거점을 날리고 있음 또한 모르긴 몰라도 내가 프란츠 황제보다 먼저 알게 되었을 것이다.

"카트하툼과 가다메아의 지도자라면 엘리사 바르하와 가니메디아를 말하는 게 맞나?"

"그렇습니다, 전하. 전하께 천명이 있음을 남부 대륙의 야만인들도 알아보는 것이지요."

블라드 국장의 발언은 제국인의 일반적인 인식을 입에 올린 것에 불과했다. 그럼에도 나는 고개를 저으며 지적했다.

"그들이 내게 지지를 보내고 대공령에 합류하겠다고 의사를 밝혔으니 이제 그들도 제국인이다. 다시는 같은 실수를 반복하지 말도록."

"죄송합니다, 전하."

겉으로는 이렇게 블라드와 대화를 하는 한편, 속으로는 다른 생각을 하기 바빴다.

'라플라스, 그… 날 알아보지는 않겠지?'

정확히는 라플라스와 상담을 하기 바빴다.

엘리사 바르하와 가다메디아, 둘 모두 나는 잭 제이콥스의 신분과 모습으로 만났다. 그리고 지금 내 외견은 로투스 루베르, 신분은 카를 페르디넌트다. 그러니 못 알아보는 게 정상…일 텐데. 이상한 불안감이 나를 자극하고 있었다.

이러한 내 절박한 질문에도 라플라스는 평소와 다름없는 태도를 보였다.

—유료입니다.

알아본다는 소리잖아, 이런!

딱히 알아본다고 내가 곤란해질 일도 없을 텐데. 대체 뭘까? 이 낭패감은. 아니, 정말 곤란해질 일이 없을까? 아무리 생각해도 찔리는 곳이 없는데, 이상하게 가시방석에라도 앉은 기분이었다.

라플라스는 이유 불명의 불안함에 안절부절못하는 나를 안심시키기는커녕 여기다 기름을 부어대었다.

—직접 대면하게 되시면 좀 놀라시게 될 가능성이 꽤 높을 것으로 보입니다만.

'…그거 나더러 결제하라는 소리지?'

—그렇게는 말씀드리지 않았습니다.

모아둔 루블에 여유가 있는 건 사실이었지만, 나는 그냥 만나는 당일 놀라기로 했다.

딱히 라플라스의 태도가 괘씸해서는 아니었다.

정말이다.

*　　　*　　　*

라플라스가 놀라게 될 거라고 말한 건 결코 허언이 아니었다.

왜냐하면 일단 엘리사 바르하의 모습이 카트하툼에서 만났던 것과는 완전히 달랐기 때문이다.

기껏해야 열 살짜리 꼬맹이 여자애처럼 보였던 건 어디 가고, 불꽃처럼 일렁이는 아름다운 머리칼을 나부끼는 성년의 아가씨가 거기 서 있었다. 얼굴 여기저기에 남은 엘리사 특유의 인상이 아니었다면 동일 인물이 아니라 다른 사람으로 착각했어도 별 수 없을 모습이었다.

못 본 동안 성장한 것일까? 아니, 말도 안 된다. 못 봤다곤 해도 1년도 안 되는 시간이다. 그 시간 동안 가슴둘레가 서너 배까지 늘어난다는 게 가능한 일인가? 심지어 근육도 아니거니와 살찐 것도 아니다.

엘리사 없이 가니메디아만 봤다면 이쪽도 보고 꽤나 놀랐을 거긴 했다. 키도 컸고, 머리도 길렀고, 체형도 변했다. 피부가 희멀겋고 예쁘장한 사내애처럼 보였던 것은 옛말이고, 이제는 한 명의 아가씨가 되어 있었다.

잘 생각해 보니 이쪽도 꽤나 변화의 폭이 컸다. 어쩌면 남자로 알려져 있었을 때 주술로 자신의 본래 모습을 감추고 있었던 게 아닐까 생각될 정도로.

그러나 엘리사의 변화에 비하자면 가니메디아의 변화는 그리 놀랄 만한 게 아니었다. 어쨌든 이쪽은 상식적이었으니까. 일단은 이 세상에서 일어날 수 있는 일 아닌가.

엘리사의 변화가 워낙 세상의 상식을 뒤엎는 수준이었던지라 가니메디아의 변화가 상대적으로 자연스러워 보이는 건 어쩔 수 없는 일이다.

나는 어마어마하게 놀랐지만 놀란 척을 해서는 안 된다는 고문을 당해야 했다. 카를 페르디넌트로서는 이 둘을 처음 보는 것이니만큼 놀랄 이유가 없었다.

"카를 페르디넌트 대공을 뵈옵니다."

그래서 나는 엘리사 바르하의 인사를 무던하게 받아야 했다.

"어서 오시게, 남부의 패자들이여."

되도록 제국의 황자처럼 보이도록, 나는 다소 오만하게 보일 정도의 태도를 유지했다. 쉽지 않은 일이었다. 평소에 내가 워낙 소탈했어야지.

하지만 황가의 일원이자 대공으로서의 위엄을 보이는 것은 필요한 일이었다. 란첼 자작이 몇 번이고 내게 강조할 정도로.

아무튼 나와 엘리사, 그리고 가니메디아는 봉건 계약을 맺는 요식행위를 마쳤다. 몇 가지 질문과 대답이 오가고, 칼로 두 사람의 양 어깨를 두드리고, 두 사람은 내 반지에 입을 맞추고…….

마지막으로 만찬을 베풀고 함께 식사를 하며, 나는 봉건 군주가 봉신에게 반드시 해야 하는 전통적인 질문을 던졌다.

"그래, 혹시 내게 부탁하고 싶은 일은 없는가?"

물론 이 또한 요식행위였다. 봉신은 군주가 들어줄 수 있을 만한 적당한 부탁을 하고, 군주가 그것을 들어줌으로써 봉건 계약이 제대로 이뤄졌음을 확인시키는 절차였다.

"예, 전하."

그런 내 질문에, 엘리사가 기다렸다는 듯 고개를 숙이며 이렇게 말했다.

"잭 제이콥스를 찾아주셨으면 합니다."

"그렇군. 쉬운 부탁이로군."

나는 고개를 끄덕였다.

"내가 잭 제이콥스다."

처음에는 귀찮아질까 봐 그냥 숨길까 했지만, 어쩐지 나중에 더욱더 귀찮아질 것 같다는 느낌이 들어서 그냥 밝히기로 했다.

"전하께서요?"

"그렇다."

"…역시."

엘리사 바르하가 납득했다는 듯 고개를 끄덕였다. 그다지 놀라지 않는 걸 보니 어느 정도 짐작은 했나 보다. 역시 숨겼으면 더 귀찮아졌겠지. 짐작이 확신이 되어 돌아왔다.

"오랜만이다, 가니메디아."

나는 시선을 가니메디아 쪽으로 돌렸다. 왠지 이쪽이 덜 귀찮을 것 같다는 생각이 들어서였다. 그런데 눈이 마주치고 보니 가니메디아의 눈동자가 반짝반짝 빛나고 있었다.

"네, 오랜만입니다, 구원자님."

"이런 곳에서 보게 될 줄은 몰랐군."

"저는 구원자님을 뵙기 위해 바다를 건넜습니다. …다시 만나 뵙게 될 이날만을 고대하고 있었습니다."

아, 이쪽이 덜 귀찮을 경우의 수가 방금 날아갔다. 나는 다시 엘리사 쪽으로 시선을 돌렸다.

"엘리사, 너도 오랜만이야."

"뭐라 말씀을 드려야 할까요?"

무슨 소린가 했더니, 내 호칭 문제였던 모양이다.

"지금의 나는 카를 페르디넌트다. 이게 내 본래 신분이지."

그래서 일단 나는 선을 그어보기로 했다.

"알겠습니다, 전하. 저 또한 전하를 뵙고자 바다를 건넜나이다."

"그렇구나. 그런데 지금 그 모습은 어떻게 된 거야?"

나는 아까부터 궁금했던 걸 물어보았다. 그런데 내 질문에 대한 엘리사의 반응은 이거였다.

"취향이 아니신지요?"

"음… 뭐 그렇긴 하지."

"취향을 알려주시면 맞추겠습니다."

아, 역시 변신이었구나.

나는 내심 안도했다.

"그런데 왜 내 취향을 맞추지?"

"…그야 저는 당신에게 반해 있으니까요."

이런 것도 모르냐는 듯, 엘리사의 뺨이 잔뜩 부풀었다. 물론 나는 모르지 않는다. 일부러 모르는 척할 생각도 없었다.

"미안하군. 지금은 하고 있는 게 있어서. 다른 곳에 신경을 쓸 겨를이 없어."

사실 엘리사 바르하와 가니메디아, 남부 대륙의 두 주요 도시의 수장인 두 사람의 지지는 카를 페르디넌트에게 명분을 세우는 데에 매우 큰 도움이 된다.

그런 의미에서 엘리사의 호의를 이용해 먹는 것이 내게는 더 이득이었다.

그러나 나는 그러지 않기로 결심했다.

내가 더 절박했다면 판단이 달라질 수도 있었겠지만, 그런 것도 아니니까.

"그럼 하고 계신 게 끝나면 신경을 쓸 겨를이 생기시겠군요?"

그러나 엘리사는 내가 생각했던 것보다 강적이었다.

"그러시다면 기다리겠습니다."

"…저, 저도요!!"

가니메디아도 뒤늦게 끼어들었다.

이렇게까지 말하는데 억지로 거부하기도 그렇다.

"…그러든지."

나는 헛웃음을 지으며 대답했다.

*　　　*　　　*

이런 대화로 자리를 바로 파한 것은 아니었다. 우리는 만찬은 만찬대로 즐겼다. 식사를 마치고, 술이 들어가고, 좀 풀어진 자리에서 나는 엘리사 바르하에게 아까부터 궁금했던 걸 다시 한번 물어보았다.

그리고 드디어 답을 얻었다.

엘리사 바르하의 모습이 갑자기 바뀐 건 변신을 했기 때문이 맞았다.

내가 추측한 대로였지만, 추측과 확답은 느낌부터가 다르다.

엘리사 바르하는 좀 더 자세한 이야기를 해주었다.

"제게 걸린 저주가 풀리고 제 혈관에 흐르는 피가 각성한 후, 저는 제가 무엇을 할 수 있는지 알 수 있게 되었습니다."

내가 원혼의 유적을 탐사하고 소멸시킴으로써, 바르하의 혈통에 걸려 있던 저주 또한 풀렸다. 그리고 그 영향으로 혈통으로부터 이어받은 힘이 각성했다고 한다.

대현자가 이르기를 그 이름하야 용혈마법이라고 한다. 드래곤이 선천적으로 타고나는 마법으로, 자신의 피를 소모하는 방식으로 쓸 수 있다나.

바르하 가문에 흐르는 드래곤의 피는 세대를 거쳐 아주 약해졌지만, 격세유전의 돌연변이인 엘리사 바르하는 별 어려움 없이 용혈마법을 떠올리고 쓸 수 있게 되었다고 한다.

—그 전까지는 저주에 저항하느라 그럴 여지가 없었지만요.

엘리사가 직접 입에 올려서 정보 가격이 공짜가 된 덕에, 라플라스는 무슨 한이라도 풀듯 엘리사와 용혈마법에 대한 설명을 내 머리에 쑤셔 박았다.

아, 쑤셔 박았다고는 해도 다운로드 시켜준 건 아니었다. 이건 그냥 비유였다.

아무튼 그러한 용혈마법 중 하나가 변신이었다.

"비록 전하처럼 제 모습을 완전히 다른 사람의 모습으로 바꿀 수는 없지만요."

그렇게 얻게 된 변신 능력으로 엘리사 바르하는 외모의 연령대를 자유자재로 바꿀 수 있게 되었다고 한다.

"그러니까 저는 몇 살이 되더라도 전하께서 원하시는 연령대의 나이를 죽을 때까지 유지할 수 있는 거죠."

엘리사가 자기 입으로 직접 말하지는 않았지만, 라플라스의 말에 의하면 이 녀석, 드래곤으로도 변신할 수 있다고 한다. 체고 4m 정도의, 드래곤치고는 매우 작지만 비행 능력을 가지고 불꽃 숨결까지 토해낼 수 있다나.

—그리고 잡아서 드래곤의 정수를 취하실 수도 있습니다.

잡는다는 것은 물론 사냥한다는 것을 뜻한다. 살해한다는 표현이 더 와닿기는 한다.

'역시 대현자 놈 인성이…….'

라플라스가 이 사실을 안다는 것은 곧 대현자가 엘리사를 잡아서 해체해 본 적이 있다는 뜻이기도 했다.

—살다 보면 그런 일도 있을 수 있죠.

라플라스는 뭉뚱그려 넘겼다.

"…저도 그 정도는 가능합니다."

한창 엘리사와 용혈마법과 변신에 대한 이야기를 하고 있으려니 가다메아의 대주술사, 가니메디아도 끼어들어 말했다.

"주술로?"

"네, 주술은 비행 주술 하나만 있는 건 아니니까요. 그 외에도 무궁무진한 활용이 가능한 것이 바로 가다메아의 대주술입니다."

가니메디아가 턱을 들어 올리며 자랑스레 말했다. 그러더니 문득 얼굴을 붉히며 말했다.

"구원자님께서 원하신다면, 가르쳐 드릴 수도 있습니다만."

"오, 그거 괜찮네. 그럼 전하께서 거의 안 늙으실 거 아냐?"

옆에서 엘리사가 맞장구를 쳤다.

그러고 보니 가니메디아에게서 배운 건 비행 주술 딱 하나였지. 나는 라플라스에게 속으로 넌지시 물어보았다.

'대현자가 저거도 배워놨어? 가다메아의 대주술.'

—물론이죠. 술법으로 분류되어 있고 루블을 지불하시면 배우실 수 있습니다.

'그렇군!'

그럼 가니메디아에게 배우면 더 싸게 배울 수 있겠네? 나는 내심 생각하며 고개를 끄덕였다. 이런 내 속내를 아는지 모르는지, 라플라스는 신이 나서 판촉을 계속했다.

—아, 용혈마법도 배우실 수 있습니다. 마법으로 분류되어 있습니다.

응? 용혈마법을?

'그거 혈관에 드래곤의 피가 흘러야 한다며?'

—새 주인님께서는 [마롤카의 왕홀]을 갖고 계시니까요.

마롤카의 왕홀은 마롤카 왕국의 레갈리아로써, 마력의 형질을 마음대로 바꿀 수 있는 기능이 붙어 있는 보물이다.

—필요한 건 드래곤의 피에 깃든 마력이니, [마롤카의 왕홀]이 말씀해 주신 것과 같은 능력을 갖고 있다면 충분히 가능합니다.

'그렇군, 가능하군!'

나는 고개를 끄덕였다. 뭐, 지금 당장 루블을 써서 배울 생각은 없지만 고개 정도야 끄덕여 줄 수 있다.

"가능하다면 제 것도 가르쳐 드리고 싶습니다만, 이게 혈통을 따지는 마법인 데다 사실 저도 제가 이걸 어떻게 쓰고 있는지 잘 몰라서……."

내가 라플라스와 떠들고 있는 동안, 엘리사가 아쉽다는 듯 입맛을 다시며 이런 소릴 하고 있었다. 그거 용혈마법이고 나도 배울 수 있다고 말하면 안 되겠지?

"그런데 두 사람, 사이가 꽤 좋아 보이는군."

그러므로 나는 화제를 바꾸기로 했다. 나중으로 미루기로 된 이야기긴 하지만, 두 사람은 모두 내게 청혼을 한 거나 마찬가지인 상태다. 그러면 둘이 라이벌이 된 셈일 텐데도, 둘은 주거니 받거니 잘도 이야기를 하고 있었다.

"네, 자매결연을 맺었거든요."

대답을 한 건 가니메디아 쪽이었다.

"그리고 둘이 같은 남편과 결혼하기로 약조했고요."

마무리를 한 건 엘리사 바르하였다.

…응?

방금 뭐라고?

"그러니까 저희와 결혼을 하시면 카트하툼과 가다메아, 두 도시를 다스릴 권한이 한꺼번에! 게다가 100년이 지나도 겉모습이 변하지 않는 아름다운 아내가 둘!"

판촉하는 것처럼 말하지 말아줄래? 게다가 자기 입으로 아름다운 운운……. 뭐, 확실히 예쁘긴 하다만.

"…그 말을 잭 제이콥스에게 할 셈이었다, 이거지?"

"네, 이 정도면 방랑벽이 붙은 신관도 정착을 생각하지 않을까 해서요. 그때는 아직 황자 전하이신 줄 모르고 있었지만……."

뻔뻔한 말을 늘어놓고 있는 엘리사 바르하였지만, 얼굴에는 어느새 홍조가 피어나 있었다. 아무리 엘리사라도 이런 말을 대놓고 하는 건 부끄러웠던 모양이다.

"아, 전하! 좋은 술을 가져왔습니다만. 한잔하시겠어요?"

취소. 방금 전에 한 생각 취소다. 이렇게 속내가 뻔히 들여다 보이는 수작을 걸 줄이야.

*　　　*　　　*

술은 마셨지만 아무 일도 없었다.

정말이다. 이번에는 그냥 성법으로 취기를 휙휙 날렸기 때문이다. 아무리 나라도 같은 실수를 두 번… 아니, 세 번 반복하지는 않는다.

"…전하, 후사를 생각하셔야 합니다."

그런데 뜬금없이 란첼 자작이 매우 아쉬워하며 내게 이런 말을 넌지시 건네는 게 아닌가?

어째 만찬장에서 술을 마시는 걸 말리기는커녕 다른 술을 끊임없이 가져오라고 지시하더니, 다른 사람도 아닌 란첼 자작이 이런 흉계를 꾸미고 있었을 줄은 꿈에도 몰랐다.

"아니, 라틀란트 제국의 대공이 되어서 그런 무책임한 것을 벌일 순 없지 않소?"

"용혈을 이어받은 후사는 많을수록 좋습니다."

용혈이라는 단어에서 나는 엘리사 바르하를 떠올렸지만, 란첼 자작은 엘리사가 용의 피를 이어받았음을 모르고 있을 테니 내 피를 말하고 있는 것일 터였다. 정확히는 카를의 피, 용의 피가 아니라 용 사냥꾼의 피 이야기다.

"다른 사안이라면 과정도 중요하다고 말씀드리겠습니다만 이 사안에서만큼은 결과가 전부입니다. 통촉하시옵소서."

실로 뻔뻔한 소리였다.

"내 참고하리다."

그래도 란첼 자작이 하는 소리라 그냥 무시할 수도 없어서, 나는 대충 그렇게 넘겼다.

그러나 이 사안은 아직 끝난 게 아니었다.

"두 귀부인께서 며칠 더 이곳에 머물겠다고 하셨습니다."

"어쩌면 체류 기간이 더 길어질지도 모른다고 하셨습니다."

엘리사 바르하와 가니메디아에게 붙인 시녀들이 조르르 달려와 이런 소릴 하는 게 아닌가?

"오오, 기쁜 소식이로군요. 참고하시겠다고 하셨죠?"

란첼 자작이 만면에 희색을 띠었다.

* * *

그로부터 일주일 뒤.

나는 잡아먹혔다. 성적인 의미로.

—언제든 저항하실 수 있었으니 피해자인 척하지 말아주셨으면…….

아니, 응… 라플라스 말도 맞다.

물론 상대는 란첼 자작이 아니다. 엘리사 바르하와 가니메디아, 그 두 사람이다.

여자들의 사냥법은 교묘하기 짝이 없었다. 요 일주일간을 모조리 준비 시간으로 썼다. 일상 회화를 나누는 척하면서 내 경계심을 조금씩 무너뜨리고, 환담을 나눈답시고 내 취향을 전부 다 파악한 다음, 용혈마법과 대주술로 변신을 해 내 취향을 직격시킨다는 비겁한 술수를 썼다.

게다가 내 주변을 먼저 무너뜨리는 수법을 쓰기까지 했다.

처음부터 넘어가 있던 란첼 자작은 그렇다 치고, 대체 무슨 수를 쓴 건지 블라드, 막스 세르빌리아 부자까지 자기네 편으로 만들었더라.

아니, 이놈들은 [바르하의 반지]로 세뇌까지 해놨는데 호로록 넘어갔네? 어떻게 된 거야?

그렇게 시간, 장소, 상황을 모조리 장악한 둘은 단번에 공성에 나섰고 나는 함락당했다.

뭐, 그래서 기분이 나빴냐면 그건 아니다. 정말 불쾌했으면 내가 끊고 나왔겠지. 하지만 나는 저항하지 않고 그냥 잡아먹혔다.

내 의지로.

"…나는 내가 이렇게 욕망이 강할 줄 몰랐어."

—새 주인님 원래 연령대를 생각하면 놀랄 일은 아니긴 하죠.

잘 생각해 보니 라플라스의 말이 맞다.

카를 페르디넌트, 현재 나이 만 13세.

옛 지구 기준 중학생 정도의 나이로 사춘기가 한창이다. 생존 전쟁을 치르고 있는 시점의 지구 기준으로는 딱 징집 대상이지만……. 아무튼.

성장의 반지를 빼고 원래 모습을 보면 내가 처음 이 세계에 왔을 당시와 비교해서 엄청 크긴 했다. 사람이 고작 1년 사이에 이렇게 클 수 있느냐는 생각이 들 정도로.

뭐, 물론 내가 오기 전의 카를은 시녀들에게 학대당하고 독에 병에 저주에 다 걸린 상태라 한층 더 허약해진 탓도 없진 않았으리라.

내가 온 뒤로는 고생은 좀 했어도 먹을 건 잘 먹고 다녔으니 확 크는 것도 무리는 아니다. 어쨌든 사람이 그냥 크기만 커진 게 아니라, 2차 성징의 여러 징조들이 몸에 나타나 있는 게 보인다. 이 정도면 그 전까지는 존재하는지도 몰랐던 욕망들이 갑작스레 터져 나오는 것도 이해가 가는 정도다.

이렇게 생각해 보니 내가 그나마 내용물이 어른인 김연준이라 욕망이 제어가 되는 편이라고 할 수 있다.

지구의 김연준이 이 나이 대에는 어땠더라.

“생각해 보니 징병 대상이라 군대에 끌려가서 한창 군사 기초 교육 받고 있었겠구나.”

어쨌든.

"…이렇게 된 이상 그 둘과 결혼할 수밖에 없겠군."

욕망에 패배했든 어쨌든 나는 행동을 했고, 따라서 그 행동에 대한 책임 또한 져야 한다.

적어도 나는 그렇게 생각한다.

—새 주인님께서는 책임감이 있으시군요.

그 말만 들어도 대현자가 이런 상황에서 뭘 어떻게 했는지 잘 알겠다.

*　　　*　　　*

그 이후, 내 일상은 더욱 바빠졌다.

아침에 일어나서 기사들과 한바탕 뒹굴고, 그 결과 엉망진창이 된 기사들을 상대로 성법 수련을 한다.

점심에는 신전에 들러 일리어스 여신님께서 만들어주신 점심을 챙겨 먹고, 오후에는 란첼 자작에게서 마법을 배웠다.

저녁 식사를 해결하고 해가 진 후에는 블라드, 막스 세르빌리아 부자에게 흑법을 배웠다.

물론 지글이에게 정령력을 주입하는 것도 잊으면 안 된다. 매일 하는 건 아니지만 루에노와 주기적으로 만나 6령급 정령법에 대한 이야기를 나누는 것도 꾸준히 하는 일과 중 하나다.

그리고 심야에는… 여자들에게 잡아먹혔다.

…그럴 수도 있지.

아, 그 뒤에는 용혈마법과 대주술을 배우기도 했다.

…침대 위에서.

그럴 수도 있지…….

아, 카를 대공으로서 공무수행도 잊으면 안 된다. 별거 아닌 일에 대해선 그냥 란첼 자작을 비롯한 공무원들에게 떠넘기면 됐지만, 중간중간에 서부 변경 도시의 시장이 찾아오거나 하면 내가 직접 만나주긴 해야 한다. 봉건 계약을 맺는 건 대리를 통할 수 없으니 이것만큼은 어쩔 수 없다.

그나마 다행인 것은, 블라드 세르빌리아가 수집해 온 정보에 따르면 프란츠 황제가 서부 변경에 군사력을 투입할 생각을 완전히 접었다고 한다.

사실 제국 중앙에 그럴 여력이 남아 있지도 않아 보였지만 사람이 하고자 마음먹고 의욕을 발휘하면 혹시 모르는 일이었으니 방심할 순 없었으나, 이제 그 의욕마저 접었다니 더 걱정할 필요가 없어졌다. 따라서 기사단을 굳이 시티 오브 툴루나 시티 오브 페르핀에 상주시켜 둘 필요가 없어졌다.

시티 오브 툴루 주변의 고블린은 이미 씨가 다 말랐으므로, 기사단을 셋으로 나누어서 아예 원정을 보냈다. 변경 외곽에는 아직 트롤 같은 괴물들이 남아 있었으므로 그럭저럭 루블 벌이가 되었다.

이것은 변경 성채에 대한 무력시위도 겸한 것이었다. 눈치가 있으면 충성 맹세를 해올 수도 있을 것이고, 적어도 후방에서 다른 마음을 품을 생각은 줄어들 것이다. 대놓고 불온한 행동을 취한다면 어쩔 수 없이 토벌을 해야 할 테지만, 아직 그런 성주는 나타나지 않았다.

나 자신의 성장, 카를 대공으로서의 변경 평정, 그리고 소소한 루블 벌이까지. 지겹고 피곤한 나날이었지만 돌이켜 보면 하루하루를 꽤나 충실하게 보냈다.

그러던 어느 날, 나는 블라드 세르빌리아로부터 어떤 소식을 듣게 되었다.

"예언자가 죽었습니다."

기다리던 소식이었다.

*　　　　*　　　　*

예언자는 라틀란트 제국 동부 변경의 한 화려한 호텔에서 우아한 드레스를 입고 와인을 기울이고 있었다. 아름다운 예언자의 외모는 지나가는 사람들 모두의 시선을 끌어모으고 있었지만, 예언자는 사람들의 시선에 신경 쓰지 않았다.

예언자는 이미 모든 것이 박살 났음을 직감했다. 그동안 예언자로서 쌓아온 신뢰가 이번 일로 완전히 무너져 내렸다.

라틀란트 제국의 황실에까지 닿아 있던 연줄은 모조리 끊겼다. 그녀의 말을 듣던 대신들은 다시는 예언자의 말을 신뢰하지 않으리라.

아니, 기회만 있다면 예언자의 목을 베어 넘기지 못해 안달이 났을 것이다. 황제는 분노했고, 그 화는 대신들에게 미칠 것이니. 그들 자신이 파멸을 피하려면 그 화를 대신 받아줄 제물이 필요할 것이다.

그리고 가장 좋은 제물이 예언자일 것임은 분명했다.

예언자의 가장 치명적인 적은 멀쩡히 살아 돌아온 것도 모자라 대공을 자처하며 지고의 좌에 올랐고, 반면 예언자의 편을 들던 이들은 적으로 돌아섰다.

애초에 이번 서부 변경 초토화 작전은 예언자가 지닌 거의 모든 것을 다 건 승부였다. 그 승부에서 졌으니, 이제 남은 것은 파멸밖에 없었다. 호텔 입구에서 비명 소리가 들렸다. 소음은 천천히 다가오고 있었다. 그러나 소음은 곧 잦아들었고, 예언자의 앞에 서자 침묵에 가까워졌다.

사람이 바글바글 몰려 있던 호텔 식당에는 이제 아무도 없었다. 와인이 남아 있는 와인 잔을 한 손에 든 예언자, 그리고 한 자루 검을 손에 든 남자 하나.

예언자는 남자에게 눈을 돌리고 미소를 지었다.

"여기까지 마중을 나와준 건가? 난 아직 덜 마셨는데."

남자의 이름은 프란치노. 라틀란트 제국 변경 감찰대대인 이름 없는 대대의 대대장이었던 남자였다.

그러나 지금은 아니다. 예언자의 호위를 위해 자신의 직위를 다 버리고 제국 변경 동부로 함께 여기까지 왔다. 이것이 라틀란트 제국을 위함이라 믿고서. 그러나 예언자의 가장 열정적인 추종자였던 남자의 눈은 깊이 가라앉아 있었다.

"저는 당신의 이름을 모릅니다."

프란치노의 입에서 나온 말은 예언자의 질문에 대한 대답이 아니었다.

"당신은 누구십니까?"

"나는 예언자다."

예언자는 프란치노의 질문에 대답했다.

"삼라만상의 모든 진리에 통달해, 과거는 물론이고 미래까지도 꿰뚫어 보는 예언자."

와인 잔을 들어 올려 보이며 과장스럽게 말한 예언자는 혼자 쿡쿡쿡 웃더니 잔을 입에 대고 와인을 마셔 없앴다.

"그렇다면 지금 당신의 미래를 예언해 보십시오."

부우웅.

프란치노의 검에 빛 무리가 자리 잡았다. 검의 주인만이 소유할 수 있는 무위의 증명을 보면서도, 예언자는 아주 하찮은 것을 보기라도 한 것 같았다.

"그 예언은 그대에게조차 가능한 것. 내가 굳이 입을 열 이유가 없구나."

아주 조금의 공포조차 엿보이지 않은 채, 예언자는 무심히 대꾸했다. 프란치노는 더 이상 그러한 예언자의 태도를 참아내지 못했다.

검은 소리 없이 휘둘러졌다. 목은 그 자리에 데구르르 굴렀다. 붉은 액체가 흩뿌려졌다. 프란치노는 눈을 크게 떴다. 그 목에서 뿜어져 나온 액체의 향취가 뜻밖에도 감미로웠던 탓이었다. 뺨에 묻은 그 액체를 손가락으로 훔쳐내 혀에 댄 프란치노는 미간을 찌푸렸다.

"…와인."

프란치노의 눈앞에 나뒹굴고 있는 예언자의 잔해는 사람의 시체로 보이지 않았다. 지나치게 무참히 훼손되었기 때문이 아니다. 오히려 너무나도 깔끔했다. 마치 도자기로 만든 듯.

아니, 이건 도자기가 맞았다. 도자기로만 만들어진 것은 아니었으나, 도자기처럼 보인 부위는 도자기가 맞았다. 그러니 도자기로 만든 듯이라는 표현은 어울리지 않았다.

적절한 표현은 그 반대였다.

마치 사람처럼 만들어진… 인형이었다.

"…으아아아아!"

프란치노의 입에서 짐승 같은 외침이 터져 나왔다. 지난 몇 년 동안 진심을 다해 섬겼던 대상에게 줄곧 기만당하고 기만당한 끝에, 그 결별마저 기만당한 남자의 울부짖음이었다.

*　　　　*　　　　*

블라드 세르빌리아의 보고를 다 들은 나는 잠깐 생각한 후 고개를 끄덕였다.

"그거, 분신이로군."

제3장
—
대현자

그렇다. 프란치노가 죽인 것은… 아니지. 파괴한 것은 예언자의 분신에 불과했다.

당장 내가 골렘을 골조로 한 분신을 만들고 부숴먹고 또 한 대를 새로 만들고 있으니 눈치채지 못하는 게 더 이상하다.

"그런 것으로 보입니다."

블라드 또한 미리 알고 있었던 듯 고개를 주억거렸다.

"그런데 왜 예언자가 죽었다고 내게 보고한 거야?"

"보고에도 임팩트가 필요하다고 생각해서 드린 말씀입니다만……."

블라드 이 녀석, 진짜 [바르하의 반지]가 먹힌 게 맞나? 갈수록 사람이 능글맞아지는 게 영……. 그렇다고 내게 충성을 안

하냐면 그런 건 또 아닌데.

—블라드가 인간성을 되찾은 탓입니다.

설명할 찬스라고 생각한 건지, 라플라스가 바로 입을 열었다.

'잉? 그럼 반지의 힘에서 풀려난 거야?'

—본인이 자의적으로 반지의 명령을 위배하려 하지 않는다면 반지에 의해 자의식을 잃을 이유가 없으니까요.

즉, 지금 이런 현상은 블라드가 내게 진심으로 충성하기로 마음먹었기에 일어나는 것이라고 설명할 수 있었다.

이 말인즉슨, 블라드의 이런 능글맞은 면은 블라드 본인의 본성이라는 의미도 된다.

이건 좋은 거냐, 나쁜 거냐.

물론 좋은 거긴 한데, 왠지 좀 복잡스러운 느낌이다.

"아무튼 알았다. 알려줘서 고맙군."

"저는 제 일을 했을 따름입니다."

"수고했다."

"별말씀을."

내 치하가 만족스러운 듯, 블라드 세르빌리아는 옅은 미소를 한 번 띠어 보이고는 그대로 모습을 감췄다. 5야급 흑법사의 퇴장은 이토록 우아하다. 실제로는 퇴장조차 안 했을 가능성도 있다는 점에서 더더욱.

'자, 그럼 어쩐다.'

혼잣말처럼 털어놓은 마음속 소리에, 라플라스가 즉각적으로 반응했다.

—이미 마음속으로는 결정하시지 않으셨습니까?

맞는 말이다.

나는 이대로 예언자의 퇴장을 허용할 마음이 없었다.

분신 하나 잘라내고 끝이라니, 그런 걸 용납할 수 있을 리가 없다.

한두 번도 아니고 몇 번이고 집요하게 내 목숨을 노린 상대를 그냥 내버려 둘 정도로 내 위기의식은 마비되어 있지 않았다.

예언자가 이번 일로 패배를 인정하고 모습을 숨겨 내가 늙어 죽을 때까지 나타나지 않을 가능성도 있지만, 그런 희미한 가능성에 걸고 내 강력한 대적자를 그냥 내버려 두는 선택은 차라리 안이하기까지 하다.

그러니 내릴 수 있는 결정은 하나뿐.

본체를 찾아내서 죽인다.

이것뿐이다.

'라플라스.'

—네, 새 주인님.

'놈의 본체는 어디 있지?'

—유료입니다.

예상했던 대답이었다. 예언자의 처치는 내 인생의 거대한 암초를 치워내는 것과 같은 대업. 공짜일 리 없었다.

이미 예언자의 정보에 대한 값을 치렀다는 말도 통하지 않는다. 그런 말을 해봐야, '그 예언자'는 블라드 세르빌리아가 말한 분신 인형을 가리키는 대답이 돌아올 게 빤했다.

그러니 나는 다시 물어야 한다.

'얼마야?'

이러려고 그렇게나 악착같이 모은 루블이다. 이런 국면에서까지 궁상을 떨 생각은 없었다.

—1,500루블입니다.

'비싸군.'

—반값입니다만…….

라플라스의 설명에 의하면 예언자의 서부 변경 초토화 작전을 무산시키고 그 분신까지 파괴한 덕에 이만큼이나 싸진 것이라고 한다. 그럼 원래 가격은 3,000루블인가. 하긴 그 정도는 할 법했다.

'딜.'

비싸다고 안 살 수 있는 정보가 아니었다. 나중으로 미룰 수 있는 것도 아니었고.

이건 내 직감이지만, 놈에게 시간을 줄수록 위험해질 것 같은 느낌이 들었다.

막말로 놈이 예언자 분신 다섯쯤 더 만들어서 풀어버리면 그것 자체로 꽤나 골치가 아파진다.

더욱이 이번에는 놈이 예언자 분신만 푼다는 보장이 없다.

블라드 세르빌리아의 정보를 믿자면 예언자 분신 인형의 성능은 상당히 좋았다. 그 분신만 보더라도 놈이 대단한 수준의 마법사나 술법사일 가능성이 높았다. 둘 다일 가능성도 있고, 그보다 더할 가능성마저 있었다.

어느 쪽이건 적에게 시간을 주지 않는 게 주는 것보다야 훨씬 낫다.

나는 그렇게 판단했다.

그리고 결과만 보자면, 그 판단은 옳았다.

*　　　　*　　　　*

대현자는 눈을 떴다.

"긴… 꿈을 꾼 것 같군."

그러한 혼잣말에 대답이 돌아왔다.

"꿈이 아닙니다, 대현자시여."

목소리가 들린 방향으로 대현자는 고개를 돌렸다.

그곳에는 아름다운 여성이 있었다.

풋풋한 얼굴에 원숙한 몸매를 지닌 그녀는 이전까지 예언자라 불렸다. 그러나 이제 그녀는 스스로를 예언자라 부르지 않는다. 자신의 진정한 정체가 무엇인지 깨달았기 때문에.

대현자의 일개 분신. 그것이 그녀의 정체였다.

그렇다고 분신이 착각을 하고 있던 건 아니었다. 대현자는 이 분신에 진짜 예언자로서의 능력과 재능, 그리고 힘을 부여했으므로. 그러니 스스로를 예언자라 부르는 건 맞는 말이다.

대현자는 자신은 잠든 채 분신을 움직여 더 많은 경험과 정보, 그리고 힘을 끌어오도록 했다. 굳이 본인이 직접 움직이지 않은 이유는 여럿이 있지만, 결정적인 것은 수명이었다.

신의 영역에 이르지 못한 인간이 시간의 흐름을 거스르고 영원에 가까운 삶을 살기 위해서는 희생해야 하는 것도 있는 법이다.

그리했던 보람이 있어, 이렇게 잠들어 있는 동안 대현자의 수명은 줄어들기는커녕 오히려 늘어났다. 대현자의 은신처에 가득 마련된 연명의 돌에, 북방 엘프들이 그렇게나 애지중지하던 엘프의 나무 묘목을 가져와 잔뜩 심어둔 덕을 보았다 할 수 있겠다.

"네가 나를 깨웠구나."

"그렇습니다, 대현자시여."

"내가 네게 준 것을 되돌려다오."

"예, 대현자님."

분신은 부복한 채 입을 벌렸다. 그러자 분신의 입에서 연기 같은 것이 나왔다. 대현자가 분신에게 나누었던 분혼이었다. 그 분혼의 절반을 돌려받은 대현자는 음미라도 하듯 눈을 감고 있다가 문득 중얼거렸다.

"그런가. 지금 세상은… 그렇게 돌아가고 있군."

대현자는 분신에게서 얻은 정보로 라틀란트 제국에서 무슨 일이 일어나고 있는지 알아챘다.

예언자가 서부 초토화 작전에 실패했고, 그녀를 실패시킨 것이 고대 제국의 율법을 명분 삼아 일어난 카를 페르디넌트이며, 그가 바로 예언을 틀리게 만드는 자이자 용혈각성으로 스스로의 혈통을 증명한 자임을.

"재미있군, 재미있어."

대현자는 웃었다.

웃을 일이 아니었음에도.

예언을 틀리게 만드는 자는 대현자의 완벽한 계산을 어긋나게 만드는 자이기도 했다.

역사의 변곡점을 창출하고 모든 것을 혼돈 속으로 빨아들이는 자.

그것이 예언을 틀리게 만드는 자, 카를 페르디넌트였다.

그런 카를에게 혈통이라는 명분과 대공이라는 지위, 그리고 힘이 주어졌으니 대현자로서도 곤란할 따름이었다.

"제 예언만으로는 역부족이었습니다."

"그래, 그럴 법도 하지."

예언자의 말에 대현자는 눈을 감고 고개를 끄덕였다. 눈을 감은 채 예언자의 실패를 음미라도 하듯 미소 짓고 있던 대현자는 문득 눈을 뜨며 이렇게 선언했다.

"이번에는 내가 직접 나서야겠군."

"대, 대현자님께서 직접."

어지간하면 다음 분신을 만들어 분혼을 심고 내보낸 후 다시 잠에 들 대현자였지만, 상대가 상대이니만큼 평소처럼 무던하게 대응할 수는 없다. 그랬다가는 대현자가 미리 조율해 놓은 모든 질서가 무너질 수도 있었다.

"그만큼 카를 페르디넌트는 위험한 존재야."
대현자가 직접 나서서 제거할 계획을 품을 정도로.
"보자……. 이번에는 어느 신분으로 나서야 할까?"
대현자는 고민에 빠졌으나, 그 고민은 길지 않았다.
전력을 다하기로 마음먹은 이상, 대현자 본인이 스스로 나설 수밖에 없다는 결론에 곧 이를 수밖에 없었으므로.
대현자 플라비오 사바티오 유스티오.
백 년 전에 은거해 세상을 등졌다던 전설적인 대현자가 다시금 세상에 모습을 드러내기로 마음을 먹은 순간이었다.

*　　　*　　　*

라플라스로부터 내 대적자의 정보를 산 나는 라플라스의 입에서 나온 첫 단어에 경기를 일으킬 수밖에 없었다. 왜냐하면 단어가 단어였기 때문이었다.
"대현자?"
내게는 너무나도 익숙한 단어였다.
—그렇습니다.
"그 대현자?"
나를 이 세상에 끌고 오고 자기는 죽으러 간 그 대현자 이야긴가? 싶었지만 아니었다.
—…물론 제 창조주이자 전 주인님을 말씀드리는 게 아닙니다. 굳이 부언하자면 전임, 혹은 선배 대현자라고 할 수 있겠군요.

"아, 그렇군."

나는 내가 왜 안심하는 건지도 모른 채 안심했다가, 문득 성이 나서 따졌다.

"그런데 왜 대현자라고 한 거야? 헷갈리게. 난 또 네 전 주인이 튀어나올 줄 알았잖아."

—그치만 대현자는 대현자니까요. 대현자를 대현자라고 칭하지 달리 무엇이라 칭하겠습니까?

"…그건 그렇네."

하긴 이런 거나 따지고 있을 때가 아니다. 중요한 건 정보다. 1,500루블이나 주고 산 소중한 정보.

"그냥 다운로드 받을까?"

—자비를!

라플라스가 바로 납작 엎드리는 게 재미있다. 대체 얼마나 설명하고 싶은 거냐 싶기도 하지만, 이제는 익숙해질 때도 되었기에 나는 그냥 고개를 끄덕여 주었다.

"알았어, 설명해."

물론 설명을 받은 뒤에는 다운로드를 진행할 생각이다. 어쨌든 머릿속에 직접 쑤셔 박는 게 더욱 직관적이긴 하니까. 그러니까 라플라스로부터 구두로 설명을 받는 건 어디까지나 녀석을 위한 복지인 셈이다.

—대현자 플라비오 사바티오 유스티오는 황제의 스승이자 위대한 마법사, 연금술사, 그리고 예언자로 알려져 있기도 합니다.

"황제?"

—프란츠 황제가 아닙니다. 대현자가 이 칭호를 손에 넣은 시기는 지금으로부터 100년도 전의 일이니까요. 새 주인님이신 카를 페르디넌트 황자의 입장으로 말씀드리자면 증조할아버지에 해당하겠군요.

생각보다 옛날 사람이구나, 하고 무던히 생각할 수 있었던 것도 잠시였다.

—하지만 여기서 황제의 스승이라는 칭호는 단순히 황제를 가르쳤다는 것을 뜻하지 않습니다. 대현자가 은거를 깨고 세상에 나왔을 때, 언제든 황제에게 조언을 할 수 있는 권한과 위치를 보장하는 것이기도 하거든요.

라플라스의 설명을 들은 나는 얼음물을 뒤집어 쓴 것 같은 느낌을 받았다. 왜냐하면 이 말이 뜻하는 바는 다음과 같았기 때문이었다.

"…그럼 만약 그 대현자가 직접 나를 처치하고자 마음을 먹었다면……."

—네, 프란츠 황제의 조언자로서 붙겠죠.

라플라스의 확언에 나는 마른침을 삼켜야 했다. 황제와 대현자가 태그를 맺고 나를 적대하면 상당히 골치가 아파질 게 틀림없었으므로.

—궁지에 몰린 프란츠 황제도 거부하지 않을 겁니다. 오히려 자신의 정통성을 강화하는 데에 활용할 겁니다.

"선황 폐하의 스승이 나의 스승이 되었다, 뭐 이런 식으로

광고하고 다니겠군."

—그렇습니다. 현 시대의 대현자라는 타이틀을 지니고 있는 이가 카를 페르디넌트가 아닌 자신을 선택했다는 것은 괜찮은 홍보 수단이 될 테니까요.

뭐, 사실 이건 별 의미 없는 사담에 가깝다.

"그 플라비오… 어쩌구라는 놈. 실제 능력이 어떻게 돼?"

나는 물을 따라 마시며 물었다. 사실 마시고 싶은 건 술이었지만, 지금 마시면 안 되겠지.

—상대하기에 가장 골치 아픈 능력은 당연히 예언 능력입니다.

라플라스의 말에 나는 고개를 주억거렸다. 그야 그럴 테지. 예언자 본체니까.

—하지만 다행히 새 주인님께는 통하지 않는 능력이지요.

"내가 그, 예언을 틀리게 만드는 자이기 때문인가?"

—그렇습니다. 설령 대현자 본인의 예언이라고 해도, 새 주인님의 행보를 완벽히 예언하는 것은 불가능합니다.

이건 큰 장점이지만, 사실 이게 모든 문제의 핵심이자 원인이기도 했다. 애초에 플라비오 어쩌구가 카를 페르디넌트를 죽이려 한 이유가 이것이었으니까.

—하지만 방심해서도 안 됩니다. 새 주인님의 입김이 닿지 않는 영역에서는 여전히 대현자가 완벽에 가깝게 예언할 수 있을 테니까요.

"그렇군……."

이로써 수읽기 싸움에서 어느 정도 우위를 점할 수 있으므로 다행이지만, 나도 녀석의 행보를 라플라스를 통한 확률로밖에 예견할 수 없으므로 완전한 승리를 꿈꾸기엔 이르다.

그렇다면 힘 싸움에 더 무게가 실리게 되겠다.

"녀석의 마법 실력은? 어느 정도 경지지?"

라플라스가 플라비오 어쩌구를 소개할 때 위대한 마법사라는 문구를 가장 먼저 붙였으니, 최소한 5마급은 되었으리라고 예상하고 있었다. 그러나 라플라스의 답은 내 예상을 초월했다.

—7마급 마법사입니다.

답을 들은 나는 입에 든 물을 뿜지 않기 위해 무진 애를 써야 했다.

내가 지닌 힘의 최고점이 6이다. 6령급의 정령사.

"…6도 아니고, 7?"

그런데 여기에서 내게는 미답의 숫자가 나왔다.

—그렇습니다. 마법이 시작은 미약하지만 끝은 창대한 분야죠.

"허……."

나는 혀를 찼다. 찰 수밖에 없었다.

—하지만 지나치게 경계하실 필요는 없습니다. 그 대현자는…….

"이제부터 그놈을 대현자라고 부르지 마. 헷갈리니까. 그냥 플라비오라고 불러."

나도 혼자 플라비오 어쩌구라 부르기 지쳤다. 깔끔하게 플라비오로 정리하자.

—알겠습니다. 플라비오의 마력색은 흑색과 흙색입니다. 주로 마력 부여, 그러니까 골렘 제작이나 마법 물품 제작, 혹은 시체 움직이기에 특화된 마력색이지요.

"2색인가. 가지가지 하네. …그나마 적색이 없는 게 다행이로군."

만약 7마급의 마력으로 폭발력이 넘치는 원소마법을 사용할 수 있었다면? 사실 상상도 잘 가지 않는다.

—그렇습니다. 새 주인님께서 보유하고 계신 [마롤카의 왕홀] 같은 유물도 소유하고 있지 않으니, 전면전의 폭발력에서는 새 주인님의 마법이 좀 더 우위를 점하실 수 있습니다.

그나마 라플라스의 분석만이 약간의 위안이 되어줄 뿐이다.

"그래도 준비 시간을 많이 주면 가장 골치 아픈 색인 것임에는 틀림이 없지."

플라비오는 마력 전부를 골렘 제작에 쏟아붓고 마력을 회복시킨 후 다시 골렘 제작을 반복하는 것만으로 골렘의 대병력을 만들 수 있다.

물론 플라비오가 쓸 수 있는 무기는 골렘으로 한정되지 않는다. 프란츠 황제와 협력해 기사단 하나를 전부 마법 물품으로 무장시킨다거나 하는 짓도 가능하다.

그것도 7마급이지 않은가. 이런저런 예를 들긴 했지만, 마법 수준이 고작 4마급인 내 입장에선 플라비오가 뭘 할 수 있는

지조차 사실 잘 모른다.

게다가 더 큰 문제는 플라비오의 힘과 능력이 마법에 국한된 것이 아니라는 점이었다.

"마법 외의 능력은 어떻게 되지?"

—플라비오는 뛰어난 연금술사입니다. 단적으로 말하자면 5성급입니다. 그리고 외부에는 잘 알려져 있지 않지만 악마 소환술을 쓰기도 하죠. 이쪽도 5성급입니다.

"악마 소환술?"

그런 걸 진짜로 쓰다니.

…하긴 나도 쓰긴 썼다. 그걸로 소환한 악마들의 대가리를 깼었지.

"어떤 악마를 다루지?"

—세간의 눈을 의식해서 비밀리에 운용할 수 있는 그림자 악마 따위를 소환해 부립니다.

"그림자 악마?"

—그림자 악마는 4야급에 해당하는 유사 흑법 능력을 사용할 수 있는 4각급 악마입니다.

유료라고 할 줄 알았는데, 라플라스는 순순히 그림자 악마에 대한 정보를 털어놓았다. 아무래도 플라비오의 정보값에 포함되어 있는 정보인 것 같았다.

"…그쪽은 그나마 성법으로 대처할 수 있겠군."

지금의 내 힘으로 5각급의 악마라도 대가리를 깨줄 수 있으니, 아무리 5성급의 악마 소환술이라고 해도 지나치게 민감하게 대응할 필요는 없어 보였다.

그러나 그건 내 오산이었다.

—플라비오 측에서 제물을 아주 많이 준비해서 끊임없이 악마 소환을 동원한다면 그렇게 말씀하실 수 없게 되실 수도 있습니다.

고급 악마 소환술은 시간을 끌면 끌수록 악마들을 잔뜩 끌어모을 수 있나 보다. 내가 쓰는 악마 소환술은 아주 기초적인 것이었기 때문에 알 수 없는 정보였다.

—그리고 그 외의 잡다한 술법에 능합니다. 이쪽 리스트는 따로 정리해 드릴 테니 다운로드 받으시는 게 편할 겁니다.

이 설명 좋아하는 라플라스가 먼저 다운로드를 하라고 권할 정도니, 리스트가 길긴 길 것이라는 건 충분히 예상할 수 있었다. 하지만 이 정도로 길 줄은 몰랐다.

"저주술, 최면술……. 이건 또 뭐야. 방중술?"

스무 개가 넘는 종류의 술법을 정말 다종다양하게도 갖고 있었다. 그리고 그중 대부분이 음습한 음모를 꾸미고 막후에서 누군가를 조종하기에 쓸모 있는 것들로 구성되어 있었다.

내가 충분히 리스트를 살펴볼 수 있는 시간을 준 후, 라플라스는 조용히 이렇게 덧붙였다.

—새 주인님께서 정보를 즉시 구매하시기로 한 것은 최선의 판단이셨습니다.

확실히 시간을 줄수록 이쪽이 더 불리해진다는 것만은 확실했다.

*　　　*　　　*

플라비오가 7마급의 마법사니, 나도 7은 하나 달아야 할 것 같았다.

하지만 7을 다는 건 결코 녹록한 일이 아니었다. 루블도 루블이지만, 단지 루블만의 문제라고는 할 수 없었다. 애초에 대현자는 루블 일시불로 살 수 있는 범위를 5까지로 정해두었다.

7로 가려면 내가 나의 노력으로 6을 뚫은 다음 거기서 한 걸음을 더 나아가야 했다.

그러므로 내가 7을 노릴 수 있는 분야는 하나뿐이었다.

"정령법."

지금 와서 4마급밖에 안 되는 마법을 비롯한 다른 힘을 7까지 키우는 것보다는 이미 6령급에 도달한 정령법을 7령급까지 키우는 게 훨씬 현실적이었다.

"게다가 재능이 있다고 평가받은 분야이기도 하니."

―물론 제가 그렇게 말씀드리긴 했습니다만.

라플라스가 말했다.

―한 분야의 경지를 높이는 것보다는 여러 분야의 기초를 완성하고 시너지효과를 발생시키는 쪽이 더욱 효과적이라고 조언드리고 싶습니다.

"그렇구나……. 그런데 잠깐. 그 조언은 왜 유료가 아니지?"

라플라스는 대답하지 못했다. 하지만 나는 정답에 이르렀다.

"이 녀석, 그거 판촉이구나! 맞지!?"

라플라스의 말을 굳이 꼬아서 듣자면, 5마급, 5성급, 5륜급, 5야급을 마저 사서 올리라는 뜻으로도 들을 수 있다.

아니, 이게 꼬아서 듣는 걸까? 어쩌면 이거야말로 핵심일 수도 있었다.

—…제가 틀린 말을 한 건 아닙니다.

왜 자꾸 맞는 말을 하지?

"때, 때리고 싶다……!"

쳐 맞는 말!

—그럼 7령급으로 올라서시기 위해 6령급의 테크닉이라도 구매하시는 건 어떻습니까?

자기 말이 잘 먹히지 않는 것 같자, 라플라스는 접근 방향을 바꿔보는 것 같았다. 물론 이것도 판촉이었다. 판촉이었지만…….

"뭐? 그런 게 있었어? 왜 그걸 지금 말해?"

이건 진작 했어야 했던 판촉이었다.

—새 주인님께서 직접 떠올리실 줄 알았습니다.

라플라스가 변명처럼 한 말에, 나는 눈이 번쩍 뜨였다.

"그럼 직접 내가 떠올릴 수 있다는 뜻이네?"

—하지만 지금은 시간이 없으니…….

"좋아, 조금만 기다려!"

나는 바로 루에노를 불렀다. 혼자 생각하는 것보다는 같은 6령급 정령사가 한 명 더 있는 게 더 나을 것 같았기 때문이었다.

"6령급의 테크닉?"
"그렇습니다, 스승님. 스승님의 삼위일체처럼 6령급에서만 할 수 있는 정령… 술 테크닉이 있을지도 모르지 않습니까?"
"오, 그런 게 있을 수 있나?"
"없으리란 법은 없지 않습니까?"
"그런 게 있다면 네가 먼저 떠올려서 내게 가르쳐 줘야 하지 않을까?"
"아니, 스승님. 스승님께서 고안하셔서 제게 가르쳐 주셔야죠."
"네가 천재니 네가 떠올려 보는 게 어떨까?"
"저보다 훨씬 경력이 많으신 스승님께서!"
"……."
"……."
안 되겠다, 이거!
"그럼 한번 생각해 보십시오, 스승님. 저도 생각해 보겠습니다."
"알겠다, 제자야. 나도 한번 떠올려 볼 테니 너도 떠올려 보려무나."
나는 큰 기대 없이 루에노와 헤어졌다.
그리고 다음 날.
"유레카!"
아침에 일어나자마자 나는 외쳤다.
원래 오전 중으로 계획되어 있던 기사들과의 대련까지 취소하고, 나는 자다가 떠올린 개념을 현실에서 구체화시키기 위해 애썼다.

그러나 이게 쉬운 게 아니었다. 그래서 나는 혼자 끙끙거리길 그만두고 루에노를 불러왔다. 내 발상에 대해 전해 들은 루에노는 손뼉을 치며 감탄했다.

"오, 발상이 좋군. 역시 내 천재 제자야."

"하지만 절 길러내신 건 스승님이 아니셨습니까?"

"약 좀 먹이고 방목해 놨더니 멋대로 혼자 6령급이 된 건 너 아니었느냐?"

그 말이 맞았다.

"…이런 게 중요한 게 아닙니다, 스승님!"

"그렇구나. 이 방법을 현실화시킬 수 있다면 우리는 적어도 하나, 운이 좋으면 두 개체 정령을 더 소환할 수 있을 테니. 같은 6령급이라도 8령급인 것처럼 하고 다닐 수 있겠어. 가능만 하다면 그야말로 혁명에 가까운 발상이다."

"그래서, 가능하겠습니까?"

"시간을 좀 줘봐라."

나는 그러기로 했다. 그래도 끙끙대는 사람이 하나 더 늘어난 게 혼자 끙끙대는 것보다는 기분이 훨씬 나았다.

점심을 거르고, 오후의 마법 수업도 빠지고, 업무까지 란첼 자작에게 몰아버리고 끙끙댄 결과.

"됐다!"

—그게 왜 됩니까!?

"…아니, 네가 된대매. 그래서 한 건데……."

—하루 고민해서 됐을 일이 아니라고 생각합니다만…….

"이틀이잖아."

—만 하루입니다만.

그거야 뭐 아무래도 좋다.

"스승님! 스승님! 답을 발견했습니다!"

"오, 역시 내 천재 제자야! 나는 아무것도 할 필요가 없구나!"

"그런 말씀 마십시오! 스승님께서 함께 고민해 주셔서 해낼 수 있었던 겁니다!!"

"입바른 소리 좋구나! 기분이 좋아! 아무튼 얼른 해보자꾸나!!"

나는 컴컴이와 반짝이를 불러냈다. 신성의 정령과 흑암의 정령. 일견 극과 극인 사이지만, 이 둘은 의외로 잘 맞는 사이다. 음양의 조화라고나 할까. 동양의 신비라고나 할까. 동양은 상관없나. 아무튼.

"정령 합일 시작합니다. 됐습니다."

"이제 이어붙이는 일만이 남았군."

나는 재빨리 정령 소환진을 그렸다. 말이 소환진이지, 이번 일을 위해 따로 개발한 물건이다. 굳이 이름을 붙이자면 합일진이라고 해야 할까. 여하튼 나는 반짝이는 컴컴이, 사실 이제 반짝이지도 컴컴하지도 않지만 어쨌든 두 정령이 합쳐진 정령체를 합일진 안에 두었다.

그리고 합일진을 발동시켰다. 눈에는 별 변화가 보이지 않지만, 합일진이 내 정령력을 엄청나게 빨아먹고 있는 것을 보아 발동에는 성공했다. 하지만 그 결과물까지 성공적일지는 두고 봐야 한다. 나는 가슴을 졸이며 계속해서 정령력을 흘려보내면서 추이를 보았다.

결과.

"됐다!"

"됐어!"

나와 루에노가 거의 동시에 외쳤다. 그렇다. 나는 이론을 현실로 완성시키는 데에 성공했다. 이어 붙여진 반짝이와 컴컴이는 정령 합일에 별다른 정령력을 소모하지 않은 채 처음부터 하나의 정령인 것처럼 존재하고 있었다.

이 발상을 해낼 수 있었던 건 내가 처음부터 합일된 정령이라고 할 수 있는 지글이의 소환에 성공했기 때문이다.

합일된 정령이 소환 여력을 한 개체분만 차지할 수 있다면 이미 소환시켜 둔 정령을 합일시키고 지글이처럼 한 개체분의 소환 여력만 차지하도록 만들 수 있지 않을까, 하는 발상에서 시작된 사고실험이었다.

그리고 그 사고 실험을 이론으로 이끌어내고, 그 이론을 바탕으로 실제 실험에도 성공을 시켰으니 그 기쁨은 이루 말할 수 있을 정도가 아니었다.

"성공했습니다, 스승님!"

이론대로 나는 내 안에 정령을 하나 더 소환할 수 있는 여력이 생겼음을 알아챌 수 있었다. 이 사실만큼은 루에노가 알 수 없으니 내가 말해줘야 했다. 물론 내 성공 선언을 들은 루에노는 크게 기뻐했다.

"오오, 이러한 위업을 정말로 이루다니! 우리의 이름은 영원토록 역사에 남을 것이다!"

"…스승님이요?"

솔직히 이번엔 내가 다 했다. 발상부터 시작해서 이론의 완성, 그리고 실증에 이르기까지. 그러나 루에노는 뻔뻔하게도 이렇게 말했다.

"네 스승으로서 말이다!"

맞는 말이었다!

"아, 그런 말씀이시구나!"

하하하, 하하하, 하하하하하.

좌우지간.

이로써 나는 한 개체의 정령을 더 소환할 수 있게 되었다. 즉, 유사 7령급에 이르렀다고 사기를 칠 수 있게 되었다는 뜻이다.

"나도 따라 해야겠군."

그런 소릴 하면서 루에노가 슬쩍 자리를 비웠다. 나는 루에노를 말리지 않았다.

왜냐하면 내 야망은 이걸로 끝난 게 아니었기 때문이었다.

이론을 실증하는 데에 성공했으니, 이제는 응용을 할 단계에 이르렀다.

"삼위일체를 한 정령을 한 칸에 몰아넣을 수 있지 않을까?"

—유료입니다.

"된다는 소리네!"

꿈과 희망이 부풀어 올랐다.

*　　　*　　　*

결론.

그게 그렇게 쉽게 되는 건 아니더라!

—애초에 영구 합일부터가 그렇게 쉬운 건 아니었습니다만.

"아, 대현자는 이거에다 영구 합일이라고 이름을 붙였어?"

—그렇습니다.

내가 임시로 붙인 명칭인 '붙여먹기'보다는 이게 더 나을 것 같다. 나는 타인의 의견을 존중할 줄 아는 사람이었기에 앞으로는 영구 합일이라고 부르기로 했다.

"아무튼 연구는 나중에 하고 지금은 얼른 남은 빈칸에 정령부터 소환해야겠다."

그런데 무슨 정령을 소환하지?

"라플라스!"

—자유 소환 어떠십니까?

"이미 지글이가 있잖아."

지글이도 라플라스가 자유 소환 하라고 해서 불러낸 정령이다. 자유 소환을 한 번 했으니, 이번에는 지정 소환을 할 차례였다.

나는 그렇게 생각했는데, 라플라스의 생각은 다른 모양이었다.

—한 번 더 보고 싶은데요……. 새 주인님의 자유 소환.

아니, 이건 생각이 아니라 욕망이잖아.

"조언을 해달라니까 왜 네 욕망을 드러내고 있어?"

—유료 조언이라면 해드리겠습니다만.

"아, 됐다. 그래, 하자."

—잘 생각하셨습니다!

라플라스가 기다렸다는 듯 외쳤다. 그래, 죽은 사람 소환도 들어준다는데 산… 으음, 라플라스는 과연 살아 있는 게 맞는 걸까? 아니, 지금은 삶과 죽음의 개념에 대해 고찰하고 있을 때가 아니다.

아무튼 한다, 나는. 자유 소환!

결과.

"잘했다, 라플라스!"

—저는 아무것도 한 게 없습니다. 새 주인님께서 다 하셨죠.

"그 말은 맞다만 그래도 잘했다, 라플라스!"

—네…….

"그리고 정말 잘했다, 나!"

내가 이러는 데에는 이유가 다 있었다.

자유 소환으로 소환된 정령의 정체가 엄청났기 때문이다.

"검의 정령이라니!"

뿌듯하기 짝이 없었다.

처음 내가 정령법을 사서 익히고 자유 소환으로 불러낸 정령은 끼릭이, K—2의 정령이었다. 끼릭이를 처음 본 라플라스는 이런 정령은 이 세상에 존재하지 않는다며 패닉에 빠졌었다.

한나절 가까이 고민한 끝에 라플라스는 이런 결론을 내렸었다. K—2야말로 내 주관적 세계를 이루는 '원소' 중 하나이기에 내가 K—2의 정령을 소환해 낸 것이라고.

정확히 말하자면 끼릭이, K—2는 김연준의 세계를 이루는 원소였다. 그리고 내가 그 이후에 자유 소환으로 불러낸 정령들도 마찬가지다. 산소의 정령인 피식이, 지금은 없어져 버린 각성의 정령, 그리고 라면의 정령? 인? 지글이까지.

그런데 지금 불러낸 이 검의 정령은 달랐다.

물론 지구의 김연준도 칼을 다루긴 했다. 군용 대검. 사람을 찌르는 것보다는 밤 까먹는 데에 더 많이 쓰긴 했지만 뭐 안 썼다고는 못 하지.

하지만 검의 정령이 취하고 있는 모양새는 틀림없는 장검이었다. 그것도 양손으로 쥐고 휘둘러야 제값을 다할, 군용대검과는 용법부터 용도까지 큰 차이가 있는 검.

이런 검의 정령을 내가 자유 소환으로 불러냈다는 건, 검이 내 세계의 일부가 됐다는 의미로도 받아들일 수 있었다.

—그럼 이 정령의 이름은 칼칼이로 지으실 건가요?

"내가 왜 정령 이름을 그렇게 지을 거라고 생각한 거지?"

—이제껏 이런 식으로 지어오셨잖아요?

"아니야, 내가 그렇게 성의 없이 이름을 지을 리 없잖아."

—예?

나는 감개무량한 표정으로 소환된 칼의 정령을 바라보며 말했다.

"네 이름은 이제부터 스릉이다. 반갑다, 스릉아!"

—예… 참 성의 있는 이름이로군요.

얘가 왜 이러지? 이유를 모르겠네.

아무튼 내게 이름을 받은 스릉이는 스릉스릉 소릴 내며 공중에서 춤을 추었다. 나는 흐뭇하게 녀석을 바라보며 외쳤다.

"이기어검!"

스르릉! 휘릭휘릭!

"잘한다!"

나는 박수를 치며 좋아했다.

—왜 그렇게 좋아하시죠?

"그럼 좋아하지, 싫어하냐? 좋아, 스릉아! 다음은 신검 합일이다!"

—정령 합일이겠죠.

나는 라플라스의 말을 무시하고 자기정령화를 켜고 스릉이를 불러내 정령 합일, 아니, 신검 합일을 했다.

"짠! 내가 검이다!"

그러나 신검 합일에는 별다른 기능이 없었다. 뭐, 손바닥에서 칼을 꺼낼 수 있게 되었지만 칼은 어차피 각성창에서도 나오는데…….

"흐음?"

나는 각성창에서 몬토반드의 왕검을 꺼내 휘두르기 시작했다.

"어?"

그리고 나는 놀랐다.

사실 5검급인 나는 이미 신검 합일의 경지에 오른 것이나 마찬가지였다. 칼을 내 몸처럼 다룰 수 있는 건 4검급이었던 시절에 이미 가능했던 일이었다. 그러니 스릉이와 정령 합일을 하며 신검 합일이라고 외친 건 그냥 농담에 가까웠다.

나도 그렇게 생각했었다.

생각했었다는 말은 지금은 그렇게 생각하지 않는다는 말이기도 했다.

한 차례 몬토반드 왕의 검법을 시연한 나는 느낌을 확신으로 바꿔놓을 수 있었다.

"검으로 통하는 내력의 효율이 더 올라갔어."

비록 생사현관을 타통했을 때만큼 극적인 변화는 아니었지만 적어도 그에 준할 정도는 되었다. 검의 정령에 이런 효과가 있었을 줄이야.

"넌 알고 있었어? 라플라스!"

—아뇨, 새 주인님. 대현자님의 세계에 검이 원소가 된 적은 한 번도 없었습니다.

즉, 검의 정령을 소환한 것 또한 내가 처음이라는 뜻이다.

"이건 의왼데."

—몇 번을 반복하든 사람의 취향이란 게 그리 쉽게 바뀌는

건 아니니까요.

"그렇구나."

나는 대충 그러려니 하기로 했다.

그보다 먼저 해봐야 할 실험이 있었다.

"나와랏, 흐흥이!"

"흐, 흥!"

나는 정령력의 정령인 흐흥이를 불러냈다.

"와랏! 삼위일체!"

그리고 이미 스릉이를 몸에 품은 상태에서 흐흥이와 합일을 시도했다. 그러자 자연스럽게 정령폭주에 준하는 상태가 된 스릉이. 이 상태에서 나는 왕의 검법을 시연했다.

결과.

"역시!"

예상했던 대로 내력의 효율이 추가로 올랐다.

매우 고무적인 결과물을 받아든 나는 기뻐했다.

정령을 소환해서 검력이 늘어났다니 좀 신기한 결과긴 했지만, 나는 이로써 거진 6검급에 준한다고 자랑하고 다녀도 무방할 강력함을 손에 넣었다.

기뻐하지 않을 도리가 없었다.

그런데 여기서 기뻐할 일이 하나 더 생겼다.

"기뻐해라, 제자야! 이 스승이 한 건 해냈다!!"

내가 정립한 정령 영구 합일 이론을 기반으로, 정령 삼위일체의 원조이신 루에노 스승님께서 영구 삼위일체의 이론을 정립해 낸 것이 그것이었다.

그러나 루에노 스승님께서 정립해 내신 영구 삼위일체에는 문제가 있었다.

"한 사람당 하나밖에 못 만든다고요?"

"그래. 내가 해보니 그렇더군."

스승님께서는 있는 정령들 전부 삼위일체로 몰아넣고 잔뜩 추가 소환을 할 생각에 싱글벙글하고 있던 내게 찬물을 끼얹으셨다.

"그래도 이게 어디냐?"

"그건 그렇습니다."

스승님의 말씀에 나는 고개를 크게 끄덕였다. 당연히 없는 것보다는 있는 게 낫다.

어쨌든 이러한 제한 탓에, 나는 더욱 심각하게 고민을 해야 했다.

"누구랑 누구와 누구를 합일시키지?"

고민은 심각했지만, 길지는 않았다.

"끼릭이, 흐흥이, 스릉이. 나와."

사실 흐흥이를 마지막까지 고민했다.

합일시키는 것만으로도 유사 폭주 상태를 페널티 없이 유지할 수 있는, 누구와도 잘 어울리는 이 친구를 누구와 함께 두느냐. 이미 합일된 반짝이는 컴컴이에 붙이느냐, 아니면 합일 상태로 소환된 지글이에게 붙여주느냐.

하지만 내 선택은 역시 내 첫 정령인 끼릭이, 그리고 카를로

서의 첫 정령인 셈인 스룽이었다.

이 조합이 시험 삼아 일단 삼위일체로 운용해 봤을 때도 가장 만족스러운 퍼포먼스를 보여주었으므로 어찌 보면 당연한 선택이기까지 했다.

그야말로 원거리와 근거리를 전부 커버하는 완전한 정령이었다. 적이 멀리 있으면 손가락을 겨누어 정령탄을 쏘면 되고, 가까이 있으면 정령검을 꺼내 베어버리면 그만이었다.

"총검의 정령이라고 할 수 있겠군."

당연히 장검을 쓰는 것과 총검을 쓰는 것은 다르다. 그것도 많이 다르다. 그러나 이미 5검급 이상의 경지에 올라선 나는 그 정도 차이는 응용으로 충분히 극복해 낼 수 있었다.

더욱이 총검의 정령이라고 굳이 총검 상태로 쓸 이유도 없었다. 필요한 때에는 그냥 검처럼 쓰면 된다.

물론 이보다는 그냥 자기 정령화 정령 합일을 한 상태로 몬토반드의 왕검을 드는 게 더욱 더 나았다.

어쨌든 스룽이의 내력 효율을 높여주는 기능은 그대로였고, 굳이 정령력을 추가로 더 써가며 정령검을 뽑는 것보다는 실물 칼을 쓰는 게 훨씬 나을 수밖에 없었다.

"훌륭해. 훌륭한 퍼포먼스야!"

총검의 정령, 끼릭거리는 스룽이와 합일한 나는 만족스럽게 박수를 칠 수 있었다. 내가 생각하고 상상할 수 있었던 모든 것들을 다 할 수 있었다. 만족하지 않을 도리가 없었다.

"좋아, 확정!"

그렇게 나는 영구 삼위일체를 결정했다.

결과.

성공!

스승님의 이론은 완벽했다. 아니, 스승님 본인이 해내어 보여 주신 거니 그 결과물을 의심할 이유는 없었다. 다만 사람마다 정령에 대한 인식이 다르듯 스승님의 방식이 내게는 맞지 않을 가능성을 염두에 두었을 뿐이다. 결과적으로는 노파심에 불과했지만 말이다!

"이걸로 정령을 두 개체 더 소환할 수 있게 되었군."

영구 삼위일체의 좋은 점이 이것이었다. 아무리 한 사람당 한 번만 가능하다고 한들, 정령 소환칸이 두 개가 생기는데 나쁠 리가 없었다.

—어떻게 하시겠습니까?

"정령력의 정령을 하나 더 소환해서, 하나는 피식이에게 달아줘야겠어."

같은 정령을 둘 이상 소환하지 말라는 법은 없었다. 그저 이제까지는 그럴 필요가 없었을 뿐. 그러나 이제 필요가 생겼으니 흐흥이 2호기를 소환해야겠다.

—나머지 한 칸이 남는군요.

"자유 소환으로 돌리면 되겠지?"

꿈이 부풀어 오른다!

"뭐, 나중 이야기가 되겠지만."

스릉이를 끼릭이, 흐흥이와 삼위일체 시키긴 했지만, 막 소환된 상태였던 건 어쩔 수 없어서 아직 덜 성장한 상태였다. 스룽이를 빨리 성장시키려면 새로운 정령의 소환은 뒤로 미루는 게 옳았다. 급할수록 돌아가라. 지금의 내겐 이 속담이 딱 들어맞았다.

그나마 끼릭이와 흐홍이의 성장치가 반영된 덕에 끼릭거리는 스룽이의 성장 자체는 금방 시킬 수 있을 터였다. 조급해할 이유가 없었다.

*　　　　*　　　　*

카를 기사단의 무력시위는 성공적이었다.

4검급의 강력한 기사였던 근위기사와 그 일당을 잃은 가울 성채가 가장 먼저 라틀란트의 카를 페르디넌트 대공에게 충성을 맹세했다.

뭐든지 그렇듯 처음이 어려운 법이다. 마치 도미노가 쓰러지듯, 다른 성채들 또한 대공의 휘하에 들었다.

마무리가 가장 허망했다. 각 성채들은 자신들이 마지막이 되길 원치 않았고, 그들의 충성 맹세는 경쟁적이었다. 서로의 존재를 발견한 사절들은 마치 단거리 주자처럼 달려 내 앞에 서로 먼저 무릎을 꿇으려 했다.

나는 그들의 충성을 자비롭게 받아들였다. 그리고 성채의 군주들이 경쟁적으로 몰려들어 내 검을 어깨에 받고 내 반지에 키스했다. 그러니까 예의 그 봉건 계약을 했다는 소리다.

이것으로 서부 변경은 완전히 평정되었다. 그 누구도 감히 반론하지 못할 정도로 완벽하게.

하지만 마지막 절차가 남았다.

그것은 바로 황제에게 인정받는 것.

그런데 과연 프란츠 황제가 내 업적을 인정할까?

그러지는 않을 것이다. 기대도 안 한다.

그러나 고대 제국의 율법이 정해놓은 대로 새롭게 등장한 대공은 황제에게 충성 맹세를 해야 한다. 그러니 그 요식행위를 치르기 위해, 나는 제도로 향할 채비를 마쳤다.

나의 기사단과 함께.

아, 물론 마법사와 신관들도 동행하기로 했다. 루에노 스승님도 같이 간다.

황제에게 허락받으러 가는데 이토록 큰 군세를 끌고 가서는 안 된다는 법은 없었다. 라틀란트 제국법에는 있을지도 모르지만 지금 우리를 움직이고 있는 건 라틀란트 제국의 법이 아니라 고대 제국의 율법이었다.

"이러다 내가 이성계가 되겠어."

—이성계가 뭔가요?

"…그런 게 있어."

사실 나도 잘 모른다. 역사 공부를 많이 한 건 아닌지라. 그저 고려를 무너뜨리고 조선을 세운 첫 왕이라는 것만 알 뿐이다. 이거면 다 아는 거 아닌가?

—덤 드릴게요.

"고려를 무너뜨린 조선의 태조야."

―고려? 조선?

"…아, 그런 게 있어."

어째 설명할수록 귀찮아지는 느낌이라 나는 그냥 여기서 끊기로 했다. 그러나 라플라스는 나와 의견이 다른 모양이었다.

―나라 이름인가 보군요.

"어, 응."

―태조라는 단어에서 유추했습니다.

라플라스가 자랑스러워했다.

그렇구나. 너 잘났다.

제4장 — 제도로!

군세를 몰고 제도로 향한다.

이러한 내 행동으로 인해 프란츠 황제는 내 의도를 반역으로 오인할지도 모르나, 그럼에도 불구하고 내가 군세를 끌고 가는 건 어디까지나 다른 목적이 있어서였다.

그 다른 목적이란 당연히 지금쯤 황제의 배후에 서 있을지도 모를 흑막을 경계해서다.

"블라드, 아직 예언자나 대현자에 대한 소식은 없나?"

나는 흑막 후보 둘에 대한 정보를 모으기 위해 대현자라는 키워드를 블라드 세르빌리아에게 털어놓았다. 블라드가 장악한 제국의 정보망을 이용하기 위해서였다.

"그렇습니다, 전하. 예언자의 행방은 어디에서도 찾아볼 수 없고, 전하께오서 말씀해 주신 대현자에 대해서도 옛 대현자 플라비오 사바티오 유스티오에 관한 정보밖에 나오지 않고 있습니다."

제국 정보국의 정보망을 동원해서도 놈의 존재는 파악하지 못한 모양이었다. 하지만 놈은 언제든 나타날 수 있다. 대현자 플라비오… 어쩌구는.

—대현자 플라비오 사바티오 유스티오입니다.

'아, 아무튼.'

놈이 악마를 부리든, 골렘을 부리든, 아니면 사람에게 최면을 걸어 부리든 박살 내기 위해서는 무력이 필요했다.

아무리 7마급의 마법사라 한들 5검급이 다섯에 5마급 마법사도 있는데 어떻게든 되겠지?

…안 되면 안 되는데.

*　　　*　　　*

그 무렵, 프란츠 황제는 패닉에 빠져 있었다.

"카를! 카를! 카를 그놈이!"

이 상황을 예견하지 못한 건 아니었다. 카를 페르디넌트가 자신의 기사단을 끌고 제국 중앙으로 진입한다는, 상상할 수 있는 최악의 상황.

그러나 어디까지나 만약의 일일 뿐이었다.

벨리사리오 경을 비롯한 카를 기사단의 주축은 모조리 본래 라틀란트 제국의 기사였다. 이러한 기사들이 카를 대공의 지휘를 받고 제국 중앙으로 쳐들어올 거라고는 생각하지 못했다.

프란츠 황제는 그들 기사들 마음속에는 아직 자신에 대한 충성심이 남아 있을 거라 믿었던 탓이었다. 간악한 카를이 자신의 혈통을 이용해 일시적으로 휘하에 들였을 뿐, 그 칼끝을 황제 자신에게 겨누려고 하면 기사들이 먼저 들고 일어날 거라 믿어버렸다.

그러나 현실만 봐도 알 수 있듯 그런 일은 일어나지 않았다. 카를 페르디넌트는 제국 기사들을 완전히 휘어잡았고 그들의 군주로 군림하고 있었다. 설령 황제에게 진군하라고 명한들 그 명령에 군말 없이 따를 정도로!

란첼 자작을 비롯한 마법사들은 처음부터 믿지 않았다. 그러나 마법사들이 활약하려면 기사들이 있어야 하기에, 그들에 대한 방비는 할 필요가 없었다. 정확히는 그렇게 믿었을 뿐이고, 실제로는 기사들과 함께 오고 있었다.

그나마 황제에게 다행인 건 카를이 보병부대를 끌고 오지는 않았다는 점이었다. 그러한 카를 대공군의 편성을 통해, 적어도 저들이 제국을 점령하러 오는 건 아니리란 것을 알아볼 수 있었다.

제국은 무너지지 않겠지만, 황제는 어떨까?

프란츠 황제가 카를 대공군의 진군을 두려워하는 이유가 바로 그것이었다.

이제는 대신들도 믿을 수 없다. 제국이 멀쩡하리라는 믿음은 곧 대신들 또한 멀쩡하리라는 믿음으로 이어질 수 있었기에. 상황이 이렇다 보니 오히려 저들이 황제에게 항복하라 종용하지나 않을까 걱정이었다.

프란츠 황제에게 구원자가 찾아온 것은 그렇게 황제가 궁지에 몰려 있을 때였다.

“황제의 스승이자 대현자, 플라비오 사바티오 유스티오입니다.”

아주 긴, 황제의 그것보다도 긴 이름을 댄 한 남자가 황제를 찾아왔다.

더욱 놀라운 것은 이름 앞에 달린 칭호였다. 스스로 대현자를 칭하는 오만함 이전에, 황제의 스승을 칭하는 불손함.

그러나 기이하게도 스스로 그 칭호와 이름을 댄 남자는 조금도 오만불손해 보이지 않았다. 그것은 그가 두르고 있는 묘한 분위기 때문이리라.

매력적이다.

그를 처음 본 프란츠 황제는 자기도 모르게 그렇게 중얼거릴 뻔했다.

“짐은 자네 같은 스승을 둔 적이 없네만.”

그럼에도 황제가 상대를 눈앞에 두고 뚱한 목소리를 낼 수 있었던 건 황제로서 교육받았으며, 황제가 응당 가져야 할 책임감을 가지고 있었기 때문이리라.

스스로를 죽여라. 솔직하지 마라.

그것이 황제가 태상황으로부터 세뇌 수준으로 받은 교육이었다.

그러한 황제의 말에도 상대는 조금도 당황하지 않았다. 마치 황제가 이렇게 말하리라는 것을 알고 있기라도 한 듯 여상한 태도였다.

"그러나 제 이름은 알고 계시리라 믿습니다."

생각해 보면 당연하다.

이자, 플라비오 사바티오 유스티오가 스스로 말하듯 대현자가 정말로 황제의 스승이라면 황제가 이렇게 반응하리라 예상하지 못했을 리 없다.

왜냐하면 황실에 같은 이름이 전해 내려오며, 그 이름은 태상황의 스승이었기 때문에.

즉, 황제가 받은 가르침은 태상황이 대현자에게 배운 것이나 다름없었다.

이 사실을 잘 알기에 황제도 놀라지 않았다.

"그러하네, 플라비오 사바티오 유스티오."

궁전 바깥에서 대현자가 자신의 이름을 밝혔고, 복잡한 절차를 거쳐 대현자를 맞아들이는 과정 중에 방문자에 대한 정보가 황제에게 올라갔다.

이 절차 중에 대현자가 진짜 '그' 대현자임이 증명된 것은 당연했다.

그렇기에 프란츠 황제는 그새 대현자의 긴 이름을 암기했다.

평소라면 그럴 필요가 없었기에 그럴 일이 없었을 터이나, 지금은 이 대현자가 자신을 구원해 줄 튼튼한 동아줄이라 믿었기에 황제는 해냈다.

"이 혼란한 때에 짐을 찾아온 이유가 무엇인가?"

황제는 본심을 드러내지 않은 채 물었다.

"이 혼란한 때이기에 폐하를 찾아온 것입니다."

대현자는 황제의 내심을 능히 짐작해 냈다.

"그대가 나의 조언자가 되어줄 텐가?"

더 이상 돌려 말할 필요를 느끼지 못한 황제가 비로소 본심을 드러내었다.

"이 막중한 책무를 다시금 맡게 되어 영광이옵니다."

그야 그렇다. 시간이 없었다.

프란츠 황제에게도, 그리고 지금 시대의 대현자에게도.

때문에 길고 복잡한 예우는 모조리 생략되었다.

"조언해 주게."

"그리하겠습니다."

그렇게 황제의 스승이 황실에 돌아왔다.

*　　　*　　　*

대인원을 대동하고 제도로 향하는 것은 결코 녹록치 않았다.

나 혼자 휙 날아가면 사흘도 채 안 걸릴 거리였지만, 다른 사람들은 하늘을 날아갈 수도 없고 잠이나 식사도 거를 수 없으니 그 몇 배의 시간이 걸렸다.

그 탓에 일주일이 지났음에도 여정의 3분의 1조차 아직 소화하지 못했기에, 나는 초조함을 느끼고 있었다.

그때, 어딘가에서 날아온 전서구를 받아본 블라드 세르빌리아가 급하게 내게 다가와 속닥였다.

"전하, 전하께오서 말씀하신 황제의 스승, 대현자가 제도의 황궁에 나타났다고 합니다."

물론 나는 놀라지 않았다.

"올 게 왔군."

단지 조금 더 초조해졌을 뿐이다. 그러나 이어진 보고는 나를 더더욱 초조하게 만들었다.

"그리고 제국 중앙와 서부 변경의 경계선을 두고 제국 중앙군이 집결하고 있습니다."

"그런가. 예상대로로군."

나는 초조함을 내색하지 않으려 노력하며 되도록 여유롭게 반응했다.

제도의 성벽이 아무리 높고 단단하다 하나, 제도까지 적들이 쳐들어오는 사태를 맞이해 제국과 황제의 위엄에 손상이 가게 할 제국의 수뇌부가 아니었다. 당연히 미리 군대를 집결시켜 적어도 중앙과 변경의 경계선에 적을 맞이하고자 할 것이다.

나는 물론이거니와 란첼 자작과 벨리사리오 경, 블라드 세르빌리아까지 모두 같은 예견을 했고 그것이 맞아떨어진 셈이다.

"중앙군의 지휘관은?"

"벨리사리오 경 대신 임명된 새로운 서부 대장군 크라수스

경입니다."

좌중의 모두가 자연스럽게 벨리사리오 경에게 시선을 돌렸다. 그러한 시선에 벨리사리오 경은 고개를 끄덕이며 블라드에게 물었다.

"그는 나보다 강한가?"

"후임은 후임일 뿐이죠."

"그렇군."

블라드의 확언에 벨리사리오 경은 만족한 듯 고개를 끄덕였다. 아니, 지금 그런 게 중요한 게 아닐 텐데. 내 시선이 전하는 메시지를 알아채기라도 한 건지, 벨리사리오 경은 짧은 헛기침 후에 다시 질문했다.

"적의 세력은?"

"12개 기사단에 제국 마법사, 그리고 신성교단의 신관들이 집결 대상입니다. 일반 병사는 포함되어 있지 않지만 그럼에도 불구하고 숫자가 2천을 넘는다고 합니다."

블라드 세르빌리오가 말을 마치고, 잠깐 좌중이 침묵에 휩싸였다. 이유는 다음과 같았다.

"…우리의 열 배로군."

군세의 규모 차이가 너무나도 컸다.

"전쟁은 숫자로 하는 것이 아닙니다."

내 혼잣말을 들은 벨리사리오 경이 호방하게도 말했다.

단순히 허세를 떠느라 꺼낸 말은 아니었다. 지구에서도 각성자 등장 전에는 이런 말을 하면 비웃음밖에 못 샀지만, 각성자 등장 후에는 모든 것이 바뀌었다. 병력의 양보다는 질이 더 중요한 시대를 맞이하게 되었다.

이쪽 세계도 마찬가지다. 아니, 오히려 더 심하다.

지구의 각성자는 2차 각성도 하기 힘들지만, 이쪽 세계의 초인들은 단련을 통해 스스로의 경지를 높이는 게 조금 더 자유롭다. 시대의 최강자와 일반 시민의 갭이 한층 더 크게 벌어져 있는 세계라는 의미다.

그럼에도 불구하고 나는 고개를 저었다.

"상대가 정면충돌을 바란다면, 우리는 다른 방법을 택하는 게 옳다. 적의 허를 찌르는 것이 전략이고 전술이니."

사실 이것도 강한 척이다. 과연 중앙군의 질이 우리보다 나쁠까? 평균을 따지자면 나쁠 수도 있겠지만, 전쟁에 무슨 평균을 따지고 있겠는가.

"그 말씀이 옳습니다, 전하."

내 의도를 파악한 것인지 그동안 조용히 있던 란첼 자작이 고개를 끄덕였다.

하지만 좋은 말을 주고받는다고 해서 상황이 저절로 좋아질 리 만무하다. 무슨 수를 써야 했다. 보통 일반적인 군주라면 여기서 신하들을 닦달해 무슨 책략이라도 내보라며 쥐어짰을 것이다.

그러나 나는 다르다.

"그리고 마침 내게 생각이 하나 있지."

란첼 자작이 눈을 크게 떴다. 내가 이렇게 나올 줄은 생각지도 못한 듯했다. 그러더니 큰 목소리로 이렇게 외쳤다.

"아니 되옵니다, 전하!"

눈치도 빠르지. 내가 무슨 말을 할지 벌써 알아챈 모양이다. 나는 헛기침을 하며 란첼 자작을 나무랐다.

"아직 말도 안 했는데 뭐가 안 돼?"

"홀로 가시려는 것 아닙니까?"

정확하네. 그럼 더 이상 얼버무릴 필요가 없겠다.

"자네도 생각은 했던 모양이로군. 그래, 맞다. 그대들은 되도록 천천히, 그리고 방어적으로 진군하도록 하라. 그대들이 여기 서서 적들의 병력을 묶어놓는 동안, 나는 제도를 급습하여 결판을 내보겠다."

적의 군세와 강 대 강으로 꽝 맞붙어서 승리하리라는 보장도 없을뿐더러 피해도 클 것이다. 더욱이 군세를 몰고 이대로 시간 낭비를 하며 천천히 나아가다간 플라비오에게 시간을 주게 된다. 시간이 지날수록 더 많은 골렘과 악마들이 몰려오겠지.

그러니 여기에서는 나 혼자라도 얼른 제도에 가는 게 더 승산이 높다. 적어도 나는 그렇게 판단했다.

'그런데 이러면 무엇 때문에 식량과 금화를 소모해 가며 군세를 끌고 온 건지 모르겠는데.'

—2,000이나 되는 대병력을 제도에서 끌어낸 것만으로도 군세를 여기까지 끌고 온 보람은 있다고 할 수 있을 겁니다.

라플라스의 말에 나는 약간이나마 위안을 얻었다.

"아니 되옵니다, 전하!"
내 의도를 뒤늦게 알아챈 벨리사리오 경이 급하게 고개를 숙이며 외쳤다. 란첼 자작도 이어서 뭐라고 외칠 기색이었기에, 나는 손을 뻗어 그들에게 침묵을 요구했다.
"경들, 나는 진정한 검의 주인이며 6령급의 정령사이자 고위 마법사, 동시에 일리어스 님의 총애를 받는 대전사다."
"그리고 어둠의 주인이시기도 하시지요."
블라드 세르빌리아가 자랑스러운 듯 가슴을 펴며 한마디를 보탰다. 하하, 자기가 가르쳤다고 생색내기는.
"그렇다. 나는 어둠 속에 내 모습을 감출 수도 있지."
나는 되도록 자신만만하게 보이도록 웃었다.
"자, 이보다 더 단독행동에 어울리는 인재를 본 적이 있는가?"
내가 괜히 내 얼굴에 금칠을 한 것은 아니다. 측근들을 설득하기 위해서였다.
"하오나……."
그런데 란첼 자작은 미련을 버리지 못하고 입술을 달싹였다. 하는 수 없군.
"내 뜻이 굳건하니 경들은 더 이상 나를 꺾으려 들지 마시오."
이럴 땐 지위로 밀어버리는 게 답이다.
"그러시다면 최소한 호위라도 데리고 가십시오."
란첼 자작의 말에 블라드 세르빌리아가 말없이 나섰다. 그러나 나는 고개를 저었다.

"아니, 블라드는 분명 유능한 호위겠지만 한 가지 결점이 있지."

나는 날개를 펼쳤다.

"하늘을 못 날아."

"원래 사람은 하늘을 못 납니다, 전하."

블라드가 억울한 듯 말했다.

"나도 알아. 근데 나는 날잖아."

나는 씨익 웃어 보였다.

*　　　*　　　*

결국 나는 내 뜻을 밀어붙여, 기사단을 비롯한 내 일행은 나중에 천천히 따라오도록 하고, 나 혼자 먼저 제도로 향하기로 결정했다.

"그만한 전력을 전선으로 보냈으면 그만큼 제도의 방비는 허술해져 있겠지?"

—하지만 도중에 눈치를 채면 오히려 양방향으로 포위될 수도 있습니다.

그건 라플라스의 말이 맞았다.

물론 나도 나대로 방비를 했다. 최대한 오래 속이기 위해 본대에는 내 분신을 남겨놓았고, 나는 흑법으로 모습을 가린 채 이동했다. 이것뿐만이 아니다 블라드가 제국 정보국을 교란하고 있으니 꽤 오래 버텨줄 것이라 기대하고 있다.

물론 상대가 일방적으로 속아 넘어가지만은 않을 것이다.

상대는 플라비오니까.

아무리 내가 플라비오의 예언에서 빗겨난 존재라 한들 방심해선 안 된다. 놈의 힘은 예언뿐만이 아니다. 마법을 비롯한 다양한 힘보다도 평범한 사람보다 몇 배나 되는 세월을 살면서 쌓아온 경험이 더욱 위협적이다.

게다가 내가 본대를 떠난 순간부터 본대 쪽에 뿌리는 예언이 맞아들 테니, 오직 그것만으로 내가 본대를 떠났음을 눈치챌 가능성도 생각해야 했다.

"일주일 내로 결판을 내야겠군."

나는 그렇게 다짐하며 제도를 향해 날았다.

*　　　　*　　　　*

라틀란트 제국이 괜히 고대 제국의 정통 후계자이자 후대의 제국으로서 자칭하고 있는 게 아니다. 그 국력이 현 시대 세계 최강임은 누구도 부정하지 않기 때문에 가능한 일이다.

그러한 제국의 가장 뛰어난 인재들이 모인 곳이 바로 제국의 제도다. 어쭙잖은 방법으로는 기습은커녕 숨어들지조차 못할 가능성도 생각해야 했다.

사실 나는 당연히 제도에 숨어들지 못했을 터였다.

라플라스가 없었더라면 말이다.

이미 수십만 번, 어쩌면 그보다 더 많이 제도에 잠입해 본 대현자의 경험을 돈 주고 샀다. 정확히는 루블이지만, 아무튼 역시 돈은 좋은 것이다.

"역시 삼엄하군."

다운로드 받은 제도의 데이터를 살펴보면서 나는 혀를 차지 않을 수가 없었다.

사람한테 날개가 달려 있지 않은데, 왜 제도 성벽에는 대공포대가 촘촘히 박혀 있을까? 심지어 그 대공포대에는 투명체를 감지할 수 있는 감시 장치가 함께 붙어 있었다.

그렇다고 땅 밑으로 굴을 파고 가는 것도 안 된다. 지진 대비책이라고 하기에는 너무 민감한 진동 감지 장치가 그 침입을 감지해 낼 테니까.

—제국은 하늘을 날아다니고 땅을 파고 돌아다니는 적을 상대해 본 적이 있습니다. 그리고 그 적들에게 당해본 적이 있죠.

여기에서 라플라스가 말한 제국은 사실 라틀란트 제국이 아니다. 인류가 아닌 적들과 싸워온 고대 제국을 가리킨다.

다른 종족뿐만 아니라 온갖 괴수, 괴물, 더 나아가 자연 그 자체와 싸워 인류의 땅을 개척한 것이 고대 제국이었다. 산전수전은 물론이고 공중전까지 수행해야 했던 게 그 시절의 인류다.

—과거의 실책을 미래에 보완하는 것은 인류의 가장 큰 강점 아니겠습니까?

라틀란트 제국은 이런 면에서만큼은 확실하게 고대 제국의 후계가 맞았다. 아무리 그것이 고대 제국의 것을 이어받아 보수하고 확충한 것에 지나지 않는다고는 해도 그 성능은 결코 폄하할 만한 것이 못 된다.

—적어도 제도 방비만큼은 고대 제국보다 뛰어날지언정 뒤떨어지지 않습니다.

라플라스는 이렇게 평했다. 라플라스의 입에서 나왔지만 사실상 대현자의 평이지, 이거. 아, 여기서 대현자는 카를을 말한다. 원조 쪽 말이다.

"이거, 기사단을 끌고 와서 쳐도 못 뚫겠는데?"

고대 제국 이야기만 했지만, 라틀란트 제국이 고대 제국보다 확실히 뛰어난 점도 존재했다. 그것은 바로 같은 인류를 상대할 수단과 방비였다.

아무리 5검급의 기사라 한들, 과연 이 두꺼운 3단 성벽을 가르고 찢어놓을 수 있을까? 충분한 시간이 주어진다면 가능할지도 모른다. 몇 시간 수준이 아니라, 내력을 다시 채우고 식사를 하고 잠까지 잘 시간이 필요할 테지만.

그리고 제국은 그 시간을 그냥 주지는 않겠지. 제국이라고 5검급 기사가 없는 게 아니니. 기사만 있을까? 마법사, 신관, 그 외의 상상할 수 있는 가장 고급 인적 자원이 몰려있는 곳이 이 제국의 제도다.

"역시 정면 돌파는 무리겠어."

—그렇죠?

혼자서 플라비오를 암살하러 오길 정말 잘했다!

아무리 훌륭한 시스템이라 한들 사람이 운용하는 것이고 시간의 흐름을 거스를 수도 없다. 유지보수에 정성을 기울여도 빈틈은 반드시 생길 수밖에 없다. 경첩 하나가 녹슬고 사람 하나가 태업을 하면 구멍이 뚫릴 수밖에 없다.

일반적으로 이러한 작은 구멍은 뚫려 있어도 별문제가 되지 않는다. 기본 골조 자체가 워낙 튼튼하기에 이런 걸로 시스템이 무너지지는 않기 때문이다.

애초에 눈에 띄지 않기에 난 구멍이다. 눈에 잘 띄는 곳에 경첩이 녹슬어 있다면 바꿀 것이고, 태업을 하는 인간이 보이면 경질하고 새 사람을 채워 넣을 것이다. 사람 눈에 닿지 않고 손에 닿지 않는 곳이기에 방치되었을 뿐이다.

그리고 이건 관리자뿐만 아니라 침입자에게도 해당되는 이야기다. 안에서 잘 안 보이는 구멍이 바깥에서는 잘 보일 가능성은 낮다. 침입자가 구멍의 존재를 알아차리고 거길 공략할 가능성은 매우 낮았다.

하지만 거기에 수십만 번이라는 숫자가 더해지면 이야기는 달라진다.

구멍이 뚫린다고 벽이 무너지지는 않지만, 물을 부으면 구멍을 통해 샐 수밖에 없다. 그 물이 수십만 번이라는 숫자다.

그리고 대현자의 경험을 데이터로 다운로드 받은 나는 굳이 숫자라는 이름의 물을 부을 필요조차 없다.

그냥 존재를 아는 그 구멍을 통해 침입하면 그만이니.

“흐흠, 콧노래가 절로 나오는군.”

—진짜로 콧노래를 부르시면 안 됩니다.

"나도 알아. 그냥 비유라고."

그렇게 나는 성벽에 난 구멍을 통해 제도 안으로 침입했다.

*　　　*　　　*

제도 라틀란트 시티의 원래 이름은 시티 오브 라틀란트였다. 이 말이 뜻하는 바가 뭐냐면, 옛날엔 이 도시도 그냥 고대 제국의 변방 시티 중 하나였다는 의미다.

라틀란트의 페르디넌트 가문이 라틀란트 제국을 일으킨 후에야, 이 변방 도시는 비로소 제국의 제도로 기능하게 된다. 이름도 그때 라틀란트 시티로 바뀌었다.

당시를 생각하면 새로운 제국의 수도를 고대 제국의 수도로 정하지 않은 것에 대한 반발이 나올 법도 했지만, 실제로는 반대 의견이 거의 나오지 않았다. 아무리 고대 제국을 이었다고 주장하는 것에 미친 라틀란트 제국인들이라도 어느 정도는 현실감각을 갖추고 있는 덕이었다.

그 이유는 물론 고대 제국의 수도였던 '더 시티'에 있다. 고대 제국 멸망기에 쉼 없이 약탈당하고 끝내 파괴당한 끝에 온갖 저주와 원혼으로 가득한 폐허로 바뀌어 어느 때부턴가 사람들에게서 폴른 시티라는 음산한 이름으로 불릴 정도로 영락했던 까닭이었다.

오히려 고대 제국을 이었다면서 폴른 시티로 가 제도를 재건

하겠다고 나섰으면 제국이 세워지자마자 반란부터 일어났을지도 모른다.

그렇다고 새롭게 인류의 중심지가 된 라틀란트 시티가 '더 시티'의 영향을 받지 않은 것은 아니었다. 시티 오브 라틀란트였던 곳은 구시가지로 그대로 두되, 그 강 너머의 본래 허허벌판이었던 곳에 더 시티의 복제품이나 다름없는 새로운 도시가 올라섰다.

라틀란트 시티는 고대 제국을 그리워하던 모든 인류의 총력을 기울인 끝에 탄생한 걸작이었다.

"하지만 폐하, 이 도시에도 흠이 없는 것은 아닙니다."

황제의 스승, 플라비오 사바티오 유스티오가 말했다.

"이 도시에는 고대 제국의 '더 시티'에는 존재하지 않았던 부분이 있지요."

라틀란트의 프란츠 페르디넌트 황제는 그 질문에 대한 답을 잘 알고 있었다.

"구시가지 말이군."

라틀란트 시티가 아직 시티 오브 라틀란트였던 시절. 일개 왕국의 왕도였던 시대. 그때라고 이 도시에 사는 사람이 없었을까, 건물이 없었을까. 물론 둘 다 존재했다.

라틀란트가 제국의 위상을 갖고 '더 시티'를 라틀란트의 땅에 재현할 때 방해되는 부분은 모두 밀려 나가 사라졌지만, 옛 왕도의 흔적이 전혀 남지 않은 것은 아니었다.

당시에는 돈 많고 권력 있는 이가 땅과 건물을 지키기 위해 온 힘을 기울여 남기는 데에 성공한 흔적이었지만, 후대에 이르러선 황제와 제국과 시민들의 눈엣가시가 되어 결국 사람이 떠나고 영향력을 잃고 그 빈자리에 빈민들이 몰려들어 지금에 와선 흉물이자 골칫덩이, 우범지대가 되어버린 곳이다.

"그렇습니다, 폐하."

황제의 대답에 황제의 스승은 부드럽게 웃어 보였다.

"폐하께서도 익히 알고 계시듯 저는 현자일 뿐만 아니라 마법사이기도 합니다. 폐하께서 허락만 해주신다면, 저는 제 마법 능력을 사용해서 이 도시의 약점을 모두 메워 반역자들이 품은 삿된 의도를 붕괴시키도록 하겠습니다."

그러한 플라비오의 제안에 대한 황제의 대답은 정해져 있는 것이나 다름없었다.

황제 본인은 아무리 빈민이라곤 하나 그들을 내쫓고 빈민가를 폐쇄시키는 것에 대해 시민들의 눈치를 볼 수밖에 없었다. 하지만 황제의 스승이라는 외부인이라면 상대적으로 덜 눈치를 보고 일을 할 수 있으리라.

"그러도록 하시오."

그러한 기대를 품고, 황제는 고개를 끄덕였다.

대답을 들은 플라비오의 얇은 입술이 호선을 그렸다.

"황명에 따르겠나이다."

*　　*　　*

알현실에서 물러나 자신의 거처로 할당된 별궁으로 온 플라비오는 푹신한 소파에 몸을 묻자마자 불만부터 털어놓았다.

"늘 그렇듯 이번 시대의 황제도 어리석군."

그러나 불만을 털어놓는 것치고는 플라비오의 표정이 그리 어둡지 않았다.

"혈통으로 제위를 잇도록 한 인세의 어리석음이 낳은 불찰인가."

대신 그의 표정에 떠오른 것은 우월감이었다.

플라비오가 한 말은 혼잣말이 아니었다. 대답이 돌아왔다.

"지금의 황제는 용혈각성을 못 했다고 들었습니다만."

그 대답에 플라비오는 혀를 찼다.

"그게 더욱 어이없지. 실제론 피로 이어지지 않았음에도 누구의 장자이기에 제위를 이었다. 이보다 더 어리석은 일이 어디 있겠는가?"

프란츠 황제가 들었다면 격분할 내용의 대화를 나누고 있는 상대는 플라비오 사바티오 유스티오와 그의 분신 중 하나였다.

그런 의미에서 볼 때 이것은 본질적으로 대화가 아닌 혼잣말일지도 몰랐다. 그러나 플라비오 본인도, 대화를 나누는 분신도 그렇게 생각하지 않았다.

"인류가 보다 현명했다면 그 자리에 어울리는 인물을 앉혔을 것이다. 명분 따위에 집착하니 이렇게 되는 거다."

"어울리는 인물이라 하시면……."

"너 정도면 훌륭하지, 플1."

시종의 신분으로 황궁에 들어온 그 분신의 이름은 플1. 자신은 아주 긴 이름을 가지고 있음에도, 플라비오는 분신에게 아주 짧은 이름밖에 허락하지 않았다.

"내게 선택권이 있었다면 네게 제위를 건넸을 것이다."

"영광입니다."

"영광은 무슨."

플라비오는 코웃음을 쳤다.

"뭐, 내게는 좋은 일이다. 덕분에 전권을 손에 넣었지."

플라비오는 프란츠 황제에게 일부러 일단 듣기에는 그럴듯하나 두루뭉술한 제안을 했다. 그리고 황제는 그 제안을 자기 좋을 대로 해석해 고개를 끄덕였다.

아무튼 제안을 허락받았으니, 이제 플라비오는 황명을 내세워 제도 수호라는 명목으로 이 도시 안에서 무슨 짓이든 할 수 있게 되었다.

이런 권한을 받았는데 플라비오가 과연 황제가 원하는 대로 빈민가만 쓸어내고 일을 끝낼까?

당연히 그럴 리가 없었다.

"경하드립니다."

플라비오의 속내를 잘 아는 플1은 그렇기에 자신의 본체에게 축하의 말을 올렸다.

"경하까지 받을 만한 일은 아니다. 당연한 일이지."

겸양 아닌 겸양을 한 플라비오는 손뼉을 짝짝 쳤다.

"자, 플1. 나가서 플2, 플3을 불러오도록."

플2, 플3이란 물론 플라비오의 또 다른 분신들이었다.

분신들을 인격으로 생각이나 하는지 의문일 정도로 단순한 이름이었으나 아무도 불만을 토로하지 않았다. 실제로 플라비오는 분신들을 자신의 분신이라고 생각했지, 독립된 인격으로 생각하지 않았으며 그것은 사실이었기 때문이었다.

"할 일이 아주 많다."

사실 플라비오는 멀리 있는 분신들에게도 정신파를 통해 지시를 내릴 수 있었지만, 굳이 플1에게 분신들을 불러오라고 한 건 그게 더 비효율적이기 때문이었다. 다시 말해 여유를 부리는 거였다.

"자, 그럼."

플1이 뛰어나가는 모습을 바라보며, 플라비오는 장난스럽게 웃었다.

"일단 황제의 이름으로 징발부터 시작해 볼까?"

프란츠 황제의 가장 큰 정치적 기반은 제도를 비롯한 제국 중앙 지역 시민들의 지지였다.

그러나 그것은 이제 곧 과거의 일이 되리라.

제5장

제도 라틀란트 시티 I

괜히 난공불락으로 이름 높은 고대 제국의 삼단 성벽을 모방한 게 아닌지, 성벽의 통과에만도 꽤 걸음을 많이 옮겨야 했다.

나는 그 성벽에 난 구멍을 통과해 도시 안으로 들어오는 데에도 몇 차례씩이나 루블을 벌었다. 말은 단순하게 구멍이라고 했지만, 구멍을 통과하는 것 자체가 작은 유적을 탐사하는 것이나 마찬가지일 정도였다.

원래는 그냥 막혀 있어야 정상인 구멍인지라 딱히 함정 같은 게 설치되어 있지는 않았지만, 자연적으로 침식되어 바닥이 무너진다거나 천장이 무너진다거나 하는 일이 잦았다.

당연히 나에겐 위기 감지조차 켜지지 않을 정도로 사소한 장해물에 불과했지만 카를은 이런 곳에도 휘말려 죽은 적이 있나 보다.

뭐, 불쾌하기는커녕 길 걷다가 동전이라도 주운 기분이다.

—제도 안에 들어오셨으니, 새로운 신분을 구매하시는 편이 좋을 것 같습니다.

"그래? 그러자, 그럼."

내가 라플라스의 판촉에 별생각 없이 응한 것도 그런 이유였다. 오다가 공돈을 주웠으니, 몇십 루블 정도는 편하게 쓸 마음의 여유가 생긴 덕이었다.

—그럼 200루블을…….

"아니, 잠깐."

나는 기껏해야 몇십 루블을 생각했더니, 라플라스의 입에서는 그 두세 배 정도 되는 금액이 아주 쉽게 나왔다.

"뭐? 200루블?"

—그러실 줄 알고 아직 결제 안 했습니다.

"더 싼 건 없어?"

—있긴 합니다만 그다지 추천하고 싶지는 않습니다.

"…꼭 사야 돼?"

—새 주인님께서는 이미 답을 잘 알고 계시리라 생각합니다.

그래, 이미 이 라틀란트 시티의 정보를 구매한 나는 답을 알고 있다.

제도의 성벽 안에 사는 시민들은 거의 대부분 시민 등록을 하고 산다. 거의 대부분이라는 말은 전부는 아니라는 의미이기도 했지만, 그들은 환영받지 못하는 부랑자거나 변경에서 올라

온 임시 체류자이다.

부랑자들은 도로를 포함한 도시 내 시설 대부분을 이용하지 못한다. 이건 뭐 사람 취급이 아니다. 그렇다고 임시 체류자가 낫냐면 뭐, 좀 더 낫긴 하다. 돈을 내면 시설을 이용할 수는 있으니까. 하지만 이들은 이동할 때마다 감시가 따라붙으며 행동에 제약 또한 붙는다.

결국 시민 등록 하나는 얻어야 제도 안에서 제대로 된 활동을 할 수 있다는 뜻이다.

"…사야겠군."

그냥 흑법 켜고 플라비오를 암살하러 가는 거면 이럴 필요까지는 없지 않을까? 하는 생각이 잠깐 들었지만, 3야급 정도밖에 안 되는 흑법만 믿고 배를 째는 건 별로 좋은 판단이 아니었다.

아무리 내가 그간 블라드와 막스 세르빌리아로부터 흑법 교습을 받았다지만, 그것만으로 4야급에 올라서지는 못했다. 원래 한 분야의 극의에 이르려면 평생을 바쳐야 하는 법이다. 몇 달 배운 것만으로 수준을 끌어올릴 수 있다고는 처음부터 믿지 않았다.

물론 나에게는 라플라스가 있으니 루블 주고 사면 되기는 된다. 교습 덕에 4야급의 가격을 많이 깎을 수가 있을 테고.

하지만 설령 5야급을 찍더라도 잠입 및 암살만으로 모든 것을 해결할 수는 없다는 게 걸렸다.

플라비오의 마법 능력도 능력이거니와, 블라드의 정보에 의

하면 황제 측에 아직 5야급 흑법사가 한 명 더 붙어 있을 가능성이 높았다. 이런 걸 감안하면 루블 주고 흑법 사놓고도 제대로 잠입하기도 전에 들킬 수도 있었다. 당장 블라드도 막스에게 들켰었으니까.

따라서 제도 내에서의 활동을 위해 새로운 신분이 필요하다는 결론에 이르렀다. 합법적인 신분으로 들어갈 수 있는 곳까지 들어가고, 그 뒤에 흑법으로 숨어들어 가든 그냥 싸워서 뚫고 들어가든 하는 게 훨씬 더 성공 확률이 높으리라.

—올바른 판단이십니다.

"아, 그 전에. 라플라스, 그 신분은 귀족인가?"

—가격만 봐도 아시겠지만 물론 귀족입니다. 나름의 사회적 지위도 갖고 있고 돈도 많습니다.

"그런가. 좋군!"

그럼 귀족만 출입할 수 있는 시설에도 출입할 수 있을 테고, 도서관이나 박물관 등의 문화시설도 이용할 수 있을 것이다.

이러니저러니 해도 라틀란트 시티도 수백 년이나 묵은 오래된 도시고, 따라서 유적으로 의심할 수 있는 시설 및 건축물이 많았다.

물론 내가 제도에 온 본래 목적은 플라비오와의 끝을 보는 거지만 그렇다고 탐사 점수 먹지 말라는 법은 없지 않은가?

"사람이 살면서 메인 요리만 먹으라는 법 있나? 디저트 좀 먹을 수도 있지!"

이건 단순한 비유인 것만은 아니었다. 라틀란트 제국 미식의 전당이라고도 불리는 제도의 식당가도 내 흥미를 강하게 이끌었으니까.

—아무도 뭐라고 안 했습니다만.

하지만 라플라스는 내 말에 얽힌 이중적인 의미를 알아듣지 못했다.

아니, 어쩌면 그냥 못 알아들은 척한 걸지도?

나는 잠깐 의문에 잠겼지만, 그냥 모르고 넘어가는 게 낫겠다는 결론에 이르렀다.

"어쨌든 시체 찾으러 가자."

*　　　*　　　*

"사람이 이렇게 끔찍하게 죽을 수도 있구나."

—전 주인님께서는 그런 말씀을 하지 않으셨습니다.

그야 그 양반은 이 정도 죽음은 몇천 번이고 몇만 번이고 경험했을 테니까. 어쩌면 그 이상 경험했을지도 모른다.

바위 사이에 낀 채 빠져나오지 못하고 서서히 말라 죽어간다는 경험을.

"…사람이 어쩌다 이렇게 됐지?"

—공간 이동 마법을 연습하다가 끼어버린 겁니다. 자주 있는 일이죠.

뭐? 자주?

"…나는 공간 이동 마법 안 쓸래."

—굉장히 편리합니다만. 게다가 새 주인님께서는 연습하실 필요가 없으시잖습니까?

"하긴 그건 그렇지……."

라플라스로부터 다운로드 받으면 처음 쓸 때부터 열심히 연습한 것처럼 쓸 수 있다.

—물론 마법 사용을 방해받거나 다른 변수 때문에 사고가 나는 일이 종종 있긴 합니다만.

"너는 나한테 공간 이동 마법을 팔고 싶은 거야, 팔기 싫은 거야?"

—저는 그저 설명드리고 있을 따름입니다.

판촉보다 설명하는 게 더 우선이구나. 이제 알았다. 왜 이걸 이제야 알았지?

"아무튼 저 시체의 소지품을 꺼내야겠군."

별로 어려운 일은 아니었다. 바위 안에 꽉 낀 시체에까지 손이 닿지는 않았으나, 그렇다면 손을 쓰지 않으면 그만이었다. 손을 대신해서 [툴루의 보주], 시티 오브 툴루의 지하 수로에서 손에 넣은, 염동력과 비슷한 방식으로 움직이는 작은 공으로 물건을 꺼내 왔다.

"이게 시민등록석인가."

라틀란트 시티의 시민등록석은 마법사의 고유 마법을 응용한 것을 작은 마석에 새겨 넣은 물건이다.

이걸 새겨 넣은 마석값도 마석값이거니와 이걸 새기는 마법사의 인건비도 대단할 테지만, 이 대단한 것을 실제로 해냈다는 점에서 라틀란트 제국의 저력을 엿볼 수 있다.

그와 동시에, 이 대단한 짓을 라틀란트 시티 내성 안의 시민들에게밖에 못 했다는 점에서 이게 얼마나 비싼 물건인지 알 수 있게 해준다.

제도 시민들은 황제에게 절대적인 지지를 보낸다더니만, 그들이 왜 그러는 건지 그 이유의 단편이나마 알 수 있는 부분이다.

라틀란트 제국 전체에서 끌어모은 자원과 인재, 그 외에도 여러 힘을 모아 제도에 우선적으로 투사해 주니 이런 일견 말도 안 되는 짓거리도 현실화시킬 수 있는 거니까.

"아무튼 그럼 나는 이제 마법사로군."

—네, 이제 관공서로 가서 신고하시면 됩니다.

"…그래도 돼?"

이제까지 신분을 사면서 관공서에다 신고하고 신분을 회복하는 건 처음 있는 일이라 영 불안하다. 그러한 내 불안감을 라플라스는 깨끗하게 없애주었다.

—공간 이동 마법사가 행방불명되는 건 흔한 일이거든요.

대신 공간 이동 마법에 대한 불안감은 더욱 커졌다. 대체 뭐 하는 마법이지?

"라플라스, 다운로드."

—아, 네.

마법사의 이름은 비스코프 사피루스. 마법사이니만큼 성은 자기가 스스로 붙인 거였다.

그런데 이 양반, 귀족으로서의 성은 또 따로 가지고 있다. 본인이 싫어해서 잘 불리진 않지만, 일단은 블라우어 가문의 일원이다. 따라서 시민등록석상의 이름은 비스코프 사피루스 블라우어로, 꽤나 거창한 이름이 되어버린다.

장래가 촉망되는 젊은 마법사였으나 공간 이동 마법 실험 중 행방불명… 으로 처리되어 있다. 젊다고는 해도 30대 후반이지만, 마법사치곤 상당히 젊은 편에 속하는 건 또 맞다.

성격상으로는 꽤나 힙스터. 다른 사람이 안 하는 짓을 열정적으로 하는 편이다.

"머리색은 또 왜 파랑색으로 물들였대. 귀찮게……."

—그냥 [모발모자] 한 번만 만지시면 되잖아요.

"그게 귀찮아."

나는 다운로드 받은 그대로의 이미지로 비스코프를 재현했다. 길게 늘어뜨린 파랑머리 탓에 꽤나 눈에 띄는 모습이 되어버린 게 신경 쓰인다.

"이거 완전 광인일세."

—마법사니까요.

"뭐든지 마법사라는 말로 그냥 넘어가려고 들지 마라."

나는 혀를 끌끌 찼다. 역시 그리 마음에 들진 않는다.

"그런데 이게 왜 200루블이야?"

—그만큼 시민등록석의 가치가 높은 겁니다. 다른 신분을 추천해 드리지 않은 건 부랑자거나 임시 체류자라서요.

"에라이."

뭐 필요해서 산 거니 됐다 치자. 아무튼 이제 관공서에 가서 행방불명만 해소하면 제도 안을 내 마음대로 돌아다닐 수 있게 된다.

"자, 그럼 얼른 할 일 처리하고 밥이나 먹으러 가자."

앞서 말했듯 제도의 식문화에는 관심이 많다.

제도의 정보를 다운로드 받았다고 한들, 맛에 대한 정보까지 그대로 다운로드 받을 수 있었던 건 아니었다. 그냥 이 집이 맛있고 이 집은 특이하고… 이런 식의 기록밖에 남겨져 있지 않았다.

그럼 먹어봐야 하지 않겠는가.

직접!

"대현자가 그렇게 맛있다고 했던 집부터 먼저 가자고!"

—제도에 뭐 하러 오신지 모르겠군요.

"그야 겸사겸사지. 내가 말 안 했던가?"

—안 하시긴 하셨습니다.

*　　　*　　　*

결론부터 말해서 나의 야망은 이뤄지지 않았다.

"뭐라고요? 민간인… 퇴거요?"

"그렇습니다. 황명입니다."

관공서, 그러니까 시청에 가자마자 황당한 소리를 들었다. 제도의 모든 시민들을 성벽 바깥으로 내쫓는다는 것이 그 황당한 소리였다.

"마법사님께서는 민간인이 아니시니 제도에 남아 계셔도 괜찮습니다만, 대신 제도방위군에 즉시 자원해 주셔야 합니다."

대신, 뭐?

"…그건 자원이 아니지 않습니까?"

"황명입니다."

나의 소심한 반문에 대꾸하는 공무원의 낯빛도 별로 좋아 보이지는 않았다. 매우 지친 것은 물론이고 표정도 부자연스러웠다. 아마도 불만을 억누르느라 그런 것이겠지. 황명에 불만을 표했다가 교수형을 당하고 싶지는 않을 테니까.

그래, 공무원한테 무슨 잘못이 있겠냐. 이것도 플라비오 탓이다. 세상 모든 게 다 플라비오 탓이지. 내가 꼭 죽이고 만다.

나는 그런 생각으로 분노를 억눌렀다.

사실 이 상황이 내게 불리한 건 아니었다. 비스코프 사피루스가 제도방위군에 소속된다면 그 직위를 기반으로 황궁에라도 숨어들 수 있을 테니까.

그런데 민간인들이 모조리 퇴거당했다면 그 레스토랑도 그 음식점도 그 노점도 모조리 문을 닫았겠군. 결국 내가 먹을 수 있는 건 제도방위군 짬밥뿐인 모양이다.

…아니, 분노가 안 눌러지는데?

물론 눈앞의 공무원에게 분노를 풀 생각은 없었다.

'플라비오 그놈, 내가 반드시 죽이고 만다!'

나는 내면의 살의를 한층 더 날카롭게 다듬었다.

*　　　　*　　　　*

텅 빈 제도의 거리를 걷고 있으려니 내면의 살의는 무뎌지기는커녕 계속해서 날카로워지기만 했다.

예상했던 대로 가게들은 모조리 가게를 닫았고, 거리에는 사람 그림자도 찾아보기 힘들었다. 그런데 그렇게 텅 빈집과 가게들을 털어대는 놈들이 보였다. 그냥 이사를 가는 것처럼도 보였지만, 영 그렇게 보이지가 않았다.

"아니, 지금 뭐 하시는 겁니까?"

그래서 내가 나서서 물어봤더니 의외의 대답이 돌아왔다.

"아, 황명입니다."

도둑처럼 보이던 놈들의 정체는 다름이 아니라 시청 공무원들이었다. 무력 충돌을 감안하기라도 한 건지, 호위대처럼 서 있던 경비병들이 내게 다가왔다. 그중에 한 명이 내게 물었다.

"선생님은 뭐 하시는……."

"야, 야. 뭘 물어보고 있어."

경비병은 품에서 뭘 꺼내서 삑 찍어보더니 곧 이렇게 말했다.

"비스코프 마법사님, 오늘까지 제도방위군에 자원입대 하셔야 합니다."

"알고 있습니다. 오늘 시청에 다녀왔거든요."

나는 당황을 숨기며 태연한 척 대꾸했다.

방금 경비병이 뭘 한 건지는 명백했다. 제도경비병의 트레이드 마크나 다름없는 신원 조회였다. 내가 지닌 시민등록석의 내용을 저 석판으로 알아보고 하는 소리였다. 그리고 이게 굳이 200루블까지 내고 시민등록석을 사야 했던 이유이기도 했다.

'와, 직접 당해보니 꽤 당황스럽네.'

그냥 머리로 알고 있는 것과 경험하는 것에는 역시 차이가 있을 수밖에 없었다. 내 신분은 물론이고 오늘 신분을 회복했다는 것과 제도방위군에 입대해야 한다는 것까지 전부 들키고 나니 머리가 띵했다.

그나마 GPS라도 안 달린 것에 감사해야 하려나. 하긴 GPS까지 달렸으면 애초에 비스코프가 행방불명 처리도 안 됐을 테니 비스코프 본인에게는 불행이다.

뭐 아무튼 좋다. 나는 뭔가 찜찜한 공무 집행 중인 공무원들과 헤어져 텅 빈 제도 거리를 다시 터덜터덜 걷기 시작했다.

그러다 문득 이런 생각이 들었다.

'라플라스, 박물관의 경비원은 과연 민간인일까?'

—유료입니다.

'좋았어.'

침울과 분노로 느려져 있던 내 발걸음이 마침내 경쾌해졌다.

목적지는 당연하게도, 박물관이었다.

*　　　　*　　　　*

라틀란트 제국 황립 박물관.

라틀란트 시티가 '더 시티'의 복제품이 되도록 계획된 시점에서 이 박물관 또한 건립 계획이 거의 동시에 잡혔다. 물론 거기에는 이유가 있었다.

사실 이 박물관은 라틀란트 제국이 고대 제국의 적통임을 설파하기 위한 프로파간다로 가득했다. 처음부터 제국의 정통성을 증명하기 위한 시설로써 세워진 거란 의미였다.

그러나 이 말이 내게는 다른 각별한 의미로 다가왔다. 제국 변경의 유물들이 가득 전시되어 있다는 소리였으므로!

"다른 곳은 걸러도 여기는 못 거르지."

나는 콧노래를 부르며 다운로드 된 정보를 따라 박물관을 향해 직행했다. 아니나 다를까, 박물관은 [휴관]이라는 팻말을 내걸고 있었다.

내가 평범한 관광객이었다면 낙담했겠지만, 사실 나는 평범한 관광객이 아니다.

"다른 손님이 없으니 작업이 더 수월하겠군."

—무슨 작업입니까.

"그야 탐사지."

—…….

라플라스로부터 대답은 돌아오지 않았다. 사실 기대도 안 했다.

나 같은 놈들을 경계해선지, 박물관의 문은 단단히 잠겨 있었다. 얼마나 단단히 잠겨 있었냐면 이중 삼중으로 자물쇠와 쇠사슬을 건 것은 물론이고 마법까지 걸려 있었다.

자물쇠에도 잠금 마법, 문 자체에도 고정 마법, 그리고 건물에 접근하는 사람이 있으면 자동적으로 감지하여 사진을 찍는 나는 잘 모르는 마법, 그 외 등등…….

"제도에 제국의 모든 힘이 모여든다는 걸 이런 식으로 확인하게 될 줄은 몰랐네."

그렇다고 또 못 들어갈 건 없었다.

라플라스로 건물 정보를 다운로드 받은 후 감시 카메라의 위치를 숙지하고 사각에서 건물에 접근했다. 그리고는 [루베르류 마검술 제4의 고유마검 천파일섬검―응용]을 통해 아주 얇고 정밀한 검강을 뽑아낸 후 벽을 치즈 자르듯 잘라냈다.

그렇게 낸 구멍을 통해 나는 통과하고 다시 잘라낸 것을 붙이면 짠! 감쪽같다.

―마치 금속 정밀 가공 같네요.

"잉? 그게 뭐야?"

―대장 기술 장인들이 기술을 과시할 때 쓰는 퍼포먼스 중에 그런 게 있습니다. 금속을 복잡한 모양으로 잘라놓고 다시 붙여서 보여주는 건데, 보면 마치 처음부터 자르지도 않은 것처럼 감쪽같이 붙어 있죠.

"와, 그런 게 가능해?"

―…방금 새 주인님께서도 하셨잖습니까?

"나야 검강으로 한 거니까. 이건 반칙이지. 그런 걸 기술만으로 하다니 대단하군."

물론 이 모든 행동을 취하는 동안 어둠장막의 단검과 흑법으로 모습을 감추는 건 당연했다. 살기 같은 걸 띤 것도 아니니 아마 안 들켰을 거다.

뭐, 이걸 알아볼 정도의 수준이 되는 흑법사나 기사나… 아무튼 강자는 지금 이런 데에 있을 리가 없으니까. 아마 다 제도방위군에 편성되어 있거나 왕성에 가 있거나 하겠지.

…사실 좀 배를 째긴 했다. 완전히 100% 안전한 방법은 아니었다.

하지만 이건 배를 쨀 만한 가치가 있는 행동이었다.

"와!"

박물관 안은 보물 창고였다.

"유물, 유물, 유물, 유물!"

내 유물 감지가 미쳐 날뛰고 있었다.

이것도 유물, 저것도 유물!

다 유물이었다!!

—박물관이니까 당연한 거 아닙니까?

"넌 또 왜 흥을 깨냐?"

—뭐, 이 박물관이 꽤 오래되기는 했죠. 건국 초기부터 있었으니…….

내 일침에 라플라스는 딴 소릴 했다.

"그래서 그런지 여기도 유적이야."

—예상은 했습니다만.

"나도 예상했었지."

그리고 예상은 사실로 드러났다.

"짜잔."

나는 각성창에 생성된 [탐사 일지]를 꺼내 들었다.

“오랜만에 보는구나, 탐사 일지야!”

—말도 못 하는 탐사 일지에 말은 왜 거십니까?

나야 이럴 수도 있지. 그런데 넌 왜 말도 못 하는 탐사 일지에 질투를 하냐? 당연히 이렇게 되묻지는 않았다. 그러기에는 내 기분이 너무 좋았다.

“오늘 탐사 점수 한 번 뽀지게 쌓겠군.”

—좋으시겠네요.

“좋지.”

라플라스의 말이 신경을 거스르지 않을 정도로 좋다.

—사실 모든 전시대에 유물이 전시된 건 아닙니다만.

“나도 알아.”

복제품도 많았고, 그냥 가짜인 것도 많았다.

—더군다나 유물들의 가치가 높은 것도 아닙니다.

“그것도 알지.”

고대 제국의 유물은 거의 전시되어 있지 않았고, 제국교체기 왕국들의 레갈리아도 없었다. 거의 대부분이 야만족들의 유물이었다.

기능이 붙은 유물은 희귀하다 못해 그냥 없다시피 했다.

그러나 이러한 단점은 압도적인 양 앞에서 굴복했다.

“유물만 네 자릿수라니, 이런 건 내 트레저 헌터 커리어 사상 처음이로군.”

유물이 네 자릿수라는 건 내가 박물관에서 얻은 탐사 점수만 백만 점대에서 노닌다는 것을 뜻한다.

정확하게는 이랬다.

—현재 탐사 점수 :1,127,322점.

압도적인 숫자! 그동안 기껏해야 수천 점씩 모으고서 대박이니 뭐니 법석을 떨었던 게 수치스러워질 정도다.

"아니, 이 점수는 어디다 어떻게 쓰지?"

아직 탐사 일지를 확인하지도 않았는데도 입가를 비집고 웃음이 실실 새어 나온다.

그런데 내가 박물관에서 얻은 것은 탐사 점수뿐만이 아니었다. 유물이 전시된 전시대마다 함정이 설치되어 있었다. 도둑을 잡는 게 목적이 아니라 그냥 그 자리에서 죽여 없애려는 함정들의 존재가 참으로 인권 경시의 제국다웠다.

물론 이건 칭찬이다. 그 덕에 내가 루블을 벌었으니까.

이것 때문에 복제품이나 가짜의 전시대도 꼬박꼬박 털었다. 그뿐만 아니라 유물이 보관되어 있지 않은 창고나 금고까지 털었다. 이게 다 루블인데 어딜 그냥 가겠는가?

그렇게 박물관 전체를 탈탈 턴 후, 나는 모든 유물과 복제품, 가짜, 그리고 금붙이를 원래 위치에 되돌려 놓았다.

어차피 나도 돈은 많고, 기능도 없는 유물들 천여 개를 가지고 갈 정도로 각성창에 자리가 많은 것도 아니었다.

게다가 나는 트레저 헌터지, 도둑놈이 아니니까.

그런데 이러한 나의 선행은 나 본인조차 예견치 못한 결과를 낳았다.

"응? 전시 점수? 전시 점수가 탐사 일지에 왜 나와?"

—전시하셨으니까 전시 점수가 나오는 게 아닐까요?

라플라스의 발언은 매우 상식적이었다. 그래, 뭐… 훔쳤던 걸 제자리에 돌려놓은 걸 전시했다고 말한다면야 뭐, 그 말이 틀린 건 아니다.

…사실 제자리에 돌려놓지도 않았다. 내가 천재도 아니고 어떻게 전시물 자리를 전부 기억해서 제자리에 돌려놓았겠는가? 그래서 대충 여기 있었겠지, 식으로 짚어서 되돌려 놓았다.

—그럼 전시죠.

그런가?

—어쨌든 새 주인님 입장에서 보실 때 나쁜 일은 아니지 않습니까?

"그건 그렇지. 만세지. 야호, 만세!"

뭐 아무튼 좋다.

"전시 점수도 꽤 쌓였군."

—이제 슬슬 쓰실 때도 되셨죠.

"그건 나중에 생각하자."

일단 지금은 백만 점 단위로 쌓인 탐사 점수를 쓰는 게 먼저다.

"뭐, 오늘 하루 만에 다 쓰는 건 무리겠지만……."

—아마 평생 남지 않을까요?

결론부터 말해서 라플라스의 말은 틀렸다.

하지만 내 말은 맞았다.

왜냐하면 탐사 일지에 이런 게 생겼기 때문이다.

—탐사 점수를 소모하여 트레저 헌터 직업의 전문화 특성을 습득하실 수 있습니다.

—전문화 특성 습득에 필요한 탐사 점수: 100,000점.

—YES / NO

"라플라스."

이러한 텍스트를 읽고 내가 가장 먼저 한 행동은 라플라스의 이름을 부르는 것이었다.

—네, 새 주인님.

"이게 뭘까?"

—제가 알 도리가 없죠.

"그렇지? 그럴 것 같았어."

—이건 오히려 새 주인님께서 알고 계셔야 하는 것 아닌가요?

"나도 몰라."

전문화가 뭐야? 처음 듣는다. 지구의 유적과 유물을 독식한 선배 트레저 헌터들은 이런 말은 한 번도 안 해줬다. 지구에도 오래된 박물관은 몇 개씩 있었고, 그 박물관 안에는 수천, 수만 점의 유물이 있었을 텐데 말이다.

잠깐 생각한 끝에 나는 금방 이러한 결론에 도달했다.

"지들끼리 해먹고 묻었나 보네."

하긴 새 유적을 발굴해서 유물을 가져가는 것에 대한 건 그럭저럭 받아들일 만할지 몰라도, 어느 나라의 어느 박물관을 탈탈 털어서 유물을 다 가져갔다고 하면 그 나라 사람들이 과연 가만히 있었을까?

아무리 그게 인류의 생존을 위한 것이라 한들, 일단 입 밖에 내고 나면 그게 얄팍한 포장에 불과하다는 게 금방 탄로 난다.

그러니 숨겼을 것이다. 지들이 생각해도 이건 아니었을 테니.

"에이, 뭐 아무렴 어때."

지구에서 죽고 다른 세계에까지 온 나한테는 정말 아무래도 상관없는 이야기다. 선배님들이 내게 모든 정보를 공유해 줘야 한다는 법은 없었으니. 이걸 갖고 이제 와서 비난해 봤자 아무 의미도 없는 일이다.

그보다 중요한 건 따로 있다.

이걸 하느냐, 마느냐.

그것이 문제로다!

—하실 거죠?

"그래야지."

뭔지는 모르지만, 그냥 한다.

그간 탐사 일지에 쌓인 신뢰가 이런 행동을 가능하게 해주었다. 아니, 뭐 어차피 지금 탐사 점수가 백만 점 넘게 있으니까 부릴 수 있는 여유이기도 했다.

"YES!"

나는 탐사 일지의 글씨를 손가락으로 꾹 눌러주었다.

그리고 나의 신뢰는 보상받았다.

—새로 얻은 전문화 특성: 보물 전문가 1

—임의의 보물 하나를 새로이 창조할 수 있습니다.

—창조된 보물에는 기존의 유물과 보물에서 기능을 복제하여 붙일 수 있습니다.

—해당 기능은 기존보다 100% 상향되어 적용됩니다.

"이거 재밌군……. 한번 해볼까."

새로 얻은 능력으로 창조할 수 있는 임의의 보물이라는 건 실재하지 않고 각성창 안에서만 존재하는 문자 그대로 '임의의 보물'이었다. 이것만으로는 아무런 쓸모가 없고, 기능을 복제하고 강화하여 활용하기에만 사용할 수 있는 모양이었다.

처음에는 시시하다고 느꼈지만, 이 능력의 본체는 역시 기능의 강화였다. 보물의 기능도 복제 및 강화할 수 있기에, 나는 임의의 보물에 [철봉활]의 연사 기능을 복제해 넣었다.

결과.

"오!"

두두두두가 드르르르륵으로 바뀌었다. 그런데 영력 소모는 똑같았다.

"이것은 좋은 것이다!"

별 대가도 치르지 않고 시간 대비 주는 피해 총량을 두 배로 늘릴 수 있다니!

고개를 끄덕이며 감탄할 수밖에 없는 결과물이었다.

—보물 전문가 2로 강화할 수 있습니다. 필요한 탐사 점수: 100,000점.

—강화하시겠습니까?

강화된 기능의 효과에 매료된 나는 은근슬쩍 붙어 있는 이 물음에 홀라당 넘어가 버릴 수밖에 없었다.

"한다!"

—강화된 전문화 특성: 보물 전문가 2

—임의의 보물 하나를 새로이 창조할 수 있습니다.

—창조된 보물에는 기존의 유물과 보물에서 기능을 복제하여 붙일 수 있습니다.

—해당 기능은 기존보다 200% 상향되어 적용됩니다.

여기서 임의의 보물 하나를 새로이 창조한다는 건 기존의 보물은 그대로 두고 하나를 더 창조할 수 있다는 뜻이었다. 그럼 임의의 보물이 2개! 그리고 기능 강화도 200%로 불어났다. 즉, 단순 계산으로도 기존의 세 배다!

이 시점에서 나는 눈이 돌아갔다.

—보물 전문가 3으로 강화할 수 있습니다. 필요한 탐사 점수: 200,000점.

—강화하시겠습니까?

“한다!”

이후, 같은 과정을 반복한 대가로 나는 탐사 점수 1,100,000점을 날렸다. 그 대가로 나는 보물 전문가 5가 돼 있었으며, 임의의 보물 다섯 개 창조 능력과 기능 강화 1,000%의 능력을 얻었다.

“후, 후하하하! 열 배다! 열 배!!”

—지나치게 자제력을 잃어버리신 거 아니신지…….

“자제해야 할 이유가 없잖아!”

탐사 점수는 아직 2만 점 넘게 남았다. 물론 110만 점이라는 막대한 점수 앞에서 2만 점은 티끌처럼 보일 수도 있겠으나, 세상 모든 것은 생각하기 나름이다.

2만 점으로도 할 수 있는 건 많다. 예를 들어서… [트레저 헌터의 유물 관리 능력 1]을 강화한다든가.

—5,000점이네요. 남은 점수는 22,322점입니다.

“나도 알아. 여기 써져 있거든!”

[트레저 헌터의 유적 탐사 능력 3]을 강화한다든가.

—3을 초과하는 건 이번이 처음이네요. 그래서 그런지 드는 비용도 화끈한 것 같습니다만.

“한다!”

—10,000점이네요. 남은 점수는 12,322점입니다.

"안다니까 그러네!!"

이로써 내 트레저 헌터 능력은 [보물 전문가 5], [유적 탐사 능력 4], [유물 관리 능력 2]가 되었다.

나는 적당히 몸을 움직여 보며 흐뭇하게 혼잣말을 읊조렸다.

"그래도 유적 탐사 능력 강화에 10,000점이나 쓴 보람은 있군."

신체 능력이 전반적으로 향상된 걸 보니. 상승폭이 2에서 3으로 올라올 때보다 두 배 이상은 더 큰 것 같았다.

—그야 올리는 데에 드는 비용이 3배 이상이니 당연하다면 당연한 결과 아닐까요?

"아, 아무튼!"

앉은 자리에서 탐사 점수를 1,115,000점이나 녹여 버리고 나니 살짝 제정신이 아닌 것 같았지만, 뭐 아무렴 어떠랴. 그만큼 벌었으니 그만큼 쓴 거지.

더군다나 이렇게 쓰고도 아직 탐사 점수 자체는 흑자다.

"전시 점수도 벌었고."

내친김에 나는 오랜만에 내 전시물들을 꺼내보기로 하였다.

—전시 코너의 [일부에서 호평인] 등급이 [전반적으로 호평인] 등급으로 전환됩니다.

—당신의 전시 계급이 상승했습니다! 당신의 전시 계급은 [일반 1]입니다.

ㅡ당신에게 [소형 전시실]이 주어집니다.

지난번에 전시대를 꺼냈을 때는 뭔가 주르륵 올라가면서 계급이 세 단계나 올라갔었으나, 이번에는 깔끔하게 한 단계만 올라 있었다. 그런데 그렇게 오른 계급이 [일반]이었다.

"이거 전에는 [신입]이었지?"

ㅡ그런 걸로 기억합니다.

나는 이제야 한 사람 몫을 하는 제대로 된 큐레이터 대접을 받게 되는 모양이었다.

"그런데 소형 전시실이 뭐지?"

그렇게 혼잣말을 흘리며 전시대의 문자를 보니, 당연하다는 듯 설명이 올라와 있었다.

ㅡ[소형 전시실]은 [전시 코너] 2개와 [중앙 전시대] 1개로 이뤄져 있습니다. 가능하다면 전시실 전체의 테마를 일치시키는 것이 좋습니다.

[중앙 전시대]는 이제까지 쓸 수 있었던 전시대와 달리 보물도 전시할 수 있었다. 보물의 힘을 테마 보너스로 강화시키면 어떻게 될까?

그야 좋겠지!

하지만 7개의 유물이 들어가는 전시 코너 2개와 중앙 전시대 전체의 테마를 맞추려면 같은 테마의 유물 15개가 필요하다. 이건 나도 고민을 좀 많이 해봐야 할 것 같았다.

결과.

"이건 역시 철봉활이지."

이미 한쪽 전시 코너를 북방 엘프 테마로 묶어놓았다. [잊힌 고대신] 테마도 버리긴 아깝지만, [철봉활]에 테마 보너스를 먹이는 것이 더 낫다고 판단했다.

—철봉활은 임의의 보물에 강화해서 쓰시는 것 아니셨어요?

"철봉활에 달린 기능만 몇 개인데."

12개다. 물론 강력한 효과는 몇 개 안 되고 나머지는 자잘한 기능들이긴 하지만, 이것들 전체를 테마 보너스로 강화시킬 수 있다면 이야기는 달라진다.

"만약에 필요한 상황이 오면 그때그때 복제해서 강화받는 걸로 하고, 평소에는 전부 테마 보너스를 받도록 하는 게 더 나아."

—확실히 그게 더 낫겠군요.

결과.

"이거 꽤 괜찮군."

—그러네요.

일반 전시대의 테마 보너스와 특별 전시대의 테마 보너스가 2배 정도 차이 났으니, 중앙 전시대의 테마 보너스는 그보다 더 높으리라고 유추할 수는 있었다.

하지만 5배까지 차이가 날 줄이야. 생각했던 것보다 차이가 더 컸다. 물론 5배라고는 해도 특별 전시대의 보너스와 비교해서지, 철봉활의 원래 스펙과 비교하자면 200% 정도밖에 안 된다.

—200%를 '정도밖에' 라고 표현하시면 안 되지 않나요?

"하하, 1,000%를 맛보고 나니 나도 모르게 그만."

아무튼 예상을 뛰어넘는 스펙이다. 이 정도면 철봉활은 그냥 전시대에 묶어놔도 될 법했다.

"그런데 이게 끝이 아니야."

—전시 점수 말씀이시로군요.

"그래, 맞아."

전시대를 꺼내 전시 계급이 [일반 1]로 올라선 것을 확인한 후, 나는 각성창에 작은 책자 하나가 생성된 것을 알 수 있었다. 표지에 적힌 책자의 제목은 [카탈로그]였다.

—마치 [탐사 일지] 같군요.

"비슷하지만 다르군."

탐사 내용이 기록되기 전까지는 백지인 [탐사 일지]와 달리 [카탈로그]는 처음부터 내용이 꽉 차 있다는 게 달랐다. 아, 비슷한 점은 사용하는 법이었다. [탐사 일지]처럼 쓰면 됐다.

"아무튼 이걸로 드디어 전시 점수를 쓸 수 있게 됐어."

카탈로그의 기능은 크게 네 가지로 구분된다. [유물복원], [유물복제], [유물대여], [유물매입].

복원이야 트레저 헌터의 능력으로도 가능하니 급할 때 말고는 쓸 데가 없지만, 복제는 유통기한이 있긴 해도 기능까지 복제되어 쓸모 있어 보였다.

하지만 내 눈길을 확 사로잡는 것은 역시 유물대여였다. 다

종다양한 유물들이 주르륵 나열되어 있었고, 이걸 고작 전시 점수 몇 점으로 빌릴 수 있도록 되어 있었다.

대여 점수 밑에는 매입 점수도 함께 기재되어 있었지만 아니나 다를까 훨씬 비쌌다. 일주일 대여 가격의 100배는 되어 보였다.

게다가 카탈로그 뒤로 갈수록 대여 점수는 비싸졌다. 물론 그만큼 좋은 유물이기에 비싼 거였다.

"아직 [일반 1]인데 벌써 보물급 유물을 빌릴 수 있네."

—앞으로가 기대되는군요.

현재 내 전시 점수는 512점.

보물급 유물의 대여 점수가 500점이니, 가진 전시 점수를 탈탈 털면 보물급 유물 하나쯤은 빌릴 수 있을 것 같았다.

"라플라스."

그 와중에 나는 쓸 만한 유물 하나를 발견했다.

—마법 포식 장치. 기능. 50m 반경의 마법을 무효화하고 마법으로 인해 구현된 결과물을 무효화시킨다. 그리고 6초간 마법 사용과 마력 사용을 봉인한다. 1회용.

라플라스는 소릴 내서 카탈로그의 설명을 읽었다.

"좋아 보이지?"

—1회용이라는 것만 제외하면 정말 좋네요.

"그건 걱정하지 마. 이 기능만 보물 전문가 임의의 보물에 복사하면 되니까."

—그럼 다섯 번 더 사용하실 수 있겠네요.

임의의 보물이 다섯 개니, 단순 계산으로도 여섯 번이나 쓸 수 있다.

"그래, 열 배 더 강력하게."

여기서 임의의 보물에 달린 1,000% 보너스를 잊어버리면 섭섭하다.

"그리고 여유가 생기면 더 많이 사용할 수 있지."

기능을 사용해 버려서 텅 빈 임의의 보물에 새로이 기능을 복사해 넣을 여유만 생긴다면 사실상 무제한으로 사용할 수 있다.

—지금 와서 말씀드리는 것도 새삼스럽지만 탐사 점수 1,100,000점을 쓰신 보람이 있네요.

"진짜 새삼스럽네."

나는 피식 웃으며 카탈로그를 더 뒤져보았다. 마법 포식 장치보다 좋은 건 많았지만, 플라비오를 혼내주는 데에는 역시 마법 포식 장치보다 효과적인 것은 없었다.

"이건 플라비오와 맞상대하기 직전에 대여해야겠어."

카탈로그를 집어넣은 각성창이 새삼 든든하게 느껴졌다. 이걸로 비밀 병기 하나쯤은 손에 넣은 셈이니 당연하다면 당연한 일이다.

"제도까지 와서 이렇게 파워 업을 하게 될 줄은 몰랐는데."

—예상은 하셨다면서요.

"그랬지."

나는 머쓱하게 웃었다.

*　　　　*　　　　*

"스승님."

프란츠 황제가 스승, 플라비오를 불렀다.

"무슨 일이십니까, 황제 폐하."

플라비오는 깊숙하게 허리를 숙여 보이며 황제를 맞이했다.

"스승님께서 저의 백성을 제도에서 물리셨다 들었습니다."

"그리했습니다. 이유가 궁금하십니까?"

"제가 알아도 되는 일이라면 알려주셨으면 합니다."

플라비오는 프란츠 황제를 내려다보았다. 그러고는 뚱하니 대답했다.

"폐하를 위해 한 일입니다."

"하오나……!"

프란츠 황제는 열망에 차 외쳤다.

황제의 스승이 황제보다 위에 놓인 경우는 라틀란트 제국 역사상 없다.

정확히는 그런 것으로 되어 있었다.

그리고 프란츠 황제와 플라비오 사바티오 유스티오의 관계 또한 그렇게 기록될 것이다. 황제에게 복종하며 자신의 지혜를 아낌없이 빌려준 대현자이자 가르침을 내려준 대스승으로서, 플라비오의 이름은 라틀란트 제국의 역사에 명예롭게 기록될 것이다.

그러나 언제나 그렇듯, 기록과 현실에는 아주 약간의 괴리가 있었다.

황제가 스승에게 가르침을 구하기 위해 허리를 숙이는, 제국의 후손들에게는 미담처럼 여겨질 이 광경은 사실 둘의 관계성을 적나라하게 드러내 보이고 있었다.

본래라면 황제에게 최면술이 걸리는 일 따위는 일어나지 않는 게 정상이다. 라틀란트 제국의 모든 재원이 나서서 황제를 보호하니, 최면 따위의 저열한 수작은 황제에게 닿는 것조차 불가능해야만 했다.

그러나 궁지에 몰린 황제는 유일해 보이는 구명줄을 잡기 위해 스스로 나섰고, 무려 대현자라고까지 불리는 마법사이자 술법사 앞에 그 몸을 무방비하게 내밀었다.

그럼에도 플라비오는 경솔하게 행동에 나서지 않았다.

애초에 누가 앞을 가로막든 플라비오는 모두 물리치고 뚫고 황제 앞에 이르러 최면을 걸 수 있었다. 아니, 최면 정도가 아니라 황제의 자의식을 파괴하고 플라비오의 말만 듣는 꼭두각시로 만들어 버릴 수도 있었다.

그 간단한 방법을 쓰지 않은 이유는 간단했다.

플라비오의 취향이 아니었다.

플라비오는 황제가 어디까지나 본인의 선택으로 자신에게 예속되기를 원했다. 자신의 의지로 스스로 목에 족쇄를 걸고 그 끈을 자신에게 바치길 원했다.

따라서 플라비오는 그렇게 만들었다.

몇 가지 방법으로 황제의 신뢰를 얻고, 환심을 사고, 그 후에 모략과 술수를 통해 황제의 충신들을 황제 주변에서 내쫓은 후, 황제의 허락까지 얻은 뒤에야 황제에게 아주 약한 최면을 걸었다.

그것은 굳이 표현하자면 악마적이었다. 계약을 통해 소원을 이루어주고 대가를 받지만, 그 과정과 결과 모두가 왜곡되어 있었으니.

그리하여 황제는 플라비오의 입안에 스스로 머리를 들이밀었고, 플라비오는 뱀처럼 입을 쩌억 벌려 황제의 정신을 꾸역꾸역 삼키고 있는 와중이었다.

그렇다. 이미 황제는 세뇌에 걸려 있었다. 플라비오가 황제에게 건 주문은 아주 약한 최면에 불과했으나, 황제의 안에서 스스로 커져 어느새 황제의 마음을 사로잡게 된 거였다.

그럼에도 황제가 잠깐이나마 제정신을 차리고 제도의 시민들에 대한 처우에 대해 묻는 것은 그가 적어도 제도의 시민만큼은 얼마나 소중히 여기는지 알 수 있는 부분이었다.

그것이 플라비오가 제도의 시민들을 내쫓아야 할 가장 큰 이유였다.

황제를 경애하는 백성을 황제로부터 떨어뜨려 놓음으로써 황제가 더더욱 자신을 의지하도록 하게 하고, 그럼으로써 황제가 자신의 세뇌에서 풀려날 가능성을 0%에 수렴하도록 만드는 것.

시민들의 재산을 압류함으로써 플라비오 자신의 배를 불리는 것은 별로 중요하지 않았다. 물론 빼놓을 수는 없는 이유이긴 했지만 말이다.

당연하게도 황제에게 이 사실을 곧이곧대로 말해줄 수 있을 리는 없었다.

"폐하께 완전무결한 안전을 선물해 드리고자 한 일입니다."

"완전무결한… 안전."

달콤한 단어에 프란츠 황제의 눈빛이 몽롱해졌다.

"그렇습니다. 제도를 바깥과 완전히 분리하여 그 어떤 악적의 마수도 폐하께 미치지 못하게 할 것입니다. 그러나 이 술법으로 보호할 수 있는 인물은 한정되어 있기에, 그 수를 줄이기 위해……. 가슴 아프지만 어쩔 수 없는 선택이었습니다."

플라비오의 말에, 프란츠 황제는 갑자기 자신의 가슴을 쥐어뜯었다. 전성기의 영명함을 잠시나마 되찾은 눈초리로, 황제는 스승을 올려다보며 애원했다.

"하지만 스승님, 제도의 시민들은 제게 소중한 이들입니다."

플라비오는 황제가 이렇게 나올 것을 이미 알고 있었다. 그리고 이 문답을 어떻게 마무리할 건지에 대해서도 결정해 둔 터였다.

마치 수식의 계산을 마무리하듯, 플라비오는 황제에게 결정적인 질문을 던졌다.

"폐하의 옥체보다 소중하겠습니까?"

"……."

프란츠 황제는 더 이상 아무 말도 하지 못했다.

그야 그렇다. 자기 몸보다 중요한 게 어디 있겠는가? 세상 모든 이가 그렇듯, 플라비오 또한 그렇듯, 황제 또한 그렇다.

고개를 떨어뜨리는 황제를 보고, 플라비오는 뱀처럼 웃었다.

*　　　*　　　*

지금 나는 제도의 하수도에 들어와 있었다.

하수도라고는 해도 어지간한 던전보다도 컸다. 하긴 변경 도시인 시티 오브 툴루에도 지하 수로가 있었는데 제국의 수도인 제도의 스케일이 그보다 작을 리 없지.

플라비오 놈이 무슨 생각으로 제도의 민간인들을 모조리 퇴거시켰는지 모르나, 내게는 좋은 일이었다. 그것도 보통 좋은 일이 아니었다. 제도에 민간인이 아무도 없다는 건 지금부터 내가 할 짓에 대해 아무런 책임감이나 죄책감을 질 필요가 없다는 뜻이었으니.

"이걸 이런 식으로 쓰게 될 줄은 몰랐군."

나는 손에 쥔 물건을 내려다보며 픽 웃었다. 붉은 보석처럼 보이는 이 물건의 정체는 바로 악마의 심장이었다. 시티 오브 화이트의 일리어스 여신님 신전 성소에서 5각급 악마를 잡고 얻은 물건이다.

그때만 해도 다시는 보고 싶지 않은 물건이었는데, 이렇게 요긴하게 쓰게 될 줄 몰랐다.

지금부터 내가 하려는 짓은 바로 악마 소환이었다. 제도 하수도에다 악마소환진을 그려놓고 나중에 원격으로 발동시킬 생각이다.

—최소 5각급, 운이 좋으면 8각급까지도 나올 수 있는 악마 소환진입니다.

"듣기만 해도 가슴이 떨리는군."

플라비오 그놈이 제아무리 7마급 마법사라지만 이 정도 급이 되는 악마를 처리하는 게 쉽지는 않을 것이다. 그리고 제도 전체에 그렇게 혼란을 불러일으킨 후, 플라비오를 암살해 버린다는 게 내 계획이었다.

"사악한 흑마법사나 벌일 짓인데, 이거."

—민간인이 있다면 그랬겠죠.

민간인을 퇴거시킨 게 내게 좋은 일이라고 한 이유가 이거다. 민간인이 남아 있었다면 아무리 나라도 몇 분쯤은 고민했을 거다.

—그리고 흑마법이라뇨? 지금 새 주인님께서 쓰시고 계신 건 어디까지나 소환술법입니다.

"아니, 그런 사소한 건 그냥 넘어가자고."

나는 라플라스와 투닥거리면서도 작업을 완료했다.

"좋아, 이제 언제든지 발동시킬 수 있어."

소환진을 원격 발동 시키려면 5성급의 악마소환술법이 필요했지만, 술법 하나만 배우는 데에는 루블이 별로 많이 들지도 않는 데다 이미 박물관에서 벌어놓은 루블이 있었기에 큰 부담은 없었다.

"이걸로 오늘 할 일은 끝났군. 이제… 비스코프 사피루스로서 자원입대만 하면 되나."

—그렇습니다.

"하아… 진짜 싫다."

—어차피 오래 계실 것도 아니잖습니까?

"아니… 아니다."

나는 라플라스에게 이 기분 더러움을 어떻게 설명할 수 있을까 잠깐 고민했지만, 결국 불가능하겠다는 결론에 이르고 고개를 젓고 말았다.

"아무튼 해야지."

비싸게 주고 산 비스코프의 신분을 하루만 쓰고 똥값으로 만들 게 아니면 자원입대는 해야 한다. 게다가 이게 원래 계획이기도 하고.

"가자."

나는 내키지 않는 발걸음을 옮겼다.

* * *

내키지 않는 발걸음으로 터덜터덜 걸어 제도방위군 사령부로 가서 자원입대를 하자마자 제도방위군 마법사 부대에 배치되었고, 시간이 늦었기 때문에 바로 숙소에 짐을 풀고 잠부터 자라는 소리를 들었다.

이로써 나는, 정확히는 비스코프는 제도방위군의 내부자가 되었다.

나는 숙소로 향하는 척하다가 슬쩍 새서 움직이기 시작했다. 목적지는 물론 황궁이었다. 황궁 정문에는 당연히 근위병이 경계 중이었다. 내가 다가가자 근위병은 바로 내 신원 조회를 했다.

"제도방위군에 소속된 비스코프 사피루스 님이시로군요. 황궁에는 무슨 일이십니까?"

"플라비오 님께 볼 일이 있어 찾아왔습니다. 황궁에 계시다고 하던데, 어디 계십니까?"

정말 급한 일이라는 인상을 주려고 나는 일부러 말을 빠르게 했다. 말을 다한 후 헐떡이는 것도 잊지 않았다. 여기까지 급하게 뛰어왔다고 느끼게 만들기 위해서였다.

물론 공간 이동 마법을 익힌 비스코프가 이러는 건 좀 부자연스러워 보일 수도 있었지만 나는 상관하지 않았다. 만약 그런 지적이 들어오면 황궁은 공간 이동 금지라는 변명을 내밀 생각이었으므로.

다행인지 뭔지 근위병은 다른 지적을 하지 않았다. 그렇다고 나를 통과시키지도 않았다.

"플라비오 님의 위치는 극비입니다. 무슨 일로 오셨는지 말씀해 주십시오."

"긴히 드릴 말씀이 있습니다. 긴급을 요하는 일입니다."

이렇게만 말하고 입을 꾹 닫아 여기서는 말할 수 없다는 태도를 견지하자, 근위병들은 잠깐 고민하다 이렇게 말했다.

"…상부와 연결해 드리겠습니다."

그렇지. 이게 공무원이지. 일단 책임은 돌리고 보는 거다.

상부의 높으신 분이 오실 때까지 기다리는 동안, 나는 경비 초소 안으로 인도되었다. 경비 초소는 황궁의 벽 중간에 있었다. 즉, 나는 반쯤은 황궁 안에 들어온 셈이 되었다.

"타이밍 딱 좋군."

나는 곧장 제도 하수도에 새겨놓았던 악마소환진을 발동시켰다. 발동 12초 후, 쿠구궁 하는 소리와 함께 땅이 울렸다. 지하에다 소환한 악마가 소환자를 찾아 땅을 뚫고 지면으로 나오려고 하는 소리다.

"뭐야! 무슨 소리야?!"

"보고! 보고! 이상 발생!!"

초소 안이 삽시간에 아수라장이 되었다. 나는 소란을 틈타 슬쩍 초소에서 나와 황궁 안으로 들어갔다. 중간에 어딜 막 달려가는 근위병 한 명을 잡아 기절시킨 후 옷을 빼앗고 갈아입었다. 오늘도 [변신 브로치]가 활약했다.

"가보자고."

나는 급한 보고를 서두르는 근위병인 것처럼 허겁지겁 황궁 안으로 달렸다.

쿠궁! 쿠궁! 지진은 계속해서 일어났다. 그러나 오래 이어지지는 않았다. 쿠구구구궁, 하고 크게 한 번 땅이 울린 후 악마의 머리가 제도의 한가운데에 나타났다.

"와우."

나는 식은땀이 등을 타고 흐르는 감각에 전율했다.

—8각급이로군요.

라플라스의 평소와 다름없는 침착한 목소리가 지금은 밉다.

"운이 좋으면 8각급까지 나올 수 있다는 건 농담이었는데……."

사실 가장 가능성이 높은 건 5각급이었다. 5각급 심장을 썼으니까.

가장 이상적으로는 6각급이 나왔으면 했다. 그 정도면 내가 제어할 수 있으니까. 뭐… 7각급이라도 어느 정도는 자신 있다.

하지만 8각급은 문자 그대로 급이 달랐다.

"5각급 심장을 썼는데 왜 8각급이 튀어나오지?"

내 의문은 튀어나온 악마가 풀어주었다.

"어디 있나, 연쇄살마인! 이 크시앙유가 네놈을 징치하러 현계하셨다!!"

어이구, 아무래도 악마들은 내가 시티 오브 화이트에서 벌인 연쇄살마를 기억하고 있는 모양이었다. 기억력도 좋지.

—몇 개월 지나지도 않은 일입니다만…….

아, 그렇긴 하네.

나는 얼굴이 보이지 않도록 악마를 등지고 다시 열심히 달리기 시작했다. 아무튼 지금은 모든 게 계획대로 돌아가고 있다. 지금까지는.

…나중 일은 나중에나 생각하자고.

*　　　　*　　　　*

쿠구구구궁!

지면이 울리는 소리에, 한창 프란츠 황제를 갖고 놀고 있던 플라비오는 미간을 찌푸렸다.

이 즐거움을 방해받지 않기 위해 황궁을 텅 비우다시피 했기에, 지금 바깥에서 무슨 일이 일어나고 있는지 알아다 줄 사람이 없었다.

따라서 상황 파악은 플라비오 본인이 직접 해야 했다. 별로 어려운 일은 아니었다. 그저 눈을 두 번 정도 깜박이는 수고만 하면 됐다.

"…악마? 악마가 왜 제도에……."

"스승님?"

플라비오가 조심성 없이 혼잣말로 흘린 악마라는 단어에 반응한 듯, 황제가 고개를 들었다.

"아, 폐하. 아무것도 아닙니다. 모든 것은 곧 제가 해결할 겁니다. 아무 걱정 없습니다."

"스승님이 그렇게 말씀하신다면야……."

조금만 생각해도 제도에 결코 일어나서는 안 되는 일이 일어났다는 것을 알아차릴 만도 하건만, 황제는 플라비오가 달래자 금방 안심하곤 흥미를 잃어버렸다.

이제는 완전히 플라비오의 착한 아이였다.

'세뇌도 아니고 최면도 아니고, 단순한 암시만으로 이렇게까

지 착한 아이가 되다니.'

이러한 황제의 반응을 본 플라비오는 그냥 일 처리는 분신들에게 맡기기로 하고 본인은 여기서 조금 더 즐기기로 결정했다.

—플 넘버즈, 너희가 처리해라. 신성교단의 성기사들을 황명으로 동원해도 좋다.

그렇다고 8각급씩이나 되는 악마를 아무한테나 맡길 수는 없으니, 그냥 분신들을 불러 보내기로 했다.

—네, 알겠습니다.

분신들의 대표를 맡긴 플1의 대답을 들은 플라비오는 다시 황제와 시선을 맞췄다.

자, 오늘은 황제에게 어떤 암시를 불어넣을까? 고양이를 좋아하게 만들까? 물론 음식으로써.

그런 계획을 짜며 플라비오는 빙글빙글 웃었다.

그러나 그러한 플라비오의 생각은 오래 이어질 수 없었다.

"……!"

아무도 들어오지 말라고 했던 황궁에 누군가가 들어왔다.

단지 그 사실 하나를 감지한 것만으로, 플라비오는 무슨 일이 일어난 건지 눈치챘다.

"침입자……. 악마를 불러낸 게 저놈인가 보군."

아무래도 즐기는 건 다음으로 미뤄야 할 성싶었다. 플라비오는 손가락을 가볍게 흔들었다. 그러자 프란츠 황제는 그 자리에 무너져 잠들어 버렸다.

"……."

침입자는 똑바로 이쪽을 향해 다가오고 있었다. 플라비오는 그 사실을 마법으로 전부 인지하고 있었다.

"용감하군."

플라비오는 피식 웃었다. 그러고는 손가락을 가볍게 들어 허공을 가리켰다. 그러자 미리 걸어두었던 마법이 발동해 침입자를 시커멓게 구워… 버리지 못했다.

"……?!"

플라비오는 드물게 놀랐다.

침입자를 구워내는 데에 실패한 것뿐만이 아니다. 마법은 발동조차 하지 않았다. 더불어 침입자를 감지하기 위한 마법조차 풀려 버렸다.

그뿐만이 아니다. 마력이 움직이지 않았다. 마법을 구성하기 위한 그 어떤 행동도 취할 수 없었다.

위기감이 느껴졌다.

"예언에… 예언이 틀린 건가?"

물론 플라비오 본인이 예언을 한 건 아니었다. 본신의 귀중한 수명을 낭비해 가면서 그렇게 자주 예언을 할 생각 자체가 없었다.

그래서 플라비오는 분신으로 하여금 예언하도록 했다. 그 탓에 예언은 별로 정확하지 않았고 정밀하지도 않았으나, 그렇더라도 대략적인 상황 파악 정도는 가능했다. 만족스럽지는 않지만, 그럭저럭 타협할 만한 결과물이었다.

그 결과물, 예언의 내용은 다음과 같았다.

향후 1개월간, 제도에서 위기감을 느끼지 못하리라.

그러나 지금 플라비오는 위기감을 느끼고 있었다.

이 말 뜻은 명백했다.

침입자는 예언을 틀리게 만드는 자다.

"후……."

플라비오는 긴 한숨을 뱉어내었다.

이 상황을 염두에 두지 않은 건 아니었다. 예언을 틀리게 만드는 자가 예언을 틀리게 만들지도 모른다는 예상은 당연히 했다.

다만 별 상관없다고 생각했을 따름이다. 누가 찾아온들 혼자서 충분히 대응할 능력을 갖추고 있기에 할 수 있는 선택이었다.

그러나 이 상황을 딱히 바란 건 아니었다. 그것도 한창 즐겁게 즐기고 있는 시간을 방해받길 바랐을 리 없다.

"…기사단과 함께 제도로 올라오고 있는 줄 알았는데."

"기사단은 하늘을 날지 못하거든."

혼잣말처럼 흘린 말에 대답이 돌아왔다. 목소리는 낯설었고, 그 모습 또한 직접 보는 것은 처음이었다.

그러나 플라비오는 사내의 정체를 잘 알고 있었다.

"…카를……!"

"대공 전하라 불러라."

오만한 표정으로 불경한 소리를 해대는 모습.

카를 페르디넌트의 첫인상은 최악이었다.

*　　　*　　　*

일이 잘 풀렸다. 나는 속으로 생각했다.

—제 덕분이죠.

'어, 그래. 고맙다, 라플라스.'

이 일을 꾸민 것 자체는 라플라스로부터 얻은 정보를 기반으로 내가 판단한 것이긴 했지만, 라플라스의 역할이 아예 없다고는 못 했다. 물론 라플라스는 정보값을 다 받았지만 그거야 뭐 하루 이틀 일도 아니고.

나는 드디어 예언자의 본체를 목전에 두고 씨익 웃어 보였다. 놈의 불쾌한 듯 잔뜩 찡그린 미간이 인상적이다.

"마법을 못 쓰게 된 기분이 어때?"

황궁의 본궁에 들어오자마자 나는 미리 임의의 보물에 복제시켜 두었던 마법 포식 장치의 기능을 터트렸다. 이게 아니었다면 바로 7마급 부여마법으로 설치한 마법 함정에 새카맣게 구워졌겠지.

여기 오기 전에 박물관에 들른 건 정말 잘한 결정이었다.

"역시 그쪽 짓이었나."

재미없게도 플라비오는 별로 놀라지도 당황하지도 않았다. 포커페이스였다면 좋았겠지만, 플라비오는 그런 거 할 줄 모른다. 즉, 저 표정은 진심이라는 소리다.

"네 예언에서 벗어난 일이라면 예언을 틀리게 하는 자가 한 거겠지."

나는 코웃음을 치며 플라비오를 비웃어 보았다. 이 도발에 대한 반응도 재미가 없었다.

"자기소개 감사하군. 그럼 내가 소개할 차례인가?"

"필요 없다. 이 이상 시간을 끌 필요도 없을 텐데?"

플라비오가 입을 다물었다. 시간이 됐는데도 마력이 돌아오지 않는 것에 당황한 것이리라.

역시 놈도 마법 포식에 대해 알고 있었던 모양이다. 하긴 그러니 카를 이전에 대현자라 불린 거겠지.

하지만 라플라스도 트레저 헌터에 대해 몰랐듯, 저놈도 내 각성 능력에 대해 모르는 모양이었다. 더군다나 이건 그냥 각성 능력이 아니라 전문화 특성이었다. 그것도 엄청나게 비싼.

마법 포식이 10배의 범위로, 10배의 지속시간으로, 10배의 위력으로 발동할 줄은 몰랐겠지.

그렇다고 마법 포식 장치만 믿고 있을 순 없다. 우리 플라비오 님께서는 무려 7마급이나 되는 대마법사이신 만큼 마법 포식 상태를 좀 더 빨리 해제할 가능성에 대해 고려해야 하니까.

따라서 공격은 그나마 마법이라도 못 쓰는 지금 당장 해야 했다. 나는 철봉활의 기능을 바로 활성화시켰다. 지금 활성화시킬 기능은 [속사]! 아무런 준비 동작 없이 허공에서 바로 쏘아져 나간 살이 플라비오를 노렸다.

그러나 캉! 하는 금속성의 소리와 함께 살은 튕겨져 나갔다.

"내가 마법을 못 쓴다고 무능력자라고 생각하면……!"

"오산이지. 나도 알아."

나는 곧바로 철봉활의 다음 기능을 활성화시켰다. [연사]! 마치 기관총처럼 연속적으로 쏘아져나가는 살들. 그러나 단 한 발의 살도 플라비오의 피부조차 상처 입히지 못했다.

"쓸데없는……!"

그러나 플라비오의 말은 끝까지 이어지지 않았다. 내가 [연사]를 유지한 채 [관통]을 켰기 때문이다. 푹! 이제까지 들리던 금속성의 소리와는 궤를 달리하는 소리. 드디어 살이 플라비오의 피부를 관통했다.

"큭!"

좋아, 꿰뚫었다. 그럼 다음.

"[폭발]."

플라비오의 맨살 안에 파고든 살이 곧장 부풀어 올랐다. 펑, 하는 소리는 크게 들리지 않았다. 몸속에서 일어난 폭발이니 뭐 당연하다면 당연하다.

그러나 그 피해는 결코 작지 않았다. 살덩이를 한 움큼 날려버린 것으로도 모자라, 조각난 살의 파편들이 몸 여기저기 박혔을 테니까.

저 파편들 중 단 하나라도 플라비오의 심장까지 침입해 버린다면 이걸로 승부가 끝나련만, 그런 일은 일어나지 않았다.

파편들이 저절로 합쳐지며 원래 화살 형태로 돌아가더니, 폭발로 인해 날아갔던 육편들도 어느새 제자리를 찾아 돌아가기 시작했다.

"…무의미하다."

고통으로 일그러졌던 플라비오의 표정이 다시금 평온함을 되찾고 있었다.

—5성급 흑마술인 생체시간역행술입니다.

'나도 알아.'

생체시간역행술은 이름 그대로 생체 시간을 일정 시간 전으로 돌려 그동안 입은 피해를 모조리 무효화해 버리는 기능을 지녔다.

'알고는 있었지만, 역시 쉬운 상대는 아니로군.'

완전히 회복된 플라비오를 바라보며, 나는 속으로만 중얼거렸다.

플라비오가 이제까지 내 공격을 그냥 맞은 건 시간을 벌기 위해서일 것이다. 마법 포식이 언제까지고 계속될 리는 없다고 보고 내 공격 능력에 대해 파악도 할 겸 일단 몸으로 때워본 거겠지.

그렇다고 내가 지금까지 가한 공격이 무의미한 건 아니었다. 플라비오의 생존기 중 하나를 직접 보아 확인하는 것에도 목적을 둔 공격이기도 했으니.

그리고 오직 [철봉활]만 써서 공격한지라 내 전력도 그리 많이 드러내지 않았다. 그런 의미에서는 성공적인 공격이었다.

당연히 나는 플라비오가 회복하는 걸 그냥 두고만 보고 있지는 않았다. 그렇다고 지금 공격하는 건 플라비오의 말대로 무의미한 일이다. 지금은 생체시간역행술이 효과를 발휘하고 있는 중이니, 설령 단번에 숨을 끊는 일격을 먹여도 그저 원래

대로 돌아갈 뿐이다.

따라서 나는 다음 공격을 위한 준비를 지금 하기로 했다.

일단 자기정령화, 그리고 정령소환. 소환할 정령은 홍홍끼릭스릉이. 소환 지점은 당연히 나 자신이다. 즉시 정령 합일!

"합! 체!"

이제 각성창에서 몬토반드 왕의 검을 꺼내서 들면 전투 준비 끝이다. 플라비오도 바보는 아니니 내가 5검급에 달한 기사라는 건 알고 있을 테고, 따라서 검으로 싸우는 건 별로 전력 노출이 되지 않는다.

바로 땅을 박차고 달려 플라비오와의 거리를 줄인다.

마치 근접전을 벌일 것처럼!

플라비오가 입술을 비틀며 비웃는 표정이 보였다. 다음 순간, 나와 플라비오의 거리가 쭈욱 벌어졌다.

땅의 비술인 [팽지술]! 땅을 접어 달린다는 축지술의 반대 버전으로, 지정 대상과의 거리를 벌리는 술법이다. 3성법으로 별로 수준 높은 술법은 아니나, 단순히 거리를 벌린다는 심플한 효과는 이모저모 쓸모가 많았다.

집중력도 별로 소모하지 않기 때문에, 플라비오는 팽지술을 쓰면서 동시에 마법으로 상대를 폭격하는 전술을 즐겨 사용했다.

물론 지금 당장은 마법 포식 때문에 폭격을 쓸 수 없으니, 다른 방법으로 공격을 해야 할 터. 아니나 다를까, 플라비오는 50㎝ 정도 되는 길이의 대롱 같은 것을 꺼내 들었다.

가학적인 미소와 함께 대롱의 한쪽 끝을 내게 겨누는 플라비오의 모습을 보며, 나는 싱긋 마주 웃어주었다.

뭔가 잘못된 것을 느낀 것인지 플라비오의 한쪽 눈매가 파르르 떨리는 것을 목격하기도 전에, 내 손바닥에서 퐁, 퐁, 퐁 하는 귀여운 소리와 함께 묵직한 정령류탄이 튀어나갔다.

소리는 귀엽지만 위력은 귀엽지 않다. 쾅! 쾅! 쾅! 하는 세 번의 폭발이 연달아 일어나며, 놈을 화염 속으로 밀어 넣었다.

내가 근접전을 벌일 것이라 멋대로 오해하고 나와의 거리를 벌리기 위해 귀중한 공격 기회를 놓친 대가는 컸다.

물론 이걸로 끝낼 생각은 없다.

나는 왼손 검지로 놈을 가리켰다. 그러자 겨눈 손가락 끝에서 정령탄이 날아갔다. 오른손도 쉬지 않았다. 쥔 왕검에 내력을 불어넣고 크게 휘두르자 성벽마저 무너뜨릴 위력의 검환이 생성되어 날아갔다.

좌우의 팔이 완전히 다른 행동을 취하는 것은 쉬운 일은 아니었으나 이미 사전에 이러한 전술을 상정해 훈련을 해둔 터였다. 이걸 받아내느라 나의 기사단들이 꽤나 너덜너덜해졌었지. 그 덕에 성법 훈련도 잘했다.

더 이상 플라비오의 괭지술이 나를 밀어내지 못하는 것을 확인하고, 나는 다시금 땅을 박차고 놈을 향해 뛰어들었다. 그러면서도 왼손 검지로 놈에게 정령탄을 계속해서 발사하는 것도 잊지 않았다.

"크, 네 이놈!"

폭연이 걷히고 드러난 플라비오의 모습은 참혹했다.

세 번의 유탄 폭발로 인해 몸 전체가 너덜너덜했고, 우반신은 검환으로 인해 완전히 날아갔다. 게다가 몸 곳곳에 정령탄이 꿰뚫고 지나가거나 파고들어 마치 스펀지처럼 보였다.

그러나 이걸로 이겼다고 생각하기엔 갈 길이 너무나 멀다.

플라비오의 두 번째 생체시간역행술이 발동했다. 문자 그대로 시간을 되감는 놈의 모습을 보며, 나는 혀를 찼다.

"지긋지긋한 싸움이 될 것 같군."

나는 복제한 기능을 소모해 버린 임의의 보물에 다시 마법 포식을 복제해 넣었다. 이거 생각보다 시간이 걸린다. 집중도 해야 돼서…….

"됐다! 죽어라!!"

마침 플라비오의 생체시간역행술이 끝나고, 마치 미리 짜두기라도 한 듯 마법 포식의 효과가 끝났다.

"이렇게 운이 안 좋을 수가 있나."

펑!

아, 운이 안 좋은 건 플라비오 쪽이다. 우연 때문에 헛된 희망을 갖게 되다니. 불쌍하게도.

방금 전에 터지는 소리는 내가 마침 복제해 낸 마법 포식을 터뜨리는 소리였다. 나를 아예 조각조각 낼 기세로 날아들던 마법구가 허공에서 픽 하고 사라져 버리고, 내 몸에서도 마력의 제어가 불가능하도록 흩어지는 것이 느껴졌다.

플라비오의 동공이 흔들리는 모습이 인상적이다. 이제야말로 반격의 때라고 생각했을 텐데 참 안타깝기 짝이 없네.

물론 농담이다.

"죽어라."

나는 검강으로 빛나는 왕검을 휘둘러 순식간에 플라비오를 열 조각 냈다.

"끄아아아악!"

플라비오의 비명이 괴상하게 들리는 건 내가 마지막에 성대를 잘랐기 때문이다.

당연하게도 이조차도 치명타가 아니다. 또다시 자동으로 발동하는 생체시간역행술.

나는 공격을 멈추고 미리미리 마법 포식을 다시 복제해 두기로 했다. 조금 전에 타이밍이 좀 아슬아슬했다고 느꼈다. 스릴을 즐기는 것도 좋지만 목숨까지 걸고 즐길 수야 없지.

내가 일방적으로 플라비오를 회 치는 구도 같지만 사실 이건 아직 플라비오가 각오를 덜 했기 때문이다. 승리를 확신하려면 아직 멀었다. 그 전까지 열심히 때리고 터뜨리고 베어서 영력이라도 소진시켜야지.

생체시간역행술을 발동하지 못할 때까지 때리면 내 승리겠지만, 그렇게 영력을 다 쓰기 전에 아마 플라비오가 각오를 굳힐 게 빤했다. 그러니 이것만 반복해서 이길 수 있을 거란 생각을 해선 안 된다.

반대로 말하면, 그 전까지는 이것만 반복해도 된다는 소리지.

"네놈……!"

"회복 다 했나? 그럼 계속하자."

나는 플라비오에게 검지를 겨누었다.

*　　　　*　　　　*

'내가 왜 이런 굴욕을!'

플라비오는 이해가 되질 않았다. 라틀란트 제국의 배후에 그림자처럼 서서 모든 것을 자기 뜻대로 조종하는 위대한 존재가 바로 자신이었다. 그런데 어쩌다가 이렇게 직접 나서서 싸우게 되었는지 도대체 알 수가 없었다.

물론 아늑한 비처에서 몸을 일으키며 직접 나서야겠다고 마음먹긴 했지만, 그건 어디까지나 플라비오라는 신분으로서 나서겠다는 생각이었지 전장에 나가 싸우겠다는 생각이 아니었다.

싸우는 건 아랫것들에게 시키고 자신은 편하고 높은 곳에서 그걸 바라보는 게 플라비오의 기본 태세였다.

음모와 모략, 그리고 암살. 이런 것들이 플라비오가 생각하는 고귀한 이들의 싸움이었다. 이러한 싸움마저 직접 나서지 않는다. 헛소문을 흘리고 하수인을 매수하고 정적의 잔에 독을 타는 것도 천한 것들에게 시키는 것이 철칙 아닌가?

그러나 적 수장이라 할 수 있는 라틀란트의 카를 페르디넌트는 변경에서 나뒹굴며 천하게 살아와서 그런지, 그 혈통과는 어울리지도 않게 직접 칼을 휘두르고 있었다.

'이놈, 수치가 무엇인지 배운 적도 없나?'

잘 생각해 보니 배울 수 있을 리 없긴 했다. 카를 페르디넌트를 제도에서 내쫓고 변경의 황궁에 가정교사 하나는커녕 매수된 하녀들로만 가득 채운 건 예언자의 판단이었다. 그 예언자가 플라비오의 분신이었으니 플라비오가 그렇게 판단한 거나 마찬가지였다.

더군다나 사실 지금 굴욕을 당하고 있는 건 플라비오 쪽이었다. 수치를 감수하고 흙먼지 휘날려 가며 싸울 거면 그래도 때리기라도 해야지, 거의 일방적으로 얻어맞고만 있다니! 일부러 얻어맞으려고 몸을 내준 것도 아니고, 몇 번을 반격하려고 시도하다가 그걸 다 막히고 얻어맞고 있다는 게 참을 수 없을 정도로 굴욕적이었다. 심지어 그냥 얻어맞는 것도 아니고 죽을 뻔했다. 그것도 몇 번이고.

죽을 위기에 자동으로 발동하도록 지정해 놓은 생체시간역행술이 없었더라면 진짜 죽었겠지. 이것도 혹시 암살 시도라도 들어올까 싶어서 걸어둔 보험이었다. 이런 식으로 쓰게 될 거라고는 생각지도 못했다.

더군다나 이 굴욕은 현재진행형이었다. 카를 페르디넌트는 지금도 플라비오의 생체시간역행술이 끝나길 기다리며 손가락을 내밀고 있었다.

'내 판단이 틀렸군.'

스스로 대현자를 자처하는 몸으로서 이런 걸 인정하는 건 쉽지 않았지만, 이번만큼은 어쩔 수 없었다.

카를 페르디넌트는 강했다. 어떻게 이렇게 강할 수 있는지 이해할 수 없을 정도로.

플라비오가 습득한 정보에 따르면 카를 페르디넌트는 진정한 검의 주인이자 고위 마법사였다. 이게 가능한가? 거의 불가능하지만, 아예 사례가 없다고는 못 한다. 일단 카를 페르디넌트는 용혈각성을 했으니, 그 덕에 신체 능력과 마력 양면에 큰 진전을 보았으리라.

그런데 여기서 추가로 악마를 소환하고 마력의 도움도 없이 이상한 영침술 비슷한 기술도 써댄다. 이건 마법이 아니라 술법이다. 즉, 카를은 여기서 술법까지 배웠다는 소리가 된다. 그것도 그 수준이 결코 낮지 않다.

이건 불가능한 일이다. 확실했다.

카를 페르디넌트의 연령은 불과 만 13세. 설령 13년 동안 마법에 일생을 바쳤다고 해도, 고작 이 정도의 세월을 쌓는 걸로는 고위 마법사가 되는 것조차 힘들다. 아주 뛰어난 재능을 지닌 이라도 10년은 필요하다.

더군다나 사람이 태어나자마자 마법을 수련할 수 있나? 말은 커녕 걷고 뛰는 것조차 못 하는 갓난아기가 마법을 수련하는 상상을 하고는 플라비오는 지금이 웃을 때가 아닐 텐데도 웃어 버리고 말았다.

이렇게 다방면의 영역을 동시에 수련하면서 또 높은 수준에 이르는 것은 상궤에서 벗어난 일이다. 사람 하나의 인생을 전부 갈아 넣어도 불가능하다. 여러 사람의 인생을 한꺼번에 갈아 넣어도 될까 말까 한…….

'얻어맞으면서 이상한 생각이나 하게 되는군.'

플라비오는 자신이 정답에 가까운 가설을 떠올렸음에도, 스스로 그것이 말도 안 되는 일이라 결론 내렸다.

'알았다. 이 녀석은 카를이 아니로군.'

그리고 그가 생각하기에는 더욱 합리적이지만 진실에는 한껏 멀어진 이상한 결론에 도달했다.

이 결론은 많은 의문을 해결해 주는 답이었다.

기사단을 끌고 온다던 카를이 제도까지 도달하려면 아직도 최소한 일주일, 현실적으로는 그 두 배의 시간이 걸려야 하거늘 이 자리에 갑자기 나타난 이유?

'이놈이 카를이 아니니까.'

본인도 고위 마법사라면서 마법 포식을 터뜨리고 술법으로 공격해 오는 이유?

'이놈이 카를이 아니니까.'

그럼 이놈이 예언에 걸리지 않은 이유는?

'이놈을 카를 놈이 명령해서 보낸 거니 그렇겠지!'

예언을 틀리게 만드는 자가 골치 아픈 건 그 하나로 예언을 뒤트는 게 아니라, 그 행동의 여파까지 변수에 혼입되어 뒤트는 범위를 크게 벌려 버리기 때문이다. 하물며 예언을 틀리게 만드는 자가 직접 명령하여 황궁 안에 암살자를 보냈다면? 예언에 안 걸리는 게 당연했다.

'이러니 미리미리 뿌리를 뽑아둬야 하거늘…….'

플라비오는 예언자를 욕했다. 그 예언자가 플라비오의 분신이니 플라비오 본인이나 다름없다는 사실에선 일부러 눈을 돌렸다.

다음 순간. 마력이 돌아왔다. 미약한 희망을 갖고 마력을 다루려 마음을 먹기도 전에 다시 한번 마법 포식이 터졌다.

'아니, 저놈은 저 비싼 마법 포식술을 몇 번을 쓰는 거지?'

대마법사인 플라비오는 어지간한 마법 포식은 무시할 수 있으나, 카를도 아닌 저놈이 쓰는 마법 포식술은 어지간하지 않은지 여지없이 마력이 묶였다.

그것도 평범한 마법 포식술에 비해 지속시간이 절망적으로 길었다. 일반적으로 5초 정도면 끝나야 하는데, 무슨 짓을 해놨기에 1분씩이나 지속되는 건지.

'안 되겠다. 이대로는 끝이 나질 않겠어.'

플라비오는 다른 생각을 하며 시간을 끄는 것에 의미가 없음을 깨달았다. 마법 포식을 쓸 수 있는 게 이번이 마지막일 수도 있으나, 아니면 곤란하다. 이대로 질질 끌리며 영력을 소진하게 되면 그 다음은 목숨을 담보받을 수 없는 상황에 이르게 된다.

'카를도 아닌 놈, 이름도 모르는 놈 상대로 목숨을 걸게 되다니…….'

그러한 생각에 자괴감을 품은 것도 잠시.

곧 플라비오의 몸이 새하얗게 타오르기 시작했다.

제6장

제도 리틀란트 시티 II

플라비오의 몸에서 피어난 그 빛은 전신에서 솟아오르는 힘을 형상화한 것 같았다.

별다른 술법을 쓴 결과물이 아니다. 오히려 그 반대다. 평상시에 걸어놓고 있던 술법을 풀어낸 것에 불과하니.

근력, 체력, 근지구력을 비롯한 몸의 힘뿐만 아니라 마력이나 영력에 이르기까지 몸에 깃든 모든 힘의 10%만 남겨놓고 남은 힘은 전부 가둬놓는 대신 수명을 10배로 늘리는 술법, 노화지연술이 그 술법의 정체였다.

술법을 오래 걸어놓고 있을수록 수명이 늘어나나, 반대로 술법을 풀어버리면 늘어났던 수명의 절반이 도로 줄어들어 버리는 이 기이한 술법은 그 부작용 탓에 순간적으로나마 모든 힘이 2배 가까이 불어난다는 특성까지 지니고 있었다.

즉, 플라비오는 지금 단순 계산으로 술법을 풀기 전의 20배 강력해졌다. 실제로는 그보다 더 강력해졌다. 힘은 다른 힘과 시너지를 일으켜 상승작용을 이루게 되니, 플라비오는 그 효율을 배 이상 끌어낼 자신이 있었다.

"벌레처럼 짓이겨 주마, 잡것."

고작 이런 놈을 상대하려고 수명을 손해 봤다는 생각에 화가 난 플라비오는 일단 울끈불끈 튀어나온 근육의 힘을 총동원해 손바닥으로 적을 후려쳤다. 문자 그대로 마치 파리라도 잡듯.

그러나 다음 순간.

"……!"

플라비오는 상대가 파리가 아님을 깨달았다.

"이제야 2페이즈 시작이로군. 지루해서 죽는 줄 알았어."

별 어려움 없이 20배 이상 강력해진 플라비오의 따귀를 막아낸 상대는 싱긋 웃어 보였다.

"너, 네 이놈!!"

격노한 플라비오는 그대로 마력을 끌어올려 일단 마법 포식부터 부숴 버리기로 했다. 어차피 근력은 그의 전문 분야가 아니었다. 자존심이 상할 일도 아니었으나, 이상하게 짜증이 났다.

"……?!"

그런데 이상했다. 마법 포식이 부서지질 않았다. 오히려 끌어올렸던 마력만 꿀렁꿀렁 새어 나가 마법 포식에 의해 잡아먹혔다.

그나마 그 속도가 순식간은 아니라 2마급에서 3마급 정도의 마법은 마력 누출을 감수하고 쓸 수는 있게 되었으나, 그런 마법을 빚어내는 데에 드는 마력이 7마급에 달했다.

"이런!"

플라비오는 아까운 마음에 끌어올렸던 마력을 얼른 흩어버렸다. 그래서는 안 됐다는 사실을 플라비오는 한 대 얻어맞고서야 알게 되었다.

"플라비오—!"

쾅, 하는 소리가 들렸다. 그 소리가 적의 주먹이 자신의 턱에 틀어박히는 소리였다는 것을 플라비오는 얻어맞고서야 깨달았다.

"크우악!"

그리고 살짝 느껴졌던 부유감은 주먹에 맞고 날아가느라 느껴졌다는 것 또한 쿠당탕 테이블에 처박히고 나서야 알아채게 되었다.

"제대로 해라, 제대로!"

상체를 일으키자마자 보인 것은 혀를 차는 적의 모습이었다. 자존심이 상했다.

저놈은 칼도 들고 있고 정체 모를 폭발물을 비롯해 더 치명적인 공격 수단이 많았으나, 그걸 다 놔두고 굳이 주먹을 휘둘렀다.

이유가 뭘까?

답은 곧 나왔다.

도발이었다.

"이놈, 내가 만만해 보이더냐?!"

플라비오는 끓어오르던 속의 불길을 그대로 토해내었다. 그 질문에 대한 답은 곧장 돌아왔다.

"그렇다!"

이렇게 자존심이 상한 게 얼마만인지!

플라비오는 떠올리지도 못했다. 너무 오랜만이었던 까닭이다.

남자로서 화가 나다니. 웃긴 일이다. 남자다운 삶은 장수에 도움이 안 되는 탓에 그동안 스스로가 남자인 것조차 잊고 살았건만. 얻어맞고 나서야 스스로가 남자인 것을 자각하게 되다니.

"네놈은 날 화나게 만들었다!"

플라비오는 실로 오랜만에 속에서부터 끓어오르는 남성 호르몬을 굳이 잠재우지 않았다. 수명이고 연명이고 불로불사고, 오늘 이때만큼은 신경 쓰지 않기로 결정했다.

"쳐 죽인다, 이놈!"

막 술법사가 되었을 시절을 제외하고는 그 뒤로 줄곧 경원시해 왔던, 수명을 끌어다 쓰는 강력한 술법의 봉인을 풀어내었다.

뒷일은 나중에나 생각하고, 일단 저놈 턱에다 한 발 꽂겠다.

그러한 일념으로.

자신의 적이 이것만을 기다려 왔음을 미처 모른 채, 플라비오는 그렇게 함정 속으로 스스로 걸어 들어갔다.

*　　　*　　　*

위기 감지가 날카롭게 울리고 있다. 이제부터는 목숨이 위험하다고 내게 경고하고 있었다.

하지만 나는 도망가지 않았다. 도망갈 수 없었다. 왜냐하면 나는 처음 황성에 들어왔을 때부터 지금 이 순간만을 기다리고 있었기 때문이었다.

내 힘을 다 드러내지 않고 일부만을 써서 플라비오를 공격하고, 굳이 칼 대신 주먹을 들고 놈을 때려 팬 이유가 이거였다. 말을 늘어놓아 기만하고 도발한 이유가 이거였다.

나를 얕보게 하고, 또 놈을 화나게 만들어야 했다.

이래야만 놈을 죽일 수 있기 때문이다.

플라비오가 그간 늘려놓은 수명을 포기하고 진짜 힘을 개방하는 것만으로는 모자라다. 수명을 대가로 한 힘을 풀어놓는 것이 필요했다.

그래야 놈이 '최초'로 돌아가 더 강해져서 돌아오는 것을 미연에 방지할 수 있었다.

그렇다곤 해도…….

'눈으로 보니 더욱 놀랍군.'

결과는 실로 창대했다.

플라비오의 몸이 커지고 있었다.

단순한 거대화가 아니다. 의미 없는 팽창이 아니다. 힘 그 자체가 불어나고 있었다.

마력, 영력, 그리고 놀랍게도 플라비오가 익히지도 않았을 터라던 정령력과 신성력까지도 부풀어 오르고 있었다.

'이것이 놈이 수명을 포기한 결과인가.'

—그렇습니다.

'이렇게 안 하면 이거보다 더 강해져서 돌아온다고?'

—네, 더 강해져서 돌아옵니다.

'농담이었으면 좋겠네.'

—다행히 그 가능성은 방금 소멸되었습니다.

'나도 지금 소멸당할 것 같은데.'

내가 라플라스와 떠들고 있는 새를 못 참아 무럭무럭 자라난 플라비오는 8m짜리 거인이 되어 나를 내려다보고 있었다.

'요즘 애들은 참 빨리 큰단 말이지.'

—굳이 따지자면 그는 전 세대의 인물입니다만.

'농담이었다만.'

—알고 있었습니다.

허세로 여유를 부릴 수 있는 것도 여기까지였다.

딱 보니까 알겠다. 플라비오가 지닌 힘의 절대량은 나보다 훨씬 우월하다. 힘을 다루는 기술도 나보다 대단하겠지.

그나마 10배 파워로 깔아놓은 마법 포식 덕에 차이가 좀 줄어들기는 했지만, 어디까지나 줄어든 것에 불과하다.

놈은 여전히 나보다 강했다. 그것도 많이.

아마 전성기의 미국과 대한민국의 차이 정도는 되지 않을까? 잘은 모르지만.

"이름."

"예?"

나는 나도 모르게 플라비오의 말에 높임말로 대꾸해 버리고 말았다.

아니, 딱 봐도 형이잖아. 그것도 모르는 형. 무서운 형이다. 높임말을 쓰게 되는 건 당연했다.

"네 이름을 말해라."

라플라스의 정보에 따르면 내가 이런 식으로 나왔을 때 플라비오가 나를 카를로 인식하지 못할 가능성이 매우 높다고 하던데, 지금 와서 내 이름을 묻는 걸 보니 이번에는 가능성이 높은 쪽에 당첨된 모양이었다.

"김연준이다."

나는 큰 맘 먹고 이 세계의 인물 중에서는 처음으로 내 진짜 이름을 말해주었다.

"킴, 뭐?"

그러나 이쪽의 각오를 무엇으로 본 건지, 플라비오는 내 이름을 제대로 발음조차 못 했다.

나는 실망하며 손을 내저었다.

"아, 못 알아듣겠으면 됐어. 두 번은 안 말해준다."

"지금 이 상황을 맞이하고도 나를 기만하려 드는군."

플라비오가 끌끌끌 웃었다.

"뭐 아무렴 어떤가. 그래, 이름 없는 자여. 이제부터 너는 역사에 휩쓸려 없어질 것이다. 수많은 범인들이 그랬듯, 너도 똑같이."

"누가 문과 아니랄까 봐 혀도 기네."

기왕 지구 이야기를 시작한 거, 나는 다시 한번 회심의 드립을 쳐보았다.

"문, 뭐?"

이번에도 플라비오는 아주 당연하게 알아듣지 못했다.

"아, 못 알아듣겠으면 됐어."

"…노오오오오오오오오옴!"

수명을 포기하고 진정한 힘을 개방한 대현자이자 예언자, 그리고 대마법사인 플라비오의 첫 번째 공격은 믿어지지 않게도 폭력, 순수한 폭력이었다.

주먹을 꽉 쥐고 나를 향해 직진으로 내뻗는, 정직하리만큼 압도적인 폭력.

아마도 놈은 이 일격으로 나를 처치할 수 있을 거라 믿었겠지.

하지만 틀렸다.

"……?!"

놈이 나를 후려친 순간, 내 몸에서는 황금빛이 발했다. 그리고 동시에 놈이 내뻗었던 주먹은 엉망진창으로 뒤틀렸고 그 피해는 손목에 이어 팔에까지 닿았다.

"끄, 끄으아악?!"

당연히 나는 이것이 [황금 월계관]의 효과와 [보복의 가시]의 효과를 콤보로, 그것도 임의의 보물에 복제한 10배 효과로 발동했다는 것을 플라비오에게 말해주지 않았다.

사실 그럴 여유도 없다.

지금 게 두 번 통하리라는 보장이 없다. 따라서 이번 기회에, 그러니까 놈이 마법을 쓸 이성을 되찾기 전에 최대한 많은 피해를 줘야 했다.

물론 나는 이 상황이 될 걸 예상했고, 따라서 이 상황에 딱 필요한 공격 방법을 준비해 둔 상태였다.

일단 플라비오 놈의 가슴팍에 검환을 두 발 날렸다. 그러자 놈의 가슴에 십자 모양으로 칼집이 났다.

"끄읍!"

성벽마저도 무너뜨릴 위력의 검환을 두 발이나 얻어맞고도 몸에 칼집이 난 게 전부인 데다 그 반응도 비명도 아닌 신음 소리뿐인 것에 실망할 틈은 없었다. 애초에 이 공격은 빈틈을 빚어내는 것이 목적이었지, 결코 결정타가 될 수 없었다.

검환이 적중한 것을 확인하자마자 나는 즉각 뛰어올라 놈의 품으로 파고들어 [루베르류 마검술 제1고유마검—천파참강검]을 뽑아내고 십자로 낸 칼집 중앙에 쑤셔 박았다.

이어서 곧장 [루베르류 마검술 제2고유마검—천파멸마검]! 짙푸른 검강이 폭발했다. 원래대로라면 사방으로 흩어져야 할 검강의 파편은 모조리 놈의 몸 안쪽으로 파고들어가며 상처를 크게 벌렸다.

여기까지 하는 데에 나는 한 호흡도 쓰지 않았다. 내 공격은 아직 다 끝나지도 않았다.

미리 준비해 두었던 [툴루의 보주]를 날려 보내 플라비오의 상처 안으로 꾹꾹 밀어 넣고, 보주를 기준으로 피식이를 소환! 질 좋고 밀도 높은 산소를 잔뜩 밀어 넣었다.

그 다음은 지글이! 입자 곱게 빻은 증기화된 기름을 플라비오에게 먼저 훅 뿌렸다. 증기화가 됐다지만 플라비오의 몸이 축축하게 젖은 걸 보면 뭐가 어떻게 될지는 일목요연하다.

지글이의 분말 생성 능력도 잊으면 안 된다. 나는 하얗고 고운 가루를 공중에 확 뿌리게 했다.

밑 작업이 다 끝났으므로 플라비오의 가슴팍을 발로 차 거리를 벌리며, 나는 [변신 브로치]를 이용해 곧장 왕검을 [여신의 부월]로 교체 직후 바로 거대화 기능을 사용했다.

거대해진 부월을 플라비오를 향해 집어던지며 나는 유물의 기능을 발휘했다.

"착화!"

쾅!

부월에서 곧장 불이 피어올랐고, 주변의 높은 산소 농도는 불을 크게 키웠다. 그리고 오직 산소 농도만으로는 이렇게 되지 않을 게 뻔한 큰 폭발이 일어났다.

저게 왜 저러냐고? 물론 유증기로 인한 폭발이기도 했다. 그러나 진짜 비밀은 내가 플라비오에게 뿌린 하얀 가루에 숨겨져 있었다.

하얀 가루의 정체는 질산칼륨과 설탕의 화합물이다. 여기서 질산칼륨은? 그렇다. 화약의 핵심 재료다.

처음에는 화약을 만들어보려고 했는데 그건 독이라 그런지 안 되더라고. 사실 질산칼륨도 독이지만 식품첨가제로 허가가 난 건지 이건 만들어지더라. 이걸 또 설탕이랑 섞어봤더니 화약에 준하는 화력을 잘 낸다.

그래서 이번에 써먹어보기로 했는데…….

쿵! 콰앙!

화력이 좀 심하게 좋다. 그 덕에 내 몸까지도 폭발에 휘말려 내팽개쳐지다시피 날려졌다. 아마 황금월계관의 효과가 아니었더라면 나도 꽤 큰 피해를 입었을지도 모른다.

직접 노린 것도 아닌 나도 이런데 플라비오야 오죽하겠는가? 기름에 흠뻑 젖은 플라비오의 몸이 불쏘시개로 변하는 건 시간문제조차 아니었다.

"끄아아아악!"

플라비오의 비명이 한 타이밍 늦게 터졌다. 나는 그 비명 소리를 감미롭게 들으며 내게 다시 돌아온 보주와 부월 각각의 손에 착착 잡았다.

여기까지 걸린 시간이 1초. 나는 끼릭이를 몸 밖으로 내놓고 피식이와 합일하여 거칠어진 호흡을 가다듬으며 바로 다음 공격을 준비했다.

내 몸에서 나온 끼릭이를 바로 견착, 방아쇠에 손가락을 넣으며 정령력을 밀어 넣었다.

그렇다, 정령폭주였다.

퐁! 퐁! 퐁!

신뢰와 안심의 정령류탄 발사! 그것도 폭주 상태였기에 평소보다 강력한 위력의 폭발을 빚어낼 것이다.

그러한 내 기대를 피식이는 저버리지 않았다.

쾅! 쾅! 쾅!

연속해서 일어나는 폭발음을 들으며, 나는 끼릭이의 조준경에 눈을 대고 폭연 안을 꿰뚫어 보았다.

"끄으으으으……!"

비록 온몸이 시커멓게 탄화되었고 가슴께에 큰 구멍이 뻥 뚫렸으며 왼팔은 팔꿈치까지 재가 되어 툭 떨어져 나갈 정도로 큰 피해를 입었긴 했으나 놀랍게도 놈은 아직 살아 숨 쉬고 있었다.

'진짜 저게 사람인가 싶네.'

내가 스코프에서 눈을 떼자마자 폭주 상태가 가라앉은 끼릭이는 자동으로 소환 해제 당했다.

끼릭이의 재소환까지 앞으로 3분. 공격 턴은 이걸로 일단 끝이다.

나는 바로 다음 행동을 준비했다.

그다음 행동이란 바로 흑법을 쓰고 [어둠장막의 단검]까지 써서 모습을 감추는 거였다.

"끄아아악! 이놈! 어디 갔느냐!!"

라플라스의 데이터대로 플라비오는 광폭화 패턴에 들어갔다. 그러나 정작 분노를 퍼부을 대상인 나를 찾아내지 못했다.

4검급만 되어도 간파할 수 있는 어둠장막을 간파하지 못하는 건 역시 마법 포식 덕이다. 영력도 잘 가다듬으면 날 찾아낼 수 있겠지만 플라비오는 마법을 주로 수련하여 높은 경지에 올랐기 때문인지 예상대로 날 찾지 못했다.

내가 눈에 보이지 않자 놈은 더 기다리지 않고 입에서 불을 뿜어 주변을 온통 태워대기 시작했다.

화르르르륵!

분노해서 마구잡이로 뿜어대고 있는 것 같지만, 저건 [영혼 불의 숨결]이라는 술법이었다.

내가 아무리 높은 수준의 불 속성력을 갖고 있다 한들, 저 불꽃에마저 아무 피해 없이 버틸 수는 없었다. 보이기는 불꽃으로 보이지만 진짜 불은 아니었기 때문이었다.

영력으로 뿜어내고 영력을 태워대니 어지간한 존재는 저 앞에서 바로 영혼을 소멸당하고 그 자리에 텅 빈 육신만 남기게 될 것이다.

만약 내가 아무것도 몰랐다면 저 불길에 살라졌겠지만, 나는 이미 저 불꽃에 대처하는 방법을 알고 있었다.

'전방 270도 범위에 사거리 90m. 정말 흉악하군.'

그건 바로 플라비오의 턱 밑에 숨는 거였다.

플라비오의 등 뒤로 돌아가 숨는 것도 방법이기야 하지만, 플라비오가 바보도 아니고 그 정도 대처는 다 해놓았다. 저러면서도 마법을 뿌려 나를 찾고 있을 것이다.

힘을 완전히 개방하고 수명을 제물로 바쳐 극대화까지 시킨 플라비오의 마력은 전문화 특성을 통해 10배 강화된 마법 포식으로도 완전히 막을 수 없을 터였다.

물론 이 경우는 대현자의 데이터에도 없어서 추측의 영역이었지만, 조심해서 나쁠 건 없으니 일단 최악을 상정하고 움직이기로 했다.

그렇다. 플라비오가 지금 보이고 있는 격노한 모습은 연기에 불과하다. 아무리 방심을 했다고는 해도 저놈은 노회한 마법사이자 오래전부터 제국을 조종해 온 유서 깊은 흑막이다.

영혼 불의 숨결에 걸리는 게 없고 후방에 뿌린 탐지 마법에도 걸리는 게 없으면, 바로 다음 대응을 해올 터였다.

일단은 90m보다 더 멀리 도망갔을 가능성에 대해 생각할 테니, 적어도 1초 이상의 시간은 벌었다. 나는 그 1초의 시간을 그냥 날려 보낼 생각이 없었다.

화살이 가장 강력한 위력을 발휘하는 순간은 바로 활시위에서 쏘아져 나간 순간이다. 즉, 사실 활이라는 무기는 가까이에서 발사할수록 강력한 위력을 발한다.

그리고 나는 지금 플라비오의 턱 밑에 있다.

그럼 뭐다?

'[속사], [연사], [관통], [폭발], [저격], [치명], [명중], [산탄], [맹독], [강산]…….'

내 2차 각성 직업인 큐레이터의 전시실 테마 보너스를 받아 200% 강력해진 [철봉활]의 기능을 대부분 활성화시켰다.

이렇게까지 초근접 거리에서 쏘면 폭발이나 산탄 등의 광역 효과가 내게도 미치지만, 나는 그냥 감수하기로 했다. 나도 맞아야지, 뭐. 대신 말없이 [황금 월계관]의 기능을 켰다.

오래 생각할 시간도 없다. 나는 [철봉활]의 시위를 마음속에서 놓았다.

드르르르륵! 콰콰쾅! 철봉활 특유의 강침 같은 화살들이 플라비오의 배때기를 뚫고 들어가 그 체내에서 폭발을 하든 산탄이 되든 했다. 그 충격으로 나도 뒤로 날아갔지만 철봉활은 계속 쐈다.

드르르르륵! 내 안의 영력이 둑 무너진 강물처럼 콸콸 흘러나가는 것이 느껴졌지만, 나는 신경 쓰지 않고 계속해서 쏴댔다. 도중에 영력이 부족해지면 영혼석을 씹어서라도 보충하겠다는 각오였다.

영혼석도 유물 취급이었기에 각성창 안에서 씹을 수 있었다. 영혼석 하나가 부서져 나가며 안에 가득 찬 영력이 뿜어져 나와 내게 흡수되었다.

이걸 직접 씹어 먹으면 체내에 영혼석의 재료인 수은 등의 몸에 안 좋은 중금속이 쌓이지만 다행히 나는 그런 부작용을 감수할 필요가 없었다.

대신 각성창 안의 공간이 좀 더러워지지만… 이건 신경 쓰지 말자. 다음에 환기하고 청소하면 될 테니. 지금은 일단 철봉활의 연사를 멈추지 않고 쏘는 게 더 중요했다.

드르르르륵! 내가 그런 식으로 영혼석 세 개째를 씹어 먹으며 끊임없이 철봉활을 쏴대고 있을 때였다.

드디어 플라시오의 몸에 이변이 생겼다. 힘으로 구축한 거대화가 풀리면서 쪼그라드는 현상이 바로 그것이었다.

"…끄어억!"

플라시오는 중독으로 인해 얼굴이 파래진 채 원래의 크기로 돌아왔다. 까맣게 변한 입술 사이에서 신음 소리가 새어 나왔다. 나는 그제야 활의 연사를 멈추고 몬토반드 왕의 검을 꺼내 검강을 뽑아내었다.

"그, 그만!"

나는 플라비오의 말을 무시하고 검강을 머금은 칼을 휘둘렀다. 그러자 검강이 도중에 뚝 부러진 것처럼 보이더니 맹렬히 회전하기 시작했다.

루베르류 마검술 제3의 고유마검, 천파금환검이다.

기계톱처럼 회전하는 검강에 놈의 두꺼운 목이 잘려 나가더니, 결국 몸과 머리가 분리되어 버리고 말았다. 그러자 놈의 잘린 목에선 흰 피가 뿜어져 나왔다.

"진짜 피가 흰색이네."

—피 대신 영액을 채워 넣었기 때문이죠.

그건 나도 안다. 라플라스로부터 구입한 정보 안에 들어 있었다. 그럼에도 굳이 설명한 건 그냥 설명하고 싶어서겠지.

저 영액은 좋은 물건이다. 영액이 체내에 남아 있는 한 플라비오는 먹지 않아도 살 수 있고 심지어 숨 쉴 필요조차 없다. 그 대가로 영액이 조금씩 소모되지만, 그래도 최소한 한 달은 살아 있게 만들어 준다.

"그런데 저 영액 마시면 내력이 늘어나나?"

—별로 추천해 드릴 수는 없습니다만, 연금술로 정제하면 어

떻게든 되긴 할 겁니다.

"좋았어."

나중에 플라비오가 완전히 죽고 나면 피를 다 빼서 [신선 유지고] 안에 보관해 놔야겠다. 그렇게 다짐하는 내게 목소리가 들렸다.

"그만, 그만해라."

플라비오의 목소리였다. 분명히 내가 목을 베었는데도 살아 있는 건 물론이고, 그 목은 허공에 둥실둥실 떠 있기까지 했다. 목구멍도 없는데 어떻게 목소리를 내는지 물어볼 이유는 없다. 저것도 일종의 술법이었으니.

"이 정도면 됐지 않느냐? 내가 졌다. 내가 졌어."

"그렇구나."

나는 각성창에서 쇠침을 꺼내어 던졌다. 그러자 저쪽에서 끄악, 하는 비명 소리가 들렸다.

"졌다는 놈이 왜 밑장을 빼지?"

둥실둥실 떠 있던 플라비오의 머리는 별다른 대꾸를 하지 않았다. 그저 더 이상 허공에 머물지 못하고 바닥에 툭 떨어져 데굴데굴 구를 따름이었다.

"크윽!"

대신 비명 소리가 난 곳에서 낭패한 신음 소리가 들렸다. 정확히는 목소리가 아니라 영적 파동이지만 뭐 이런 게 중요한 게 아니다.

방금 일어난 일을 설명하자면…….

—플라비오는 자신의 목이 잘릴 때 영체로 된 분신을 자동적으로 빼돌리도록 미리 안배해 두었습니다. 목이 잘리면 그 목이 허공에 떠오르며 시선을 끌고, 영체 분신으로는 살길을 찾도록 한 것이지요.

라플라스가 설명해 버렸다.

"그래서 내가 그 영체를 영침술로 저격한 거고."

내가 이걸 미리 알고 있지 않았더라면 나도 깜박 속아 넘어갈 뻔했다. 사람 몸에서 흰 피가 솟고 그 머리가 허공을 떠도는 장면은 그만큼 충격적이었으니까.

알고 있어도 놀랐는데, 몰랐으면 얼마나 더 크게 놀랐을까?

…몰랐던 적이 없어서 모르겠다.

"자, 플라비오. 우리 이야기를 하자고."

나는 그 자리에 나뒹군 채 부들부들 떨고 있는 플라비오를 내려다보며 싱긋 웃어주었다.

"으, 으으!!"

이 녀석이 도망도 못 가고 부들대고 있는 건 4성급의 영침술 덕이다. 낮은 수준의 영침술은 그냥 영체로 된 적에게 피해를 주는 것에 그치지만, 나 정도 수준이 되면 영침을 영적인 급소에 박아 다양한 효과를 줄 수 있다.

지금처럼 마비를 시키거나, 지속적인 고통을 주거나 하는 식으로 말이다.

"비, 비겁한 놈! 싸울 거면 정정당당하게 싸워라!"

"허? 정정당당하게 싸워줬잖아. 기습도 하고 마법도 막고."

"그게 무슨!"

플라비오의 영체는 약 올라 미치겠다는 표정을 지었다. 내 의도대로다. 이미 제압한 적을 두고 인성질을 하는 것 같지만, 어차피 이 녀석의 목적도 도발이었다. 나는 받은 대로 돌려주는 것뿐이다.

"내가 마법만 쓸 수 있었으면……."

플라비오는 울먹거리기 시작했다.

"그건 맞아. 네가 마법을 쓸 수 있었으면 이렇게 쉽진 않았겠지."

후우, 하고 긴 한숨을 토해낸 나는 이번 전투에 대한 감상을 털어놓았다.

—확실히 마법 포식이 없었더라면 이렇게 쉽지는 않았을 것입니다. 아니, 평범한 마법 포식이었다면 훨씬 어렵다고 말씀드리는 게 낫겠네요.

아니, 너한테 말한 거 아닌데…….

"아차."

그리고 나는 깜박하기라도 한 듯 다시 한번 임의의 보물에 복제해 둔 마법 포식 장치를 터뜨렸다.

플라비오는 영체 상태에서도 마법을 펑펑 써대는 괴물이다. 추하게 울먹거리는 모습을 보이거나 한 건 그저 시간을 끌기 위한 방책이었을 뿐이다.

"큭! 네놈! 이 저주받을 놈! 운명의 궤에서 벗어난 빌어먹을……!"

아니나 다를까, 자기 계획이 틀어진 걸 깨닫자마자 플라비오는 표정을 악귀처럼 바꿔 악다구니를 썼다.

"역시 적의 가장 강력한 힘을 봉인하고 싸운 것이 주효했어."

물론 그 이전에 적의 가장 강력한 힘이 무엇인지 미리 알고 들어간 게 더욱 결정적이었다. 더 말하자면, 적에 대한 정보를 미리 얻었기에 이렇게 일견 일방적인 싸움이 가능해졌다.

"네 덕이야, 라플라스."

—별말씀을.

결국 신 대현자의 정보력으로 구 대현자를 물리친 격이라 할 수 있었다.

"라플라스? 라플라스라고 했나?"

그런데 방금 전까지 악다구니를 쓰던 플라비오가 갑자기 눈을 휘둥그레 뜨며 이렇게 되물었다.

"네놈! 악마와 계약했구나! 역시! 그러니 운명의 궤에서 탈락해 예언을 틀리게 만드는 거였군! 하하! 그러나 네놈은 대가를 치러야 할 거다! 네놈은 죽어야 할 때 죽지 못하고, 시간의 흐름에 갇힌 채 영원을 살게 될 테니!!"

놈이 내게 퍼붓는 저주의 내용이 바뀌었다. 그러나 기이한 것은 저주를 퍼붓고 있음에도, 플라비오의 표정과 목소리에서는 나를 부러워하는 기색이 역력했다는 점이었다.

악마와의 계약. 운명의 궤에서 탈락. 시간의 흐름에 갇힌 채 영원을 산다, 라…….

이거 대현자 이야기지?

물론 지금 내 앞에서 울부짖고 있는 이놈을 가리키는 말은 아니다. 원조 카를, 지금 이 세계에는 존재하지 않는 그 노인을 말하는 거다.

'라플라스.'

—유료입니다.

'그렇구나.'

플라비오의 저주에서 처음 듣는 건 악마와의 계약이라는 단어뿐이다. 나머지는 다 아는 거다. 뭔가 의미심장한 소릴 해서 내 마음을 뒤흔들 셈이었다면 실패한 셈이다.

"네놈! 네노오오옴! 네놈만 아니었으면 나는 이 나라의 황제가 되었을 것이다! 이번에야말로 더러운 페르디넌트의 피를 완전히 지우는 데에 성공했을 텐데! 내가, 내가 황제가 됐어야 했어……!"

그걸 본인도 아는 건지, 나를 향하던 악다구니는 어느새 자기 신세타령으로 바뀌어 있었다. 이야기를 듣자 하니 페르디넌트 가문의 비사에 플라비오도 어느 정도 관여를 한 것 같았다.

뭐, 아무렴 어때. 내가 진짜 카를인 것도 아닌데.

나는 팬 서비스로 플라비오를 향해 용혈각성을 한 번 해주었다. 계속해서 떠들던 입마저 멈추고 내 마력이 끓어오르는 것을 멍하니 바라보고 있던 플라비오는 눈이 벌게져 외쳤다.

"그 피! 그 혈통! 그 더러운 용혈각성! 다 너 때문이다! 저주한다! 저주한다!!"

“다 떠들었지? 그럼 이제 죽어라.”

나는 각성창에서 강침을 꺼내 들었다. 그걸 본 플라비오의 눈이 공포에 물들었다.

“잠깐! 나는, 나는 죽고 싶지 않……!”

펑!

이번에는 힘 조절을 하지 않았기 때문에 영침술로 던진 강침에 맞은 플라비오는 평범한 원혼처럼 터져 소멸했다.

“후… 해치웠나?”

—네, 죽음을 극복하셨습니다.

“아니, 아직 분신들 남아 있잖아?”

플라비오는 마지막까지 분신들을 불러들이지 않았다. 그 이유는 대충 짐작이 갔다. 마법 포식이 효과를 발휘하는 이 영역에 분신들을 불러들였다간 분신들에게 걸려 있는 마법적 처치가 망가지면서 각 분신들이 자기가 본체라며 날뛸 위험이 있었기 때문이었으리라.

그런데 그 상황이 내게 유리한 거냐면 딱히 그렇지는 않았다. 플라비오를 잡을 택틱을 미리 다 짜 왔는데, 쓸데없는 변수가 개입되면 나도 같이 골치 아파지니까. 내가 괜히 바깥에 악마를 풀어놓아 분신들을 분리시켜 둔 게 아니다.

“아, 맞다. 악마도 남았지.”

8마급 악마 크시앙유. 내가 제도 지하에서 악마의 심장을 제물로 소환시킨 강력한 악마가 지금도 바깥에서 날뛰고 있을 터였다.

플라비오는 쓰러뜨렸지만 아직 싸움이 다 끝난 건 아니었다. 이제 내가 싸지른 일들의 뒷수습을 직접 해야 했다.

—하지만 그 전에 해야 할 일이 있습니다.

"그래, 그렇지."

라플라스의 말에, 아직도 정신을 잃은 채 쓰러져 있는 프란츠 황제에게 시선을 돌렸다.

"황제 폐하께오서 무사하셔서 다행이로군."

그렇다. 이렇게 펑펑 터뜨리며 싸웠는데도 놀랍게도 프란츠 황제에게는 상처 하나 없었다.

"뭐, 플라비오가 황제 폐하를 써먹으려고 일부러 공격 안 한 덕도 좀 봤지."

—그건 새 주인님도 마찬가지시지 않습니까?

"…그건 그렇지."

나는 사실을 인정했다. 이 난리 통에서도 프란츠 황제가 멀쩡한 이유는 나와 플라비오 사이에 맺어진 암묵의 룰 때문이었다. 황제는 이 싸움의 트로피나 마찬가지였으니 말이다.

—그래도 영체로 도망간 플라비오가 프란츠 황제를 인질로 삼거나 죽일 가능성이 98% 이상의 확률이었으니 새 주인님께서 황제를 살리신 거나 마찬가집니다.

패배가 확정되고 나니 플라비오는 추하게도 황제를 노렸지만, 그마저도 실패했다.

"처음 배웠을 땐 배운 걸 그렇게 후회했는데… 배워둬서 다행이다, 영침술!"

생머리카락을 뽑아가며 영침술을 쓰던 아픈 기억이 슬쩍 뇌리를 스쳤다. 당연히 스치기만 했다.

"자, 그럼."

나는 황제에게 다가가 주먹을 들어 올렸다.

당연하지만 여기서 기껏 살린 황제를 패죽일 생각 같은 건 없었다. 대신 나는 각성창 안에서 [바르하의 반지]의 기능을 활성화시켰다. 애초에 여기 오기 전에 미리 반지에 황제의 풀 네임을 반지에 새겨두는 준비를 해두기도 했다.

처음부터 이럴 생각이었으니까.

나는 황제의 머리통을 내려쳤다.

*　　　　*　　　　*

플라비오 사바티오 유스티오의 첫 번째 분신, 플1은 본신의 죽음을 알아챘다. 그 사실을 깨달은 순간 그의 가슴을 가득 채운 감정은 슬픔이나 분노, 복수심 따위가 아니었다.

다름 아닌 커다란 환희였다.

본체가 있는 한 분신은 계속해서 분신일 따름이다. 하지만 본체가 사라지면 어떻게 될까?

"이제 내가 플라비오 사바티오 유스티오다!"

분신은 이제 스스로가 분신임을 주장할 수 있게 되었다!

그리고 지금 이 상황, 가장 본체에 가까운 것은 플1 자신이다.

플1는 그렇게 믿어 의심치 않았다.

그는 이 가슴 벅찬 환희를 자신의 것만으로 남겨두지 않았다. 이 기쁜 소식을 큰 소리로 외쳐 세상에 알려야만 한다는 생각이 본능에 가깝게 그의 머리를 지배했다.

"내가 플라비오 사바티오 유스티오, 내가 플라비오 사바티오 유스티오다!"

그러나 그의 환희는 곧 더럽혀졌다.

"허튼 소리! 내가 플라비오 사바티오 유스티오다!"

옆에서 함께 싸우던 플2가 갑자기 이상한 소릴 했기 때문이었다.

"무슨 소리야? 플2, 너는 플2이잖아."

"너야말로 플1이잖아. 헛소리 좀 하지 마."

두 플라비오는 서로 투닥거리기 시작했다. 그것은 아직까진 말싸움에 불과했다. 다음 외침이 들리기 전까지는.

"하하하! 내가 바로 플라비오 사바티오 유스티오다!"

플3의 외침에, 플1과 플2는 어이없다는 듯 그를 바라보았다.

"저건 또 뭐야?"

"잰 또 왜 헛소릴……!"

동일한 영혼에서 갈라져 나온 분신임에도 각기 말하는 바가 다른 이유는 무엇일까. 그러나 플1, 플2, 플3, 그리고 그 외의 분신들에게 그것을 탐구할 만한 마음의 여유는 없었다. 그들은 거의 동시에 결정적인 진실을 하나 알아차렸기 때문이다.

플라비오 사바티오 유스티오가 될 수 있는 것은 오직 한 명밖에 없다.

그러나 모든 분신들은 본신이 되길 갈망하기에, 목숨을 잃지 않는 한 절대 기회를 포기하지 않을 것이다.

이 두 가지 사실이 가리키는 바는 명징했다.

여기 이 자리에 있는 분신들을 전부 어떻게 하지 않는 한 진명을 손에 넣을 일은 요원하다.

그러니 단 한 명이 남을 때까지 생사를 겨루고 투쟁하여, 그렇게 살아남은 마지막 한 명이 진명을 얻어 플라비오 사바티오 유스티오가 되리라.

거의 동시에 분신들은 서로를 경계하며 물러섰다. 모두가 똑같은 결론에 이르렀음을 깨달은 덕이었다.

서로 힘을 합해 싸우던 분신들이 그렇게 갈라서자, 가장 득을 본 것은 분신들의 적이었다.

8각급의 악마, 크시앙유.

모든 분신들이 달려들어도 승리는커녕 동세를 만드는 것이 고작이던 강력한 존재가 웅비했다.

"하하하하하! 어리석은 놈들!!"

크시앙유는 그동안 플라비오의 분신들이 사용한 봉인술에 의해 행동의 제약이 걸려 있었다. 그러나 분신들이 서로 싸우느라 각자의 위치에서 벗어나자 봉인술의 힘은 약해지고 크시앙유는 행동의 제약에서 벗어날 수 있게 되었다.

"크아아아아!!"

자유로워진 크시앙유가 가장 먼저 한 일은 마기를 분출하는 것이었다. 그러자 안 그래도 거대했던 크시앙유의 육체가 더욱 거대해졌다.

우뚝 선 대악마의 신장은 물경 44m. 그렇게 거대해진 악마는 거치적거렸던 성기사들을 발로 밟아 짓이겨 죽였다.

"죽어라, 벌레 놈들!"

"끄아아악!"

"짜라스트라 신이시여, 어찌 이런!"

신의 이름을 외치며 죽어가는 성기사들을 내려다보며, 크시앙유는 그들을 비웃었다.

"하하하하! 멍청한, 어리석은! 존재조차 않는 신을 믿으며 죽어가다니!!"

그렇게 인간의 신앙과 의지를 꺾을 때마다 악마는 조금씩 더 커졌다. 45m, 46m…….

"이, 이런! 이래서야 이 플라비오 사바티오 유스티오라도 손 쓸 수 없게 된다!!"

"이 플라비오 사바티오 유스티오가 직접 나서겠다!"

상황이 이렇게 되니 서로 진짜 플라비오가 되겠다고 싸우던 분신들도 내분을 멈추고 악마를 합공할 수밖에 없게 되었다. 여기서 악마를 죽이지 않으면 어차피 다 죽는다는 사실을 깨달은 덕이었다.

"큭 네놈! 끼어들지 마라!!"

"네가 방해했지 않느냐!"

그러나 이미 한 번 일어난 내분으로 서로를 믿을 수 없게 된 분신들은 이전만큼의 시너지를 낼 수 없었다. 더군다나 크시앙유도 이전과 같지 않았다.

"크하하하! 늦었다! 그 정도 봉인술로 이 크시앙유를 다시 묶을 수 있다고 생각하는 거냐!!"

밟혀 죽은 성기사들의 절망과 공포를 흡수해 더욱 강력해진 크시앙유는 손쉽게 분신들의 봉인술에서 벗어나 이제 분신들을 각개격파하기 시작했다.

마치 파리라도 잡듯 손바닥을 휘둘러 하늘을 날아다니던 분신들을 하나씩 후려쳐 땅바닥에 처박은 후 성기사들을 잡을 때처럼 발꿈치로 짓이기면 끝이었다.

쾅, 쾅, 쾅!

"나는… 플라비오……. 컥!"

가장 강력한 분신이었던 플1이 첫 희생자가 되었다. 악마의 발꿈치를 두 번은 버텼으나, 세 번은 무리였다. 본신 플라비오가 분신들에게 영력 소모가 큰 생체시간역행술을 베푸는 걸 아까워했기에 그냥 죽을 수밖에 없었다.

"플1!"

"으… 으……!"

분신들에게마저 공포가 번졌다. 말 그대로 파리처럼 죽어간 플1의 모습에서 각자의 최후를 읽었기 때문이리라. 그러나 그들은 도망도 칠 수 없었다. 본신 플라비오가 죽기 전에 내린, 악마를 상대하라는 명령을 거부할 수 없었기 때문이었다.

"크하하하! 네놈들의 공포도 달콤하구나!"

그러한 분신들의 공포와 절망을 잡아먹은 크시앙유는 더 강해졌다. 그리고 그 강함에 비례해 더욱 거대해졌다. 이미 그 크기가 50m에 달할 정도였다.

평범한 악마라면 여기서 분신들을 살려둔 채 고문해 죽을 때까지 공포와 절망을 뽑아내려 들었겠지만, 크시앙유는 방심하지 않고 자신을 한 번이라도 위협했던 분신들을 꼼꼼하고 확실하게 처리했다. 산전수전을 겪어온 오래된 악마의 지혜였다.

모든 분신과 성기사를 처리해 다른 인간들의 전의를 꺾고, 신성교단의 신전까지 부수어 더럽힌 크시앙유는 만족스럽게 외쳤다.

"오랜만의 외유에 가슴이 들뜨는구나. 인간의 제국을 이대로 무너뜨려 볼까?"

악마의 목소리가 쩌렁쩌렁 울렸다. 악마 특유의 마력이 스민 목소리는 멀리서 듣기에도 그 내용이 명료하게 들렸다. 목적은 물론 듣는 이를 공포에 질리게 만들기 위해. 그렇게 더 많은 이들에게서 공포의 대상이 될수록 악마는 더더욱 강력해질 터였다.

그리고 그러한 악마의 의도는 정확하게 적중했다.

플라비오가 제도에서 쫓아낸 시민들이 악마의 목소리를 듣고 있었다. 쫓아내기만 하고 딱히 어디 피난처를 정해준 게 아니기에 제도에서 얼마 떨어지지 않은 곳에 임시 가옥을 지어 생활하고 있었던 탓이었다.

라틀란트 제국의 심장이자 시민들의 자랑이던 제도 라틀란트 시티를 점령한 거대한 악마의 모습은 높고 단단하여 난공불락이라 불리던 성벽 너머에서도 보였다.

"아아, 제도가!"
"악마가……!"
난민들의 공포와 절망은 곧장 악마의 자양분이 되었다. 안 그래도 거대했던 악마가 더더욱 거대해지는 것을 보면서, 그들의 공포와 절망은 극대화되었다.
"크흐흐흣! 이 맛이지! 이 맛에 인계에 강림하는 것 아니겠는가!!"
크시앙유는 자신이 연쇄살마인을 잡으러 나왔다는 것마저 잊고 달콤한 공포와 절망의 맛을 음미했다. 이미 악마는 큰 힘을 얻었다. 아직까지도 소환에 별다른 제물을 받지 않았음에도 불구하고 흑자 전환에 성공했다.
그러나 악마는 아직 만족하지 못했다. 만족이란 미덕이기에 악마의 것이 아니다.
"인간의 제국을 지상에서 완전히 소멸시키고, 나는 이 세계의 전설로 남으리라!"
인세에 큰 공포를 불러일으키고 후에도 사람들의 입에 공포의 존재로서 거론된다면, 크시앙유는 마계로 돌아간 후에도 지속적으로 공포를 맛볼 수 있게 될 것이다.
크시앙유의 입에서 침이 뚝뚝 떨어져 유황 연기를 피워 올렸다.
그러나 크시앙유가 그러한 야망을 실천하기도 전에 방해하는 존재가 나타났다.
지금 시각은 자정을 넘은 심야. 그럼에도 불구하고 제도 전체를 환히 비추는 빛이 나타났다.

그 빛은 놀랍게도 태양빛이었다. 하늘에서 내려쬐는 태양빛이 오직 제도에만 집중적으로 쏟아지고 있었다.

"크, 크아악?! 뭐냐, 이것은!"

—악마여, 그대들이 왜 태양을 두려워했는지 잊었느냐?

천상의 옥음이 들렸다. 그 목소리는 오직 크시앙유에게만 들리는 것이 아니었다. 지금 크시앙유를 바라보며 공포에 질려 있던 모든 인간들에게도 그 목소리가 들렸다.

—나는 그대들 악마들이 해 아래에서 걷지 못하게 만든 이이며, 태양을 올려다보는 것을 금기로 삼게 만든 이이리니. 나야말로 그대들의 공포다.

"크악! 너는! 네놈은!!"

크시앙유의 목소리가 갈라졌다.

"일리어스, 네놈이냐!"

—그렇다. 태양신 일리어스. 그것이 나의 이름이다.

크시앙유는 자신에게 오는 공포가 줄어드는 것을 느꼈다. 인간들의 공포와 절망이 여신의 출현으로 인해 희석된 탓이었다.

지금 와서 사람들이 공포를 잊는다고 크시앙유가 이미 얻었던 힘까지 잃는 건 아니나, 크시앙유는 사람들이 공포 대신 어떤 감정을 갖게 될지 잘 알고 있었다.

"네놈, 인간들에게도 잊힌 옛 신이! 이제 와서 신앙을 되찾아볼 요량이냐!?"

인간은 공포의 대상과 맞서는 이에게 경외를 느끼는 법. 그리고 신에게 향하는 경외는 곧 신앙이니, 그것은 악마에게 있어 공포의 가치와도 같다.

비록 한밤중에 태양빛을 내리쬐며 이 부근이 전부 쩌렁쩌렁 울릴 정도로 목소리를 퍼뜨리는 데에 아주 큰 힘을 소모하겠지만, 일리어스 또한 적자는 보지 않았으리라고 크시앙유는 속으로 계산했다.

"그러나 무의미하다! 나는 이미 현계했고 네놈은 그렇지 않으니! 하늘 위에서 고고하게 노닐기만 하는 네놈은 내 숨통을 끊지 못한다!"

크시앙유의 계산은 틀리지 않았다. 사람들은 계속된 자극에 둔감해질 것이고, 그것은 여신에게 보내는 경외 또한 시간이 지남에 따라 줄어들 것임을 뜻하니.

—실로 그러하다, 크시앙유. 늙고 낡은 악마답게 박식하군.

여신 또한 악마의 추론이 맞았음을 인정했다. 그러나 여신의 목소리는 사실을 인정하는 것에서 그치지 않았다.

—하나 악마야, 나는 신이며 신에게는 신의 방식이 따로 있다는 걸 잊은 것 아닌가?

"무슨! …설마?!"

악마의 방식이 계약을 통해 인간들에게 힘을 주고 키워낸 악성을 빨아먹는다면, 신의 방식은 조금 달랐다.

신은 아무것도 하지 않는다. 그저 신앙과 경배의 대상이 될 뿐.

그렇게 신을 믿고 경애하며 기도를 올리던 인간이 어느 날

멋대로 힘을 얻은 결과물이 바로 신관들의 기도술이었다. 어디까지나 자신에게서 비롯된 힘임에도 신관들은 이 또한 신의 덕이라 부르짖는다.

기이한 점은 이렇게 힘을 얻은 인간이 자신의 힘을 신에게서 비롯된 것이 아니라고 생각하기 시작하면 그 힘을 잃는다는 점이다.

그러나 간혹 그중에서 빼어난 이가 신의 사랑을 받게 된다면 이야기는 조금 달라진다. 그때야말로 신은 인간에게 힘을 준다. 아무 계약도 대가도 없는 단순한 내리사랑.

그리고 그렇게 사랑받은 인간이 바로…….

크시앙유가 거기까지 생각했을 바로 그때, 한줄기 빛이 크시앙유를 꿰뚫었다.

"크억?! 뭐냐?!"

—나의 대전사를 소개하마.

일리어스의 목소리는 엄숙했다.

—그 이름은 라틀란트의 카를 페르디넌트. 네놈이 소멸시키겠다 공언한 제국의 황태자다.

*　　　*　　　*

"감사합니다, 여신님."

제도를 내리쬐는 태양빛을 바라보며, 나는 여신께 감사 인사를 올렸다.

—무얼. 다 나 좋자고 하는 일이다. 이것으로 이 일리어스의 이름은 현 시대 제국인들의 입에 오르내릴 테니.

"물론 제 이름도 그렇겠지요. 감사합니다, 여신님."

—정녕 고맙다면 저놈의 뿔을 가져다 주거라.

두개골이 아니라 뿔을 말씀하시는 부분에서 큰 배려가 느껴진다. 물론 8각급의 악마니만큼 그 뿔의 가치도 결코 떨어지진 않지만 두개골에 비할 바는 아니었다.

"두 개 드리겠습니다."

—세 개.

"네 개 드리겠습니다."

—여기서 조건을 더 올리기에는 내가 염치가 과하게 있구나. 그렇게 계약이 성립되었다. 그럼 이제부터 계약을 이행해야지.

'라플라스.'

—네, 새 주인님.

'5륜급의 짜라스트라계 성법을.'

—알겠습니다.

다운로드는 즉시 이루어졌다. 그리고 나는 반짝이는 컴컴이를 소환시켜 나와 합일시켰다. 원래는 이러면 반짝이가 반짝반짝거려서 시선을 끌었겠지만, 영구 합일로 합해진 컴컴이가 나와 반짝이를 어둠으로 가려주었다.

"준비됐군."

그 준비라는 건 물론 기습 준비였다.

5륜급 짜라스트라계 성법, [마를 꿰뚫어 죽이는 한줄기 빛]!

성법을 발한 순간, 나 자신이 빛이 되었다. 눈 한 번 깜박일 새에 나는 밤하늘 위에 서 있었고, 뒤를 돌아보니 내가 지나온 궤적이 빛으로 반짝였다.

성법의 이름 그대로 나는 악마를 꿰뚫고 온 것이리라. 그 증거로 내 궤적이 악마의 몸에 뚫린 구멍을 통해 이어져 있었다.

—그 이름은 라틀란트의 카를 페르디넌트. 네놈이 소멸시키겠다 공언한 제국의 황태자다.

그 직후, 엄숙한 목소리로 나를 소개하는 일리어스 님의 목소리가 들렸다.

"네놈! 네놈이……!!"

기습에는 성공했으나 그다지 치명적인 일격은 아니었던지, 8각급의 악마 군주 크시앙유는 나를 노려보고 있었다.

이거 곤란한걸. 새로 얻은 가장 강력한 성법으로도 이 정도 결과라니.

그럼 더 세게 때려야겠네.

이제 기습도 끝났으니 더 숨길 필요가 없었다. 나는 일리어스 여신님의 권능을 펼쳤다. 그러자 내 몸이 번쩍번쩍 빛나기 시작했다.

"크악!? 이 빛은?!"

크시앙유가 손을 들어 자신의 눈을 가릴 정도로 밝은 빛이었다. 심지어 내가 생각했던 것보다도 빛의 광량이 훨씬 밝았다.

아무리 지금 제도에 일리어스 여신님의 휘광이 흩뿌려지고 있다지만 이건 좀 심하게 밝은데?

'엇, 여신님? 빛이 너무 밝은데요?'

ㅡ네 덕이란다, 스파타야. 제국 서부 변경 거의 전역에 내 신앙이 뿌리내렸으니, 내 힘이 강해짐에 따라 네게 건넨 권능도 따라서 강해진 거지.

'아, 그런 거군요!'

아무튼 세지면 좋은 거지, 뭘! 나는 더 깊게 생각하지 않기로 하고, 바로 성법을 발동했다. 발동할 성법은 당연히 [마를 꿰뚫어 죽이는 한줄기 빛]!

"크악?!"

크시앙유의 비명 소리가 들렸다. 역시 더 아픈가 보지? 그런 생각을 하며 뒤를 돌아보니 처음 꿰뚫었던 구멍보다 크기가 훨씬 더 큰 구멍이 뚫려 있었다. 당사 대비 5배 정도? 이건 좀 효과적인 것 같았다. 그럼? 한 번 더 써야지.

[마를 꿰뚫어 죽이는 한줄기 빛]!

"크어억?!"

그런데 힘이 아까 전보다 조금이지만 더 세진 것 같다. 이상하다. 잭 제이콥스의 성물에서 뽑아내는 신성력으로 부족해서 내 신성력까지 뽑아 쓰고 있는데, 그럼 내 신성력의 총량도 작아질 테니 아까보다 약해져야 정상이다. 그런데도 더 세질 이유가 있나?

그게 있었다.

ㅡ스파타야, 제도에서 쫓겨난 난민들이 내게 기도를 올리고 있단다. 이러다가 제국 전체의 주신이 되어버리는 게 아닐까 모

르겠구나!

'아, 여신께서 더 강해지셨군요.'

—그렇단다!

좋아하시니 다행이네. 나는 고개를 한 번 끄덕이고는 다시 성법을 발했다.

"크억?!"

한 번 더!

"크우악!!"

또 한 번 더!

"끄악! 그, 그만! 그만해라! 내가 졌다!!"

크시앙유의 항복 선언을 받아냈지만 나는 고개를 저었다. 아무리 제도 난민들에게 신앙을 받았다 한들 쓴 게 있다. 이대로 돌려보내면 적자다. 나와 일리어스 여신님께는 크시앙유의 뿔과 두개골과 심장이 필요했다.

이번에야말로 크시앙유를 완전히 처치하기 위해, 나는 정신을 집중했다. 이번에는 아주 교묘하게 성법을 써볼 생각이었기 때문이었다.

[마를 꿰뚫어 죽이는 한줄기 빛]!

좋아, 제대로 됐다. 나는 크시앙유의 몸에 구멍을 반만 뚫고 안에 머무는 데에 성공했다. 제대로 된 걸 확인하자마자 나는 내 안에서 바로 반짝이는 컴컴이를 꺼내 폭주시키고 나 자신에게는 보호막을 둘렀다.

크시앙유도 내가 뭘 할지 알아채기라도 한 건지 자기 몸에 손을 집어넣고 날 꺼내려고 했지만 반응이 무려 1초나 늦었다.

"반짝아! 자폭!"

그리고 나도 5륜급 성법 하나를 썼다.

[나 자신이 악을 멸하는 태양이 되리]!

몸에서 빛을 발해서 주변의 하급 악마들을 모조리 소멸시키는 일종의 광역기지만, 이걸 악마의 몸속에서 쓰면 어떻게 될까?

정답은 크시앙유가 직접 가르쳐 주었다.

"끄아아아아악! 연쇄… 살마… 인……!!"

뭐라고 저주라도 할 것 같았는데 말도 끝까지 다 못 하고 가셨다. 안타깝게도!

—죽음을 극복하셨습니다.

하지만 그 유산은 내가 거둬서 좋은 곳에 쓸 테니 아마 미련은 남지 않으실 것이다.

"그럼 이제 전리품을 확인해 볼까?"

떠난 사람은 떠난 사람이고 남은 사람은 남은 사람대로 뒷일을 정리해야지.

크시앙유는 여덟 개의 뿔은 물론이고 이빨까지 고스란히 남은 두개골에 아래턱뼈, 등골에 갈비뼈도 여섯 개나 남기고 가셨다. 아, 물론 가장 중요한 심장도 세 개나……. 심장이 세 개? 역시 8각급이나 되는 강력한 악마답다.

나는 흡족하게 웃으며 심장과 뼈를 주섬주섬 주워 모아서 각성창 안에 갈무리했다.

그렇게 전리품을 챙긴 후, 나는 오랜만에 각성창에서 황금

월계관을 꺼내서 머리에 썼다. 월계관의 또 다른 능력을 이용하기 위해서였다.

월계관의 기능을 활성화하자, 황금빛 기운이 서리기 시작했다. 물론 이것은 무적 상태를 부여하는 기능이지만 또 다른 기능이 하나 더 붙어 있었다. 그것은 바로 카리스마를 부여하는 능력이었다.

여덟 개의 뿔이 고스란히 남은 크시앙유의 거대한 두개골을 들어올리고, 나는 큰 목소리로 외쳤다.

"이제 안심하라! 이 라틀란트의 카를 페르디넌트가 제도를 위협한 대악마를 물리쳤다!"

그러자 내 목소리를 듣고 제도 곳곳에 숨어 있던 제도방위군의 병사들이 하나둘 모습을 드러냈다. 대부분은 서로 눈치를 보았지만, 개중에는 이렇게 나오는 병사도 있었다.

"카를 페르디넌트 전하 만세!"

한 명이 그렇게 물꼬를 트자, 다른 병사들도 따라서 외치기 시작했다.

"카를 대공 전하 만세!"

"카를 페르디넌트 대공 전하 만세!"

그렇게 외치며 하나둘 모이던 병사들은 어느새 무리가 되어 있었다.

'이게 진짜 되네?'

—그만큼 새 주인님께서 영웅적인 활약상을 보이셨기 때문입니다.

나는 반신반의했지만, 라플라스의 목소리에는 확신이 있었다.

―물론 새 주인님께서 쓰신 황금월계관도 적지 않은 영향을 미쳤겠습니다만.

―나도, 나도 있단다!

라플라스의 분석에 일리어스 여신님께서 끼어드셨다.

―…여신께서 새 주인님을 직접 소개해 주신 덕도 있긴 있습니다.

―그렇단다! 내 덕도 있단다!

라플라스가 주저주저 덧붙인 말에 여신님께서는 매우 기쁜 듯 말씀하셨다.

하긴 신이 직접 다른 인간들에게 대전사의 이름을 소개한다는 건 이 세계에서도 이례적인 일이긴 하다.

그리고 그 대전사가 신의 힘을 받아 악마를 물리치는 광경은 신성교단의 가장 신실한 신도조차 마음을 돌릴 수 있게 만드는 힘을 갖고 있었다.

내가 그냥 하는 말이 아니라, 정말로 내 밑에 모여 내 이름을 외치며 만세를 부르는 인원 중에는 신성교단의 신관들도 결코 적지 않게 섞여 있었다.

'어쨌든 예상대로 되어서 다행이로군.'

나는 황금빛을 발한 채 내게 모인 군중을 이끌고 황궁으로 향했다.

그런데 황궁의 입구 계단에 프란츠 황제가 서 있었다.

만면에 미소를 지은 채.

나를 따라오던 군중이 황제의 모습을 발견하자 재빨리 그 자리에서 자세를 낮추었다.

나는 일부러 한 타이밍 더 늦게 예를 표하며 외쳤다.

"소자, 카를 페르디넌트가 라틀란트 제국의 지엄한 황제 폐하를 뵈옵니다!"

그러자 프란츠 황제가 크게 웃었다.

나를 따라 여기까지 온 군중들, 그리고 황궁에서 나온 황제를 보위하느라 급히 따라 나온 시위들은 황망함을 감추지 못했다.

바로 며칠 전까지 프란츠 황제는 역적 카를 페르디넌트의 발호를 막기 위해 군대를 소집하고 변경지대의 경계로 보낸 것으로도 모자라 제도의 민간인을 대피시키고 제도 내의 물자를 약탈에 가까운 방식으로 징발하지 않았는가?

그런데 이렇게 크게 웃으며 카를 페르디넌트를 맞이하니 이들 입장에서는 지금 대체 상황이 어떻게 돌아가고 있는 건지 파악하지 못할 만도 했다.

"나의 아들, 라틀란트의 카를 페르디넌트는 서부 변경에서 일어난 환란을 평정하였다."

웃음을 그친 황제는 위엄 있는 목소리로 그렇게 운을 뗐었다.

"이어 황제의 스승을 참칭하고 전횡을 저지른 플라비오 사바티오 유스티오를 참하고, 제도에 나타난 악마마저 패퇴시켰다."

나와 황제만을 제외하고 긴장감이 가득한 분위기 속에서, 황제는 칼집에서 칼을 뽑아 들며 선언했다.

"이에 고대 제국의 율법에 따라 라틀란트의 카를 페르디넌트를 이제부터 제국의 대공으로 인정한다. 이에 서부 변경 또한 더 이상 변경이 아닌 카를 대공의 대공령으로 삼노라."

나는 프란츠 황제의 검을 어깨로 받았다. 황제는 내 어깨를 두드린 검을 납검하더니, 이번에는 나를 일으켜 강하게 안았다. 그리고 나를 자신의 오른편에 서도록 한 뒤, 이렇게 선언했다.

"또한 나의 적장자, 카를 페르디넌트의 생존이 확인되었으니. 그를 황태자로 삼노라."

좌중에 놀라움이 번졌다. 그런 군중들의 반응에, 프란츠 황제는 다시 한번 크게 웃으며 외쳤다.

"제국이여, 기뻐하라! 제국의 혼란은 종식되었고, 죽은 줄 알았던 후계자가 살아 돌아왔으니! 제국은 오늘을 영원토록 기념하겠다!"

그제야 좌중을 감싸고 있던 긴장감이 풀리고, 황궁 앞에 모인 군중들은 환호성을 질렀다.

*　　　*　　　*

일이 이렇게 된 건 당연히 내가 바르하의 반지를 통해 프란츠 황제에게 암시를 걸었기 때문이었다.

건 암시의 내용은 다음과 같았다.

"카를 페르디넌트를 피가 이어진 장자로 인식하시오."

프란츠 황제가 이 암시를 받아들이는 데에는 단 한 방의 펀

치로 족했다. 이 현상이 뜻하는 바는 물론 황제의 의지력이 그만큼 약하다는 의미로도 받아들일 수 있었지만, 오직 그것뿐인 건 아니었다.

황제 또한 이 암시를 믿고 싶다고 생각했기에, 거의 저항하지 않다시피 했다는 의미로도 해석할 수 있었다.

—프란츠 황제라고 유일한 적장자의 몸에 자신의 피가 흐르지 않는다는 진실을 별로 믿고 싶진 않았을 것입니다. 그저 그것이 진실일 수밖에 없기에 믿었던 것뿐이지요.

진실은 잔인한 칼날과도 같아서, 날카로운 줄 알면서도 끌어안을 수밖에 만드는 힘이 있다. 내가 건 암시는 프란츠 황제가 스스로 그 칼날로부터 멀어질 수 있는 핑곗거리를 준 것과 같았다.

라플라스는 그렇게 해석해 주었다. 솔직히 나 좋을 대로의 해석이긴 했다.

하지만 암시가 걸리고 난 황제는 확실히 그 전보다 표정이 좋아 보였다. 아니, 그냥 좋은 정도가 아니다. 나를 바라보면서 푸근하게 웃는 모습을 보니 이게 그동안 나와 대립해 오던 그 황제가 맞는지 의문스러울 정도다.

'단순히 피가 이어졌다는 암시를 거는 것만으로 이렇게까지 사람 태도가 변할 수가 있나?'

—인간님들의 혈통에 대한 집착은 유명하니까요.

아, 네. 인공 정령님의 인간 비판 잘 들었고요.

내가 프란츠 황제로부터 페르디넌트 가문의 반지와 황태자의 관까지 받자, 박수 소리와 환호성이 이어졌다.
그 박수 소리를 들으며 나는 생각했다.
'이제 제도에서 볼일도 끝났군.'
—이제 어디로 향하실 건가요?
라플라스가 화두를 던졌다.
그 질문에 대한 대답은 정해져 있는 것이나 마찬가지였다.
라틀란트의 카를 페르디넌트는 제국의 황태자이나, 나는 김연준이며 트레저 헌터다.
'다음 유적으로 가야지.'
그러니 다음 목적지는 다음 유적일 수밖에 없었다.
늘 그랬듯이.

외전

—

라틀란트의 카를 페르디넌트

세상일은 마음대로 돌아가지 않는다.

솔직히 내가 소릴 내서 이런 말을 하면 그런 양심 없는 소리 좀 하지 말라는 소릴 듣긴 했을 거다.

플라비오를 처치하고 황제와 화해하고 대공령을 정식으로 인정받고 황태자 위에 오르고 신성교단을 실각시키고 일리어스교를 제국 주류 종교로 만들고…….

내 마음대로 한 일이 하나둘이 아니니까.

하지만 이것들 전부 내 마음대로 한 일은 맞지만 내가 원해서 한 일은 아니다. 결과만 내 마음대로 했을 뿐, 원인은 전부 플라비오와 프란츠 황제가 제공한 거니.

정말로 내 마음 가는 대로 행동했다면 내가 이러고 있진 않을 거다. 황제고 제도고 뭐고 다 내팽개치고 바로 다음 유적으로 날라 버리고 말지.

그런데 건수들이 워낙 규모가 커서 책임도 안 지고 그냥 날라 버리는 건 말도 안 됐다.

—그러셔도 됐겠습니다만. 대현자님이셨다면…….

'대현자가 얼마나 책임감 없는 인간인지는 이미 알고 있으니 새삼 강조하지 말아줄래?'

그래서 나는 얼마간 제도에 머무른 채 내가 마무리해야 할 일을 했다.

물론 그중에 가장 중요한 일은 완전무장 하고 전쟁을 할 각오로 제도에 온 나의 기사단을 맞이하는 일이었다.

내가 플라비오와 대치하고 있을 때, 이들은 제국 중앙군과 대치하고 있었다. 물론 나는 이들에게 최대한 시간을 끌고 싸우지 말라고 지시를 내려두었지만 이게 어디 사람 마음대로 되는 일이던가.

그나마 양군이 격돌하기 전에 어떻게 플라비오를 처치하고 상황을 정리할 수 있어서 다행이었다.

프란츠 황제가 보낸 사절과 내가 보낸 심부름꾼이 둘 중 하나라도 딱 하루만 늦었더라면 정말로 제국은 내전 상황이 됐을 가능성이 있었다. 내가 그냥 내 맘대로 유적으로 떠났더라도 그랬을 테고.

'이런 상황을 그냥 내버려 두고 내빼 버리다니, 대현자는 대체 뭘 하는 인간이었던 거지?'

—그야 대현자셨죠.

그건 '뭘 하는 인간이냐'는 질문에 대한 제대로 된 답변은 아닌 것 같았지만, 나는 굳이 재차 답변을 요구하지 않았다. 상세한 대답을 듣는다고 대현자에 대한 평가가 더 나아지지는 않을 것 같았다.

"전하께오서 혼자 떠나실 때에는 걱정을 많이 했습니다만 기우였군요."

여기까지 오는 동안 제도의 상황을 대충이나마 파악하기라도 한 건지, 벨리사리오 경이 다소 허탈한 기색으로 말했다.

"공을 세울 기회를 빼앗아서 미안하군, 경."

"아닙니다. 황제 폐하께오서 전하를 인정해 주신 것만이 그저 다행일 따름입니다."

크, 충신!

이 정도 충성심이면 대공령을 맡기고 날라도 될 것 같다.

그래서 나는 그냥 나르기로 했다.

괜찮아! 이제 제도에 란첼 자작도 들어올 테고 여기 벨리사리오 경도 있으니까 뒷수습은 대충 맡겨도 될 거다!

—몇 분 전에 대현자님에 대해서…….

'원래 사람은 살면서 몇 번쯤은 손바닥을 뒤집게 마련이란다.'

나는 무책임하지 않다. 적어도 대현자급으로 무책임하지는 않다. 대현자와 비교하면 누군들 무책임할까 싶긴 하지만, 아무튼 중요한 건 내가 무책임하지 않다는 거다.

그리하여 나는 남은 일은 수하들에게 맡기고 다음 유적으로 향했다.

* * *

예언자, 플라비오 사바티오 유스티오의 분신은 홀로 대현자의 은신처에 남아 있었다.

예언자에게 맡겨진 임무는 물론 예언이었다.

당연히 예언자로서는 불만이 있을 수밖에 없는 임무였다. 예언을 할 때마다 수명이 깎이는데, 이러한 리스크는 예언자 본인이 받고 그 예언을 독점적으로 공급받는 플라비오에게는 아무런 출혈이 없으니 당연한 불만이었다.

그나마 예언자의 은신처에 남아 있는 연명의 돌이나 엘프의 나무 묘목 덕에 소모한 수명의 일부를 돌려받을 수 있지만, 예언에 소모하는 수명 쪽이 더 크니 어디까지나 작은 위안 정도 이상의 의미가 없었다.

그렇게 열심히 일해도 플1 같은 단순한 이름마저도 받지 못하고 그저 예언자로만 불리니, 아무리 자신이 본체의 도구에 불과한 존재라 하더라도 이건 좀 아니지 않느냐는 생각이 들 만도 한 상황이었다.

그러나 지금 이 순간, 예언자는 그러한 불만을 깔끔하게 털어낸 상태였다.

"내가, 이 내가 바로."

플라비오 본체와 플1을 비롯한 플 넘버즈 전체가 소멸한 지금.

"플라비오 사바티오 유스티오… 다!"

이 긴 이름의 유일무이한 소유자는 그녀일 수밖에 없었기 때문이다.

이제 더 이상 스스로를 예언자라 소개하는 광대 같은 짓을 하지 않아도 된다. 내게도 이름이 있다. 다른 인간에게는 당연한 일이지만, 그 당연함을 지금에야 되찾은 예언자는 행복감에 젖어 늘어져 있었다.

플라비오가 되어버린 탓에 떠안게 된 위험성에 대해 깨닫는 게 약간 늦은 건 그 탓이었다.

"대체 어떤 일이 벌어졌기에 전임 플라비오가 죽게 된 걸까?"

대마법사이자 고위술법사인 플라비오를 죽일 방법은 많지 않다. 상대가 마법사니 암살하면 되겠지, 라고 덤벼든 암살자나 검사를 그 자리에서 때려죽일 만한 힘을 가지고 있거니와, 설령 일격을 허용하더라도 생체시간역행술로 몇 번이고 되살아날 수 있으니.

반대로 말하자면 플라비오를 죽일 방법은 대마법사의 마법을 뚫고 접근해 생체시간역행술을 쓸 수 없을 때까지 몇 번이고 다시 죽이는 수밖에 없다.

그 위업을 해낸 상대는 대체 누구일까?

아니, 누구인지는 그다지 중요하지 않다. 중요한 건 그 상대가 지금 막 플라비오임을 자처한 구 예언자를 적대하지 않을 리 없다는 점, 그리고 자신이 단독으로 상대할 수 없을 정도로 강력한 적이라는 사실이었다.

"…사려야겠군."

마음 같아선 지금 당장 거리로 뛰어나가 옷을 벗고 내가 플라비오다! 내가 플라비오 사바티오 유스티오란 말이다! 이렇게 외치고 돌아다니고 싶은 기분이었지만, 그녀는 일단 참기로 했다.

적어도 대현자의 적이 죽기 전까지는 이 은신처에 몸을 숨긴 채 조용히 시간을 보내는 게 현명한 선택일 듯했다.

다행히 여기엔 수명이 늘릴 수단이 많다. 그러니 수십 년쯤 잠들어 있으면 적도 늙어 죽어 있을 테고 자신의 젊음과 수명도 보존할 수 있을 터.

…라고, 옛 예언자 현 플라비오는 생각했다.

"……?!"

은신처의 문이 열렸다는 신호를 받기 전까지는 그랬다.

이 은신처의 문을 열 수 있는 건 플라비오 사바티오 유스티오의 고유 마력뿐이다. 플라비오나 플라비오의 분신인 플 넘버즈, 그리고 자신이 아닌 이가 고유 마력 패턴을 흉내 내는 것은 불가능하다.

그렇다면 은신처에 찾아온 건 플 넘버즈 생존자인 걸까?

아니다. 그랬다면 먼저 연락을 주었을 것이다. 자신과 플 넘버즈는 모두 정신 네트워크로 연결되어, 언제든 예언의 내용을 전달할 수 있게 되어 있으니까.

하지만 그 외에 이 은신처의 문을 열 수 있는 사람은 없었다. 애초에 대마법사의 마법으로 숨겨진 이 은신처를 찾아낼 수 있을지조차 의문인데…….

자리에 앉아서 생각만 해봐야 답이 나오지는 않을 것이다. 그녀는 벌떡 일어나 옷을 입었다. 달리 볼 사람도 없으니 벌거벗은 채로 있던 까닭이다. 그런데 제대로 옷깃을 다 여미기도 전에 불청객은 그녀가 있는 방에 불쑥 들어왔다.

그녀는 깜짝 놀랐다. 모습을 드러낸 상대의 얼굴은 아는 사람이었던 탓이다.

"플라비오……!"

"그렇다. 내가 플라비오다."

상대는 그녀의 말을 자르고 말했다.

"죽은 줄, 아니, 돌아가신 줄 알았습니다."

"녀석으로부터 모습을 감추기 위해 어쩔 수 없었다."

"녀석이라뇨?"

"카를, 카를 페르디넌트! 그 녀석 말이다!"

"아……!"

왜 그 생각을 못 했을까? 예언자는 무릎을 쳤다.

일주일 동안은 아무런 위협이 없을 거라고 예언을 한 건 예언자 본인이었다. 그런데 그 예언이 틀렸다면 예언을 틀리게 만드는 자가 개입한 게 당연하지 않은가.

"그 간악한 놈, 마법 포식 장치를 쓰더군. 그것도 보통 마법 포식 장치가 아니었다. 내 마력조차 봉인이 되었으니 말이다."

방금 전까지 예언자가 앉아 있던 자리에 털썩 앉은 플라비오는 그렇게 투덜거렸다. 그러한 플라비오를 바라보던 예언자의 얼굴이 파랗게 질렸다.

"…너……! 너는……!!"

예언자의 갑작스러운 태도 변화에 플라비오는 빙긋 웃었다.

"어떻게 알았지?"

"…플라비오 님은 아랫것들에게 변명 따윌 하지 않으신다."

"하여간 오만한 놈이야."

플라비오, 아니, 플라비오의 모습을 취한 상대는 플라비오의 의자에 다리를 꼬며 앉았다. 저렇게 여유로울 수 있는 이유는 따로 있으리라.

하긴 그렇다. 대현자이자 대마법사인 플라비오를 죽였는데 한낱 예언자일 뿐인 자신 앞에서 긴장을 할 이유가 없었다.

"…카를 페르디넌트."

"그래, 나다."

다음 순간, 대현자의 의자에 앉은 인물의 모습은 라틀란트의 카를 페르디넌트가 되어 있었다.

카를의 겉모습은 예언자가 아는 것보다 나이가 많아 보였으나 그건 아무런 의미를 빚지 못했다. 상대는 분명히 용혈각성을 마친 페르디넌트 가문의 정통 후계자였으니.

"날 죽이지 못해 유감이겠군."

예언자의 머리가 팽팽 돌았다. 살아남기 위해서는 무엇을 해야 할지, 그녀는 자신에게 주어진 모든 능력을 동원해 생각했다.

그녀에게는 예언 능력을 제외하면 약간의 최면 능력만이 주어졌을 뿐이다. 마법 능력도 술법 능력도 나눠받지 못한 그녀로선 눈앞의 강적을 상대로 싸워 이길 가능성이 아예 없었다.

'그래, 최면. 최면이다. 최면을 걸어서 이 남자를 내 포로로……!'

예언자의 몸을 가리고 있던 옷이 지면으로 흘러 떨어져 천 특유의 매혹적인 소리를 내었다.

그리고 이어 툭 하는 소리와 함께 뭔가 딱딱한 것이 부딪히는 소리가 났다. 자신의 목이 잘려 떨어진 머리가 지면과 부딪혀 소리라는 것을 예언자가 깨닫기까지는 조금 시간이 걸렸다.

'아아.'

절망이 암막 커튼처럼 그녀의 시야를 뒤덮었다.

그리고 곧 아무것도 생각할 수 없게 되었다.

*　　　*　　　*

나는 알몸 상태로 쓰러지는 예언자를 바라보며 혀를 찼다.

"뭐야, 이 녀석. 옷은 왜 벗은 거야?"

—새 주인님의 정신을 흔들기 위해서죠. 최면을 걸기 위해서는 대상의 정신에 빈틈이 생겨야 하거든요.

"놀라서 베어버렸잖아. 내 참."

이렇게 죽일 생각은 없었다. 어차피 죽일 생각이긴 했지만.

뭐, 그렇다고 이런 결말을 맞이하게 해준 것에 대해 크게 아쉽지는 않았다. 별로 정보를 끌어낼 것도 없었고 고문 따위를 할 생각도 없었으니까.

"이걸로 플라비오는 완전히 끝장난 게 맞지?"

—그렇습니다. 죽음을 극복하셨습니다.

왜냐하면 이걸로 플라비오 사바티오 유스티오의 모든 분신을 처리한 것이 되었으므로.

—설령 이 예언자가 살아 있었더라도 뭔가 대단한 걸 할 수 있으리라고는 생각하기 힘들지만요.

"썩어도 예언자잖아."

—썩으면 예언을 못 하니까요.

"말은 잘해요."

나는 라플라스의 헛소리에 대충 대꾸해 주며 플라비오의 은신처를 뒤적거렸다. 여기도 유적을 기반으로 만든 건지 탐사일지가 생성된 탓이다.

"연명의 돌만 몇 개야? 오래 살려고 별짓을 다 했군."

플라비오의 자리 주변을 거의 둘러싸다시피 배치된 연명의 돌과 엘프의 나무 묘목을 보며 나는 혀를 내둘렀다. 뭐 이게 다 점수니 내겐 좋은 일이다.

나는 쓰러진 예언자의 시체를 흘끔 보았다. 아니나 다를까, 마법이 풀려 인형의 모습으로 돌아와 있었다.

"이것도 유물 취급을 해주려나?"

—저로선 알 길이 없군요. 유물감지를 켜보시면 되지 않을까요?

아, 그런 방법이 있었군. 나는 바로 유물감지를 켜보았다.

"아니네."

—그럴 만도 하죠.

하긴 유물이라고 하기엔 그다지 오래되지 않았다. 아직 따끈따끈하기도 하고.

"일단 넣어두자."

이 목 잘린 분신용 인형이 유물이 아니더라도 챙겨 갈 이유는 있었다.

플라비오는 7마급의 마법사로 고작 4마급인 나보다 훨씬 고명한 마법사다. 특히 동시에 분신을 몇 개체나 부릴 정도로 분신마법에 일가견이 있는 마법사이기도 했고.

이 인형만 살펴봐도 꽤 많은 성취를 얻을 수 있으리라 기대할 수 있었다.

플라비오의 은신처 탐사에 그리 많은 시간을 들일 필요는 없었다. 애초에 플라비오는 여기서 잠만 잔 건지 별로 넓지도 않았고, 딱히 뭔가 대단한 물건을 숨겨두지도 않았으므로.

보물 창고는 따로 있으려나? 만약 있다면 그 정보도 라플라스가 따로 팔겠지? 나는 그런 생각을 하면서 은신처에서 나왔다.

생각을 하면서도 라플라스에게 바로 묻지 않은 건, 당장 해야 할 일이 아직 널려 있었기 때문이었다.

지금 내가 있는 곳은 고대 제국의 수도였던 폴른 시티였다. 플라비오는 폴른 시티의 지하 수로 중 일부를 개조해서 자기 은신처를 만들어두었다. 온갖 저주가 깔리고 원혼이 나돌아다니는 바람에 아무도 접근하지 못하는 이 폐허의 특성상 아주 괜찮은 입지였으리라.

그리고 이 입지는 플라비오뿐만 아니라 내게도 아주 좋았다.

사방이 다 유적이오, 유물이었다.

"하하, 예언자 목 따러 온 거였는데……."

일석이조, 일타쌍피.

오늘의 내게 딱 어울리는 사자성어였다.

"여기서 탐사 점수를 아주 그득그득 쟁여 가겠군."

이 영락한 도시의 탐사는 하루 이틀로 끝날 일이 아니었다. 적어도 몇 개월은 여기다 투자해야 할 것만 같았다.

하지만 문제없다. 내 각성창 안에는 그 정도 시간은 능히 버틸 수 있는 보급품이 쟁여져 있었으니.

설령 조금 모자라더라도 지글이가 있다. 식수가 모자라면 뭐, 물의 정령이라도 소환하든지 하면 되고.

"자, 앞으로 할 일이 많아!"

—저, 조금 두근두근거려요.

라플라스는 의외의 말을 던졌다.

"응? 네가 왜?"

—이 도시에 대해서 설명해 드려야 할 게 아주 많거든요!

아, 그러시구나.

뭐, 작업 중에 라디오 듣는 느낌으로 틀어놔도 나쁘지 않으리라.

"좋아, 탐사를 시작해 볼까!"

—네, 설명을 시작하겠습니다!

아니, 벌써?

솔직히 말한다.

나는 실컷 놀았다.

폴른 시티는 내게 아주 흥미로운 놀이터나 다름없었다. 온갖 위험으로 가득 찼지만 그 위험을 충분히 감수할 정도로 보물들이 가득한 놀이터.

나는 이 도시에서만 3개월을 놀았다.

아무리 그래도 탐사에만 3개월을 써먹은 건 아니다. 발굴한 유물을 복원하고 그 유물의 능력을 시험한답시고 또 시간을 잡아먹고 등등……. 어쨌든 나 좋은 일 하느라 바빴다.

한참 나중에 다시 떠올리더라도 내 인생에서 손꼽을 정도로 아주 충실한 3개월이었다.

그러나 이 즐거움 뒤에 이런 책임이 뒤따를 줄은 꿈에도 몰랐다.

책임이랄까, 업보랄까.

나는 앞으로, 즐거웠던 만큼 후회하게 될 터였다.

* * *

거창하게 운을 뗐지만 사실 별일 아니었다.

문제는 다른 사람에게나 별일이 아닐 뿐, 내게는 큰일이라는 점이었다.

내가 폴른 시티를 씹고 뜯고 맛보고 마음껏 즐긴 후, 임시로 대공령의 중심 도시 역할을 하고 있는 시티 오브 툴루에 돌아왔을 때의 일이었다.

그때 내가 본 광경은 지금도 눈에 박혀 잊히질 않는다.

아직 결혼식도 치르지 않은 나의 두 아내가 각자 가슴에 포대기 하나씩을 안고 있는 광경.

그렇다.

나는 나 혼자만의 유흥에 몰두한 나머지 내 아이가 태어나는 순간도 지켜보지 못한 것이었다.

*　　　*　　　*

"으아악! …헉! 헉, 헉!!"

나는 몸을 벌떡 일으켰다. 주위는 어두웠고 조용했다.

"…후… 꿈이었나."

아주 긴 악몽을 꾼 것만 같았다.

사실 아이가 태어난 꿈이니 이걸 악몽이라고 하면 안 되지만, 꿈속의 내가 워낙 큰 잘못을 저지른 터라 두려움과 충격에 휩싸이지 않을 수 없었다.

그때, 옆에서 부스스 몸을 일으키는 존재가 있었다. 아주 작고 따끈하며 연약한 존재.

"…아빠?"

그 존재의 정체는 바로 내 딸, 앨리스였다.

꿈이었으면 좋았을 텐데.

내가 애 태어날 때 애 엄마 곁에 없었다는 건 악몽이 아니었다. 어디까지나 현실이었다.

이걸로 어제도 볶이고 오늘도 볶일 거고 내일도 볶이겠지. 아주 평생 볶일 터였다.

나는 암담한 현실에서 눈을 돌리고 아직 졸린 눈으로 나를 올려다보고 있는 딸의 이마에 뽀뽀를 해주었다.

"그래, 앨리스. 좀 더 자거라."

"…응……."

앨리스는 풀썩 쓰러져 다시 곧 잠들었다. 애가 왜 이렇게 다이나믹하게 잠들지? 간 떨어지는 줄 알았네.

하는 김에 반대쪽에서 자고 있는 아들, 헨리의 이마에도 뽀뽀를 해줬다. 아빠가 악몽 꾸고 일어나든 말든 흔들리지 않고 자신의 수면을 이어나가는 뚝심에는 찬사를 금할 수 없다. 역시 내 아들이야.

애들 엄마는 어디 가고 내가 애들 데리고 자고 있냐는 질문에는 아주 간단한 대답을 돌려줄 수 있다.

열 명 더 있다.

애가!

결혼한 지 10년도 안 됐는데 벌써 애가 12명이라니. 이게 가능한 건가? 아니, 사람이 애를 낳았으면 산후조리나 뭐 그런 거라도 해야 하지 않나?

이런 상식은 통하지 않는다. 물리법칙을 초월하는 성법의 힘은 막 아이를 낳은 임산부도 완전히 회복시켜 주는 힘을 발휘했고, 따라서 나는 성법을 쓰자마자 그 자리에서 애 엄마들에게 잡아먹히는 신세가 되었다.

그래, 뭐 나도 싫지는 않았다. 신세니 뭐니 늘어놔도 내가 진짜 싫었으면 도망쳤겠지.

하지만 애가 당장 열둘이다 보니 책임이 무겁다.

물론 육아는 시녀들이 많이 도와준다. 그러나 나의 두 아내, 엘리사 바르하와 가니메디아는 육아를 시녀들에게만 다 떠넘길 성격이 못 됐다.

그렇다고 내가 감히 두 아내의 육아를 두고 사서 고생한다고 말할 수는 없다. 그랬다간 죽을 수도 있다. 나는 죽음이 두렵다. 죽고 싶지 않아!

그나마 좀 큰 앨리스나 헨리는 이제 혼자서도 잘 자지만, 딱 애들만 태어날 때 내가 못 봤다는 점 때문에 계속 눈에 밟혀서 내가 데리고 자는 거였다.

애들 엄마들은 애들 버릇 나빠진다고 별로 좋은 소릴 하진 않지만 눈으론 웃는 게 보였다. 그나마 애들 데리고 자서 내가 덜 볶이는 거였다.

고맙다, 애들아. 너희가 내 생명의 은인이야.

나는 잠든 앨리스와 헨리의 머리를 한 번씩 쓸어주고 침실에서 나왔다.

응? 이 밤에 어딜 가느냐고?

물론 침실이다.

침실에서 나와서 침실로 향하는 이유가 뭐냐고?

대답하고 싶지 않다.

다만… 또 열 달이 지나면 나는 열네 명의 아이를 가진 아버지가 되겠지.

—그래도… 행복하시죠?

라플라스의 목소리가 들렸다.

그 목소리를 들으며 나는 미소 지었다.

"선 넘지 마라."

*　　　*　　　*

"아들아."

프란츠 황제가 나를 불렀다.

내 대공위를 인정하고 싶지 않아 내전까지 불사하려던 양반이 하는 소리치고는 지나치게 친근한 호칭이었으나 50년쯤 지났으니 이제 익숙해질 때도 되었다.

"예, 아버지."

나도 아버지라 대답하는 게 꽤나 익숙해졌다. 세월의 힘이 이렇게 무섭다.

폐하니 뭐니 복잡한 예식을 다 집어치운 걸 보면 알 수 있듯이 여긴 사석이었다. 프란츠 황제의 품에는 갓난쟁이가 한 명 안겨 있었는데, 아이의 정체는 내 손자이자 황제의 증손자인 유스프였다.

그렇다. 세월이 흘렀다. 유수와 같다더니 그보다 더 빠른 느낌이다.

유스프는 증조할아버지의 주름진 손가락을 오물오물 빨고 있었다. 처음엔 질색하던 황제도 어느새 익숙해진 건지 아니면 그냥 체념한 건지 증손자가 자신의 손가락을 빨도록 내버려 두고 있었다.

"내가 언제까지 황제를 해야 되겠냐?"

"살아 계신 동안 계속 황제 하셔야죠."

나는 당연한 대답을 했다. 그러자 증손자를 내려다보고 있던 황제의 시선이 내게 향했다.

"그럼 넌?"

"전 안 해도 됩니다."

"하기 싫은 거겠지."

눈치도 빠르셔라.

프란츠 황제 말대로 나는 황제를 할 생각이 없었다. 그래서 나 대신 황제를 해줄 현재로선 유일무이하다시피 한 고급 인재인 프란츠 황제의 옥좌와 침실에다 황제 몰래 연명의 돌을 몇 개 갖다 박아두었다.

그러니까 주름이 좀 지긴 했지만 백 살 가까이 된 노인이 이 정도로 정정한 건 내 덕인 셈이다.

아니, 내 탓인가.

솔직히 프란츠 황제가 처음부터 좋은 황제는 아니었다. 용혈 각성을 못 했다는 것으로 인한 콤플렉스 때문인지 너무 과하게 자기 위엄을 챙겼다. 가장 큰 실수이자 과오였던 서부 변경 초토화 작전만 봐도 황제 개인의 자존심 때문에 생긴 일이니 말 다 했지.

그걸 내가 좋은 황제로 만들었다.

거의 억지로 만든 거나 마찬가지였다.

처음 취한 조치는 다운로드를 통해 황제에게 필요한 정보와 지식을 주입시키는 것이었다. 그런데 이 황제는 알면서도 모르는 척을 하더라? 정확히는 그 정보와 지식을 자신에게 유리한 쪽으로 자기 멋대로 왜곡시켜서 써먹고 있었다.

나는 빡친 나머지 황제의 뒤통수를 몇 번 더 후렸다. 물론 그냥 때렸다는 게 아니라 [바르하의 반지]의 힘을 빌렸다는 의미다.

그제야 좀 프란츠 황제는 좋은 황제 소릴 듣기 시작했다. 자기 사재를 털어서까지 정책을 추진하자 밑바닥을 쳤던 평가도 다시 오르기 시작했고.

근데 저 사재가 다 국고를 긁어내서 만든 내탕금이었으니 사실 칭찬받을 일도 아니다. 그 뭐냐, 나쁜 남자가 어쩌다 딱 한 번만 좋은 일을 했는데도 그걸로 평판이 확 뒤집히는 그런 효과이려나?

다행히 프란츠 황제는 좋은 일 한 번으로 끝내지 않았다. 무려 지난 50년간 프란츠 황제는 정말 열심히 일했다. 사적으로 놀 시간도 없애고 잠도 아껴가며 제국의 발전을 위해 진력했다.

하지만 지나치게 진력한 나머지 번아웃 증후군에라도 걸린 건지, 프란츠 황제는 진심으로 슬슬 황제를 그만두고 싶어 하는 기색이었다.

그렇다고 황제의 뒤통수를 후리자니 그러는 것도 한창 젊었을 때의 일이다. 50년이나 엮이며 꽤 친해진 지금 또 통수를 후리긴 좀 그렇지 않은가?

"아니, 황제 폐하! 라틀란트 제국을 고대 제국처럼 진짜 제국으로 만들겠다던 그 야망은 대체 어디로 간 겁니까?!"

그래서 나는 프란츠 황제의 의욕을 불러일으키기 위해 입을 털어보기로 했다. 그러나 황제는 내 말을 듣고도 불퉁한 기색이었다.

"그건 네가 황제가 되면 자연히 이뤄질 일이 아니더냐?"

"아……."

하긴 그건 또 그렇다.

현 라틀란트 제국은 사실상 진짜 제국이 된 거나 다름없었다.

서부 변경이 내 이름 아래 평정되고 남부 변경도 나와 엘리사, 그리고 가니메디아와의 결혼 동맹을 통해 대공령에 편입되었다.

나의 기사단들이 북방 엘프와 북방 드워프의 땅을 평정하며 동시에 북방 변경 도시들의 충성 맹세도 같이 받아 제국의 직할지로 만들었으며, 마지막으로 남은 동부 변경 도시들은 스스로 직인을 들어다 바쳤다.

이제 내가 황제가 되어 대공령과 제국 중앙을 합치기만 하면 제국은 고대 제국 시절의 영토와 영향력을 되찾는 셈이 되는 거다.

프란츠 황제 이 양반은 자기가 살아서 그 광경을 보고 싶은 모양이었다. 그러니 내게 황제 자리를 넘기고 싶어 안달이 난 거지.

하지만 라플라스의 계산에 따르면 프란츠 황제의 수명은 앞으로 20년이나 남았다. 물론 연명의 돌 덕이다. 그 세월 동안은 황제가 황제 자리를 맡아줘야 내가 덜 피곤하다.

"그냥 20년만 더 하세요."

그래서 솔직하게 말했더니 프란츠 황제는 버럭 화를 냈다.

"그 세월이면 유스프가 스무 살이다, 이놈아!"

어, 그러네.

그런데 지구의 조선이라는 나라에서 이런 일이 있었다.

늙은 황희 정승이 세종대왕께 사직을 청했을 때의 일이다. 그러한 황희의 말에 세종대왕은 이렇게 대답하셨다.

허나 윤허하지 아니했다.

아이구, 잘하면 우리 황제 폐하 고손까지 보시겠네. 하하하.

* * *

20년이 흘렀다.

나는 약속한 대로 프란츠 황제의 황위를 물려 그에게

고대 제국의 영역을 모두 회복한 라틀란트 제국 습을 보여

주었다.

상황이 된 프란츠는 어린애처럼 기뻐했다.

그래서 나는 덤으로 고조손의 모습도 보여주었다. 이건 조금 질색하더라.

황제 자리를 내려놓은 후 프란츠가 가장 먼저 한 일은 제국 일주 여행을 떠나는 것이었다. 진정한 제국이 된 라틀란트 제국의 모습을 직접 두 눈으로 목격하고 싶다나.

황제가 된 후 한 번도 제도를 떠나보지 않은 프란츠에게 있어선 일생 최초의 비행이었다. 그리고 아마도 최후의 것이 되기도 하리라.

아마 본인도 살아서 제도로 돌아오지는 못할 거라고 직감하고 있겠지. 물론 내가 숙청을 하겠다거나 이런 흉흉한 이유는 아니다.

단순히 수명 문제다.

아무리 연명의 돌이라도 한계는 있다. 떠나는 프란츠의 옷소매에 작은 연명의 돌을 하나 넣어놓긴 했지만, 기껏해야 제국 국경을 한 번 쭉 돌 시간을 벌어줄 뿐이리라.

"축복을."

우리의 첫 만남은 솔직히 별로 안 좋았지만, 70년 이상 정치 반자가 되고 보니 진짜 아버지처럼 느껴지기도 했다.

서 나는 진심으로 프란츠에게 축복을 했다.

낙 지은 죄가 많아 천국에는 들지 못하겠지만, 죽기 전까지 도 평안하기를.

물론 일리어스 여신교의 대전사인 내 축복은 실제로 효과를 발휘해, 그가 여행을 끝내는 그날까지 적어도 병에 걸리거나 지치는 일은 없을 것이다.

*　　　　*　　　　*

잠깐 황제가 된 나는 프란츠 황제가 제도를 떠나자마자 황위를 내려놓았다. 이 정도면 그냥 이름만 올린 수준이다.

"내 나이가 80이 넘었는데 황제가 되어봤자 무슨 의미가 있겠니?"

맏아들 헨리를 불러 이런 내 뜻을 전했더니 이런 되물음이 되돌아왔다.

"아니… 아버지, 아직 정정하시잖아요?"

"그건 그래."

헨리의 말에 나는 고개를 끄덕였다.

헨리 녀석도 어느새 60을 넘겼다. 그런데 헨리가 나보다 더 늙어 보이니 참 세월의 흐름이 가혹하다.

—그게 다 연명의 돌 덕이죠.

그랬다. 막상 나이를 먹고 나니 늙기 싫어서, 나는 연명의 돌 다섯 개를 임의의 보물에 카피해서 박아두었다. 그랬더니 사람이 영 늙질 않았다. 그 덕에 나는 아직도 20대 초중반의 외모를 간직하고 있었다.

그리고 그건 엘리사나 가니메디아도 마찬가지였다.

엘리사야 드래곤의 피가 섞였으니 그렇다 치지만 가니메디아는 무슨 수를 쓴 거지? 물론 우리 거처에다 엘프 나무를 옮겨 심어놓긴 했지만 그래도 하나도 안 늙는 게 좀 신기하다.

늙지 않은 건 외모만이 아니었다. 육체 나이도 마찬가지였다. 나는 물론, 두 아내도 여전히 정정했다. 아이들 스물을 낳은 직후 첫째와 막내의 나이가 열 살 차이 나는 걸 보고 충격을 받아서 더 이상 낳지 말자고 안 했으면 지금쯤 직계 혈손의 수가 수백 명은 됐겠다 싶다.

"그럼 황위는 어쩌실 겁니까?"

헨리의 다소 성급한 질문이 내 상념을 끊었다. 저러는 걸 보니 어쩌면 자기가 황제 자리에 앉을 수 있다고 생각하는지도 모를 일이다.

잠깐 생각한 나는 헨리에게 말했다.

"애들 다 불러오렴."

*　　　　*　　　　*

나는 스무 명이나 되는 내 아들딸에게 제국을 조각조각 찢어서 물려줄 생각은 추호도 없었다. 그렇다고 단 한 명에게 황제 자리를 물려주고 다른 아이들을 숙청시킬 생각도 없었다.

마음 같아서는 전문경영인을 고용해서 제국 경영을 모조리 떠넘기고 싶지만 황제 자리가 거치적거린다고 느끼는 건 제국에서 딱 나 하나인 것 같았다.

헨리를 비롯한 아이들에게는 야망이 있었다. 내가 버티고 있어선지 아직까지 서로 칼부림을 하진 않지만, 이러다 서로서로 의좋게 독약과 암살자를 보내는 일이 없을 거라는 보장을 못 하겠더라.

그래서 아이들을 불러 의논한 끝에, 제국 운영을 최고회의라는 기관에 맡기기로 하고 그 회의의 구성원을 아이들로 채웠다.

일단 초대의장을 헨리에게 맡기고 의장의 임기를 5년으로 제한시키고 다음부터는 의장을 회의의 선거로 뽑도록 했다.

아무리 그래도 비전문가에게 제국의 운명을 떠넘기긴 좀 그래서 아이들에게 제국 경영에 필요한 기본적인 지식과 기술을 다운로드 시켜 두었으니, 적어도 내가 살아 있는 동안에는 이상한 판단으로 제국을 말아먹진 않겠지.

자기가 황제가 못 된다면 다른 아이들도 다 못 하게 만들겠다는 독기에 차 있던 아이들은 이로써 목적을 달성했다.

솔직히 아이들 각자의 만족도는 40% 정도밖에 안 되어 보이지만, 그래도 누가 격분해서 다른 누굴 죽이려 들지 않는다는 점에서 내 만족도는 100%였다.

이렇게 후계 문제를 해결한 나는 상황의 신분이 되어 뒷방으로 물러나 다시 아내들과 오순도순 노후를 보내기로 했다.

잘됐네, 잘됐어!

* * *

나의 아내, 엘리사 바르하가 죽었다.

향년 532세.

살 만큼 살았다는 표현조차 어색해질 정도로 장수했다.

뭐, 드래곤치고는 별로 장수한 편이 아니라지만 엘리사는 드래곤이 아니니까. 하프조차 아닌, 격세유전으로 드래곤의 형질이 좀 강하게 발현한 게 전부인 것치고는 상당히 장수했다.

하지만 아무리 그렇게 객관적인 정보를 들이밀어도 보내는 입장에서는 아쉬운 건 매한가지였다. 정작 본인은 자신이 가니메디아보다 200년을 더 살며 나를 독점한 것에 매우 만족한 모양이었지만.

엘리사의 장례식은 조촐하게 이뤄졌다. 가족장이었다. 상주도 나, 문상객도 나 하나. 이제는 우리와 직접적으로 피가 이어진 혈족도 없으니 당연한 일이었다.

작년에 엘리사가 갑자기 무슨 변덕이 들었는지 애 하나를 낳아줄까 물었었는데, 아마 이 광경을 예상해서 한 제의였으리라.

나는 왜 그 제의를 거절했을까?

사실 잘 기억나지도 않는다. 아마 별것 아닌 이유였겠지. 그랬으리라.

우리가 칩거한 지도 이미 수백 년이 지났다. 우리는 역사 속의 인물이었다. 지금의 라틀란트는 제국조차 아니었고, 지금 태어나 자라는 아이들은 제국보다는 그냥 라틀란트라는 단어에 더 익숙했다.

그런데 황제라는 직위가 사라진 지 오래인 지금, 마지막으로 황제 자리에서 물러난 지 지나치게 오래되어 이제는 역사책에서나 나올까 말까 한 상황의 부인이 죽었다며 국가장을 치르는 것도 이상한 일이다.

사실 국가로부터 해주겠다는 제안 자체는 받았지만 엘리사가 거부했다. 나는 좀 생각이 있었지만 당사자인 엘리사가 거부했으니 어쩔 수 없지.

홀로 조용히 장례식을 마친 후, 나는 하늘을 향해 말했다.

"그럼 일리어스 님, 엘리사를 잘 부탁드립니다."

일리어스 님께서는 500년 가까이 라틀란트의 주신으로 군림하시면서 신으로서의 힘도 대단히 커지셨다. 그래서 결국 일리어스 님 전용의 사후 세계까지 창조하시기에 이르렀다. 여신님을 믿는 신도에 한해 오를 수 있는 천국인 셈이다.

먼저 올라간 가니메디아의 평에 의하면, 특히 고기가 맛있다고 한다.

뭐야, 천국 맞네.

아무튼 그래서 적어도 일리어스교의 신도에 한해 죽음은 영원한 헤어짐이 아니다. 외로워할 것도, 궁상을 떨 것도 없다. 얼굴 보고 싶으면 일리어스 님께 면회를 요청하면 된다.

면회에는 물론 적지 않은 신성력이 들지만, 이제는 남는 신성력을 광휘석으로 만들 정도인 내게는 엄청나게까지 부담이 되지는 않는 일이었다.

—맡겨두렴.

일리어스 여신님의 말씀에 나는 안도의 한숨을 내쉬었다.

아주 간혹 천국으로의 입장이 거절되는 신도도 있다고 했다. 그리고 사실 엘리사는 별로 신실한 신도라 할 수 없었다. 죽기 1년 전에나 간신히 기도를 간간히 하는 모습을 보였으니……. 그럼에도 불구하고 천국에 오르는 게 확정되었으니, 이제야 한숨 덜 수 있겠다.

—그런데 넌 언제 올라올 거니?

"죽으면요."

—언제나 똑같은 말만 반복하는구나.

언제나 똑같은 질문만 하시니까요?

*　　　*　　　*

라틀란트의 황금기는 끝나고, 나라 곳곳에서는 황혼이 도래하고 있었다.

"최고회의는 썩었소!"

어두컴컴한 지하실. 촛불 하나만 켜 서로의 얼굴이 보이지 않는 상태에서 누군가의 목소리가 촛불의 불꽃을 흔들었다.

"회의는 두 패로 갈려 지지부진한 싸움만을 이어가고 있지."

누군가의 침착한 목소리가 방금 전의 노호성에 동조했다.

틀린 말은 아니었다. 최고회의는 스무 명으로 이뤄져 있었고, 그들 중 열 명은 가니메디아파, 다른 열 명은 바르하파로 갈려 있었다.

황금기 시절의 최고회의는 회의를 통해 나라를 올바른 방향으로 이끌었지만, 현재의 최고회의는 상대의 제안에는 무조건 반대하고 자기네 파벌의 제안에는 무조건 찬성하는 거수기들의 모임이 되어 있었다.

이러니 뭐 하나 제대로 결정될 리가 없었다. 일단 최고회의까지 올라간 안건은 무기한 대기가 기본이었다. 그나마 최근에 통과된 것이 최고회의의 급여 상승안이었다.

최고회의의 의석 배분 방식도 문제였다. 이 의석은 그저 혈통으로 물려받는 식으로 되어 있어서, 새로운 피가 수혈된다는 건 기대할 수 없었다. 가니메디아파와 바르카파의 의석에 변동이 있을 일이 없다는 뜻이었다.

"우리에게는 강력한 통치자가 필요하오! 우리의 뜻을 모으고 이끌어줄… 강력한 지도자!"

이런 상황이 100년 가까이 계속되다 보니, 라틀란트인들은 자연히 그들 스스로가 이렇게 바라게 되었다. 단 한 명의 초인이 와서 모든 걸 바꿔 버렸으면 좋겠다! 고 말이다.

"그렇소. 우리에게 필요한 건 황제요!"

그 결론은 황제 체제로의 회귀였다.

라틀란트가 제국이 아니게 된 지 500년만의 일이었다.

*　　　*　　　*

여기는 서부 변경, 시티 오브 툴루의 작은 술집이었다.

엘리사 바르하의 사망 이후, 나는 칩거를 접고 담당자들에게는 더 이상의 예산과 인원 배치는 필요 없다는 편지 한 장을 남긴 채 황궁의 비처에서 나왔다. 프란츠 황제가 그랬던 것처럼 죽기 전에 한 번 라틀란트의 변경을 돌아볼 참이었다.

그런데 조용히 술을 마시고 있는 내게 누군가가 찾아와 이런 소릴 하더라.

"그래서 나더러 황제가 되라고?"

뭔가 긴 일장 연설이 있었지만 결론은 이거였다.

"그렇습니다, 카를 페르디넌트 선황 폐하!"

골치가 아프다.

세월이 많이 흘러서 이미 카를 페르디넌트라는 이름은 잊혔겠지, 라고 미리 넘겨짚고 그냥 이름을 그대로 쓴 게 화근이었다.

아니, 난 내 이름이 역사서에 올라가 있을 거라고는 생각 못했지.

게다가 초대 최고회의 멤버들인 애들이 국법으로 카를이라는 이름은 피휘 해서 나 외의 다른 사람이 쓸 수 없게 만들어 놨었다. 더 문제는 이걸 내게 비밀로 했다는 점이었다. 몰래 효도라도 할 셈이었을까?

페르디넌트라는 가문명도 마찬가지였다. 이제 황제제도 폐기했으니 그냥 써도 되지 않을까? 했지만 500년이나 지난 지금 황제파라는 애들이 페르디넌트 가문을 물고 빨고 있을지 몰랐다.

전 아무것도 몰랐어요!

더 황당한 건 최고회의 애들이 가니메디아파? 바르하파? 이렇게 나뉘어서 투닥거리고 있다는 거였다. 이것들이 남의 마누라 이름이랑 성을 파벌 이름으로 삼아? 처음 들었을 땐 화가 났지만 곧 이게 내 업보라는 걸 깨달을 수 있었다.

최초의 최고회의를 구성했던 아이들 중 열 명은 엘리사 바르하의 배에서 나왔고 열 명은 가니메디아의 배에서 나왔다. 그리고 걔네들이 고스란히 아들딸에게 자리를 물려줬으니 이 구도가 바뀔 리가 없었다.

더욱이 내가 칩거를 선택한 후 손주 아래로는 지식과 정보의 다운로드도 안 시켜놨으니……. 애들이 알아서 교육을 잘했겠지, 라고 생각했지만 그런 거 없었다. 정확히는 대를 이어나가는 과정에서 바스러져 나갔으리라.

세월의 흐름이 이렇게도 잔혹하다.

"하… 아……."

나는 웃으려고 했지만 실제로 나온 건 한숨이었다.

'라플라스, 이럴 땐 어떻게 해야 돼?'

—저도 모릅니다.

'엥? 네가 이걸 모른다고?'

—대현자님께서는 지금 시대까지 살아 계신 적이 없으니까요. 데이터가 없습니다.

'엥? 왜?'

—100년쯤 살면 지겹다고 자살하셨었거든요. 123년이 최고 기록이었습니다.

그 양반도 참……. 하도 죽다 보니 죽음이 가벼워졌나? 난

500년 넘게 살고도 아직 죽기 싫은데.

아무튼 라플라스의 도움을 얻을 수 없는 영역이다 보니 이건 내가 알아서 해야 했다. 일이 이렇게 된 것에 내 책임도 없으니 나 몰라라 하기도 그렇고……. 이걸 어쩐다?

—새 주인님께서는 책임감이 있으시군요.

'그러지 좀 마라. 내 양심 자극하는 거야?'

—물론 아닙니다.

사실 일을 해결하는 건 간단하다. 최고회의에 침입해서 애들을 교육시키면 된다. 그럼 또 한 100년쯤은 버티겠지. 그런데 이걸 100년마다 반복한다? 난 그렇겐 못 한다. 내가 100년 후에 살아 있을지도 잘 모르겠고, 무엇보다 나 자신이 이 짓을 계속하기 싫다.

그럼 어떻게 하면 되나?

"한 명 더 추가해야겠다."

"예?"

"최고회의에 한 명 더 추가하면 되겠지."

그럼 21명이 되니 10명씩 편 갈라서 싸우느라 법안이 계류되는 일도 없겠지.

"오오, 그러면 황제 폐하께오서……."

"그 황제 폐하라는 말 좀 집어치워."

얼굴이 화끈화끈하다. 왜 부끄러운지 모르겠는데 이상하게 부끄럽다.

문제는 최고회의에게 내 의견을 전달한다고 걔들이 내 말을 들을까? 하는 점이다. 아무리 내가 카를 페르디넌트라지만 내게는 아무런 실제적 권한이 없다.

그럼 어떻게 하면 될까?

답은 의외로 간단했다.

말을 안 들으면 듣게 하면 됐다.

* * *

"이 카를 페르디넌트가 일리어스 여신님의 대전사로서 여신님의 뜻을 너희에게 전한다!"

사실 여신님의 뜻이 아니라 내 뜻이지만 여신님께서도 내 뜻에 동의해 주셨으니 거짓말은 아니다. 남부대륙 사막 너머에 사는 블루 드래곤 꼬리 고기를 바치겠다고 하자 금방 동의해 주셨다.

뇌물 아니냐고?

맞다.

하지만 꼬리 고기는 참을 수 없지.

이거 곰탕 만들어서 먹으면 사람 하나 죽인다. 농담 아니라 진짜 죽는다. 꼬리샘 쪽에 맹독이 있어서. 그런데 그걸 감수하고 먹을 정도로 맛있다.

아무튼 나는 계속해서 말했다.

"최고회의의 의장은 최고회의 내부에서 뽑히는 게 아니라, 라틀란트 신민의 뜻을 모아 신민들 중 단 한 명을 선출하여 그를 의장으로 정한다! 이상 전달 끝!"

딱히 떠오르는 방법이 없어서 옛 지구의 방식을 응용해 보기로 했다. 단점도 많지만 무난하다는 게 강점이다. 무난하면 됐지, 뭐. 황제제로의 회귀보다는 훨씬 낫다.

물론 최고회의의 아이들은 반발했다. 반발했으나, 여신님의 뜻을 거부했다가 잘못하면 천국에 가지 못하게 될지도 모른다는 공포심이 그걸 억눌렀다.

솔직히 치사한 방법이지. 자주 쓰면 안 되는 방법이다. 그래도 500년에 한 번쯤은 괜찮지 않을까? 나는 그렇게 스스로를 속였다.

아무튼 생각보다 손이 덜 가는 방법으로 잘 처리한 것 같아서 나는 마음을 놨다.

그게 잘못이었다.

왜냐하면 라틀란트 최고회의 초대 선출의장은 카를 페르디넌트, 바로 나였기 때문이다.

어?

*　　　　*　　　　*

"하아… 블루 드래곤 꼬리곰탕 먹고 죽고 싶다……."

아직 죽기 싫다는 말을 한 지 1년도 안 되서 그 말을 번복하게 될 줄은 나도 몰랐다.

어지간한 일들은 최고회의에 다 떠넘기려고 했는데 그게 안 되더라. 아니, 최고회의가 이렇게 답이 없는지 나도 몰랐지. 각 가문의 가주라는 양반들이 애새끼들처럼 떼를 써가며 싸우는데 나더러 뭐 어쩌라고.

내가 이 자리에 앉아 있는 것도 골치지만, 나 아닌 다른 사람이 앉았어도 문제였다.

나라 최고 가문들의 가주들이다. 온갖 권력과 금력, 그리고 폭력의 주인들이다. 여기에 선출직 하나 앉혀둔다고 제어가 될 리가 없지. 나 아니었으면 홀라당 잡아먹혔다. 잡아먹히지 않을 강직한 양반은 독살을 당했을지도 모르겠고.

이래서야 내 임기가 끝나고 다음 사람이 올 때쯤엔 무슨 일이 벌어질지 내가 너무 잘 알겠다.

"내가 생각이 얕았구나."

한 명을 추가하는 게 아니라 스물한 명을 추가해야 했다. 그래야 좀 견제가 되지. 아니, 스물한 명도 좀 부족하고 한 101명쯤?

후회해 봐야 소용없다. 이제 와서 신의 뜻을 재탕해 봐야 효과가 떨어질 수밖에 없으니까. 같은 사안에 두 번의 신탁을 내리면 이전의 신탁이 잘못됐다는 뜻밖에 더 되나? 아무리 그래도 일리어스 여신님의 권위를 실추시킬 순 없지.

"어쩔 수 없다."

나는 결정을 내렸다. 어려운 결정이었지만 결정을 내린 이상 번복은 없다.

결정을 내린 그날 바로 나는 스무 명의 최고회의 의원들을 두들겨 팼다.

사실 따지고 보면 다 내 후손들이라 패는 내 주먹도 아팠지만……. 아니, 거짓말이다. 내 주먹이 아플 리가 없지. 내가 9검급인데. 얘들도 좋은 거 먹고 수련 열심히 해서 다들 검의 주인 정도 타이틀은 달고 있었지만 나한테는 안 됐다.

놀랍게도 내가 한 짓은 불법이 아니었다. 아무리 그래도 그렇지, 최고회의실에서 최고회의 간의 결투와 난투가 합법이었다니. 앉아서 회의만 하는 게 일인 양반들이 어째 다들 검술검법 수준이 높다 했다. 그나마 회의실 내부에서의 살인만큼은 금지된 게 다행이었다. …다행 맞나?

아무튼 나는 그렇게 두들겨 패서 기절시킨 의원들에게 최소한도의 예의범절과 개념을 주입시켰다. 물론 말로 하진 않았다. 좋은 주먹 두고 왜 말을……. 이게 아니라 라플라스를 통해 다운로드 교육을 시켰다.

그런 후 나는 여러 법안들을 통과시켰다.

"최고회의 내 폭력 금지! 암살 금지! 협박도 하지 마!"

그 법안들을 통해 사실상 무법지대인 최고회의에 나는 법과 질서를 가져왔다.

아니, 내가 다운로드 교육을 시켜뒀던 지식과 정보가 왜 그렇게 빨리 사라졌는지 했더니만 일시적으로 최고회의 내에서 암살이 횡행했던 적이 있어서 그런 거였다. 가주가 갑작스럽게 암살당하는 바람에 교육도 못 받은 어린애가 가주로 올라오고 그러니 명맥이 끊기지.

일단 이것만이라도 막으면 지금 다운로드 시켜준 교육의 효과가 좀 오래가겠지? 그러길 바란다. 법이 있어도 사람이 안 지키면 아무 소용도 없지만, 적어도 틀이라도 만들어두면 좀 자제하기는 하겠지.

안 그러면 내가… 좀 화가 날 수가 있어요, 얘들아…….

*　　　*　　　*

5년간의 최고회의의장 임기를 마치고 나는 안도의 한숨을 내쉬었다. 이 귀찮고 어깨가 무거운 짓을 더 이상 하지 않아도 된다는 사실은 내게 어마어마한 해방감을 선사해 주었다.

그럴 수밖에 없었다. 임기 동안 나는 진력했다. 의장직의 권한을 강화하면서도 독주는 하지 못하도록 균형을 맞추고 적어도 회의장 안에서 칼부림은 못 하도록 함과 동시에 회의의 내용을 공시하도록 해 사람들의 눈치를 좀 보게 만들었다.

신경 써야 할 것은 최고회의 내부뿐만이 아니었다. 제국의 이름을 떼었다지만 그 사이즈는 고대 제국의 전성기에 비견하는 라틀란트의 행정 업무의 양은 어마어마했다. 더욱이 지난 100년 가까이 행정이 마비된 상태였으니, 누적되고 축적된 업무량은 그야말로 살인적이었다.

단언컨대, 나 아니었으면 죽었다.

나였기에 어찌어찌 적체된 업무량을 소화해 내고 시스템을 구축하고… 이 모든 일들을 해낼 수 있었다. 정확히는 라플라스의 힘을 많이 빌렸다. 사실 서류 작업의 80%는 라플라스가 했다.

—제 존재 이유는… 이런 게 아니었던 것 같습니다만.

"너, 내 편이래매."

—…….

라플라스가 우는 소리가 들린 것 같았다. 착각이겠지?

아무튼 최고회의에 실린 부담의 총량을 일반인이 버틸 수 있을 정도로 내리는 데에는 성공했다고 생각한다. 이제 새 의장이 내 자리를 물려받기만 하면 되겠지.

…되려나?

내 영향력이 사라진 후 이 나라가 어떻게 될지는 나도 잘 모르겠다. 자신이 없었다.

그렇다고 이 짓을 또 하기는 싫었다. 솔직히 난 할 만큼 했다. 더군다나 나는 전 시대의 인간이다. 이제 이 시대의 일은 이 시대의 인간들에게 맡겨야 하지 않을까?

절대 귀찮아서 이런 변명을 늘어놓는 게 아니다.

정말이다.

"선조님! 제발 의장 계속해 주십시오!"

"황제를 원하시면 황제를 하셔도 됩니다!"

이런 내 생각을 몇 번이고 토로했음에도 불구하고 최고회의의 아이들은 나를 붙잡았다.

얘네들은 나한테 얻어맞고서도 이러는 이유를 모르겠다. 회의 중에 밥을 몇 번 사줘서 그런가? 물론 엄밀히 말해 그 밥은 사준 게 아니라 일리어스 님께 부탁드려 구운 고기를 몇 점 나누어 준 것이었지만 그거야 뭐 아무튼.

나는 나를 붙잡는 아이들의 손을 뿌리쳤다.

"놔라! 그리고 선조라고 부르지 마라!"

나는 이순신을 백의종군시킨 적이 없다, 이 녀석들아!

"그, 그럼 할아버지!"

"할아버지는 너희들이 할아버지겠지!"

내가 아이들이라고 말해서 얘네가 진짜 아이들인 건 아니었다. 한 가문의 가주직을 맡은 만큼 다들 나이를 먹을 만큼 먹었고 머리도 하얗게 샜다. 이런 애들한테 할아버지라는 말을 듣고 있으려니 진짜… 뭔가 싫었다.

"너희, 내 후임들 괴롭히면 가만 안 둔다!"

나는 그렇게 못 박고 최고회의를 나왔다.

* * *

그렇게 자유인이 되고 난 후, 내가 처음으로 한 일은 제도를 떠나 남부 변경으로 향하는 것이었다. 정확히는 남부 변경 너머였다.

라틀란트 최초의 선출의장이 된 탓에 내 이름은 변경에서조차 유명했다. 정체야 숨기면 그만이지만 사람들이 선술집에 모여 정치 이야기를 하는 게 귀에 박혀 거슬렸다.

게다가 한다는 소리가 이런 식이었다.

"카를 의장님께서 계실 땐 이러지 않았는데!"

"카를 의장님이 계셨으면 이런 일이 일어날 리 없었을 텐데!"

아니, 내가 있다고 가뭄이 안 드냐? 홍수가 안 나? 그걸 왜 현임 의장 탓을 하냐?

일일이 따지는 것도 하루 이틀 일이지. 그냥 관심 끄고 살 수 있으면 좋으련만 내 성격이 또 그렇지가 못했다.

그래서 나는 그냥 사람이 없는 곳으로 향하기로 했다.

그런 곳이 바로 이곳, 남부 변경에서 사막을 건너야 나오는 남부 대륙 남부였다.

보글보글.

일리어스 여신님이 갓 만들어주신 블루 드래곤 꼬리고기 곰탕을 내려다보며 나는 군침을 흘렸다. 그리고 그런 내 옆에는 군기 꽉 잡힌 파란 머리의 여자가 서 있었다.

내가 꼬리를 제공받은 블루 드래곤이 인간형의 모습을 취한 게 바로 녀석의 정체였다.

"야, 자세 풀어."

"아닙니다!"

"내 말을 안 듣겠다는 거야?"

"아닙니다!"

"아니, 네가 그러면 내가 너한테 못 할 짓이라도 한 것 같잖아."

"아닙니다!"

"그렇지. 네 꼬리 좀 잘라서 구워 먹겠다는 게 내가 못 할 짓을 한 건 아니지."

"……."

"아냐?"

"아닙니다! 아, 아닙니다가 아닙니다!"

"너도 사람 잡아먹는데, 나도 너 좀 잡아먹을 수도 있지."

"앞으로 다시는 그러지 않겠습니다!"

"그래?"

"그렇습니다!"

"아이고, 이러다 곰탕 식겠다. 아, 그렇지. 너도 좀 먹을래?"

"아닙니다!"

"하긴 자기 몸에서 나온 고기 먹이는 것도 좀 그렇지."

"아닙니다!"

"응? 먹고 싶다는 거야, 싫다는 거야?"

"아닙… 아닙니다!"

—그만하고 좀 먹어보렴. 국물이 정말 잘 우러났단다.

"알겠습니다, 여신님."

내가 여신님께 대답하는 걸 듣고 반사적으로 아닙니다, 라고 외치려던 걸 자기 입을 막아 간신히 실수를 막은 블루 드래곤의 모습을 보고 나는 픽 웃었다.

이렇게 오늘도 세상에서 사람을 잡아먹는 괴수 한 마리가 줄었다.

그리고… 맛있었다.

*　　　*　　　*

나는 계속해서 변경 너머를 탐험했다.

변경 너머는 인간의 땅이 아니었지만 그렇다고 문명이 없는 것은 아니었다. 나는 인간의 것이 아닌 유적을 탐사하고, 유물을 발굴하고, 그걸 전시했다.

여기서부터는 라플라스도 아는 것보다는 모르는 게 더 많아졌다. 사람의 것이 아니기에 사람 손으로는 어딜 잡아서 어떻게 써먹어야 할지 감도 안 잡히는 유물들이다. 모르는 게 당연하겠지. 트레저 헌터의 각성창 없이는 활용조차 힘든 게 보통이다.

그것도 그렇지만 인류보다 강력한 힘과 튼튼한 신체를 지닌 비인류들은 그들 자신이 강력한 탓인지 문명을 일구는 데에 별 관심이 없었다.

1년을 먹지 않아도 생존할 수 있으니 식량 보관에도 관심이 없었고 농사야 지을 리 만무했다. 수명이 긴 탓에 기록을 남길 필요도 느끼지 못해 문자도 조악했고 역사조차도 구전으로 전하는 게 보통이었다.

도구를 만드는 것보다는 자신의 신체를 단련하는 것을 택하는 이들이다. 유물이라고 있는 게 강적을 처치하고 그 머리 가죽을 벗겨 만든 두개골 잔이나 대퇴부 뼈를 잘 발라내 만든 몽둥이나 뭐 이런 것들이니 발굴하는 맛이 날 리 만무했다.

그나마 흥미로웠던 건 식재료였지만, 결국 블루 드래곤의 꼬리 고기를 넘어서는 식재료를 발견하지는 못했다.

"이 짓도 이제 그만둘 때가 다 됐어."

질려 버린 나는 투덜거리기 시작했다.

—그런! 세계 최고의 트레저 헌터가 되겠다는 야망은 어쩌시고요!

"아니, 내가 이미 세계 최고가 된 것 같은데?"

잘 생각해 보면 이 세계에 트레저 헌터는 나뿐이니 처음부터 이루고 시작한 거나 마찬가지였다. 이제 그 야망에 집착할 이유도 별로 없었다.

입으로는 투덜거리긴 했지만 그럼에도 불구하고 유물 파먹고 있으려니 시간은 잘 갔다. 어느새 200년이 흘러 있더라.

그리고 이 정도 세월이 흐르니 어느새 내 몸에도 노화의 징조가 보였다. 처음에는 연명의 돌 10배 옵션 하나만으로 충분했던 게, 나이를 먹을수록 더 많은 옵션이 필요해졌다.

사람의 힘만으로 흘러가는 세월을 영원히 붙잡고 있을 수는 없는 노릇이다. 언젠가는 이 몸도 스러져 한 줌 흙으로 돌아가게 되겠지.

"그래, 이쯤해서 한 번 돌아가 볼까?"

물론 흙으로 돌아가자는 소린 아니었다.

나는 라틀란트로 돌아가 보기로 했다.

카를 페르디넌트의 이름도 잊혔을 정도의 세월이다. 적어도 이제는 선술집에 앉아 내 이름만 주문처럼 되뇌고 있지는 않겠지.

아마도, 아니 확실히 그럴 것이다.

—과연 그럴까요?

"아니, 너도 모른다며."

나는 라플라스의 말을 흘려 넘겼다.

*　　　　*　　　　*

라틀란트 시티에서 북쪽으로 1km 정도 떨어진 곳에는 꽤 커다란 바위산이 있었다.

그렇다, 있었다.

지금은 없다.

왜냐면 지금은 그 산이 사람 얼굴 모양으로 깎이고도 모자라 금박으로 덮여 있었기 때문이었다. 그리고 그 산, 아니지. 이제는 두상이 된 그곳 아래에 선생님이 유치원생 정도 애들을 이끌고 와서 이런 말을 하고 있었다.

"어린이 여러분, 이게 카를 페르디넌트 초대 최고회의 의장님의 황금 두상이에요."

야, 이거 뭐냐. 이거 뭐야.

"뭐야, 이거?!"

"아이고, 깜짝이야!"

내 옆에서 멍하니 내 얼굴을 새긴 두상을 올려다보고 있던 노인이 깜짝 놀라 나를 노려보았다. 그리고 이번에는 다른 의미로 깜짝 놀랐다. 노인은 두상과 내 얼굴을 번갈아 보더니 눈을 껌벅이다가 입을 벌렸다.

"서, 설마……!"

"아닙니다."

"카를 페르디넌트 폐하?!"

"아니라고!"

노인은 기차 화통이라도 삶아 먹었는지 목소리가 너무너무 컸다. 노인의 목소리를 들은 꼬맹이들이 나를 향해 손가락질을 하며 또 외쳤다.

"폐하! 폐하다!"

"와, 폐하!!"

"하하, 애들아. 선생님 말씀 들어야지?"

아무리 그래도 애들 상대로 호통을 칠 수는 없어서 나는 좋은 말로 타이르고자 했다.

"정말 폐하세요?"

"아니라니까. 선생님마저 왜 이러세요?"

나는 세 번이나 거짓말을 했다.

이러다가 천국에 못 가면 어쩌지?

* * *

라틀란트는 제국이 아니게 된 이후 두 번째의 황금기를 맞이하고 있었다. 그리고 역사가들은 그 일등 공신으로 카를 페르디넌트, 그러니까 나를 꼽는 모양이었다.

원래부터 역사책에 나왔는데 이제는 교과서에 나온다. 교과서에 나온다는 말은 뭐냐, 기초교육과 공교육이 실시되고 있다는 소리다. 그리고 그 교과서에는 내가 최고회의 애들한테 다운로드 시켜줬던 내용이 그대로 박혀 있었다.

"…허허."

그 교과서를 보면서 나는 허허 웃었다. 이젠 진짜로 내가 없어도 되겠네, 이런 생각이 들었다. 사람을 두들겨 패고 억지로 다운로드 시키지 않아도, 이제는 내가 남긴 지식과 정보가 문자와 책을 통해 모든 시민들에게 돌아가니 말이다.

내가 걱정했던 일은 일어나지 않았지만, 대신 기대했던 일 또한 일어나지 않았다.

세상에 내 얼굴과 이름이 조금은 잊힐 줄 알았는데, 그런 일은 없었다. 지금 이 시대에는 카를 페르디넌트를 모르는 사람이 없었다. 거대 두상도 그렇지만, 금화 대신 돈으로 쓰기 시작한 지폐에도 내 얼굴과 이름을 떡하니 박아놓고 쓰고 있으니 잊히려야 잊힐 수가 없었다.

그 탓에 나는 오랜만에 레너드 몬토반드의 신분으로 이제는 제도가 아니게 된 라틀란트 시티를 걸어야 했다.

"뭔가 많이 바뀌었군."

제도를 상징하던 삼단 성벽은 허물어졌고, 도시의 영역은 넓어져 열 배 가까이 팽창해 있었다. 그 영역만 넓어진 게 아니다. 위로도 솟았다. 망루와 성벽 대신 온갖 빌딩이 솟아 하늘을 찌를 듯 보였다.

군대 정신교육 시간에 봤던 이방인이 쳐들어오기 전 황금기를 구가하던 시대의 지구 도시 모습과 비슷해 보였다.

500년간 칩거했을 때도 일어나지 않았던 변화가 고작 200년 만에 이렇게 찾아온 걸 보니 뭐랄까…….

"내가 열심히 일하긴 했네."

묘한 충족감이 찾아들었다.

*　　　*　　　*

나는 라틀란트 시티 교외에 작은 장원을 구매했다.

그리고 그곳을 개조해 검법 도장을 열었다.

다운로드로 시작해서일까, 마법에도 술법에도 성법에도 정령법에도 흑법에도 별 애착은 없었다. 나 말고도 쓸 줄 아는 사람이 많기도 했고.

그러나 몬토반드 왕의 검법만큼은 내가 사라지면 이 세상에서도 사라지는지라 미련이 남았다.

많은 것을 기대하지는 않았다. 왕의 검법은 워낙 어려워 몬토반드 가문에서조차 실전된 상태였다. 내 진전을 이을 만한 인재가 그리 쉽게 발견될 리 없었다.

그런데… 이게 되더라?

몬토반드 가문의 실수는 혈통에 너무 얽매였다는 점이었다. 자신의 직계가 아니면 검법을 전수하지도 않았다는 게 문제였다. 혈족 중 단 하나라도 검재가 없으면 바로 명맥이 끊기는 구조적 문제가 존재했다.

그러나 혈통과 지위에 얽매이지 않은 눈으로 인재를 찾으니, 검법의 진전을 이을 정도의 재능을 가진 아이들은 생각보다 많았다. 십만 명 중에 하나 정도? 하지만 라틀란트 전체를 따지니 100명이나 나왔다.

이 100명 중에서도 진정한 검의 주인을 초월할 인재는 손에 꼽을 수 있을 만큼뿐이었지만 상관없었다. 중요한 것은 몬토반드 왕의 검법을 세상에 남기는 것이었으니. 검법을 익히고 그 벽을 다시 한번 초월하는 건 개인 문제였다.

"레너드 몬토반드의 이름을 이렇게 역사에 새기게 될 줄은 몰랐군."

내 작았던 도장은 어느새 라틀란트 전국에 퍼졌다. 내 문하에서 졸업한 100명의 제자가 내게 허락을 받고 도장을 열고, 또 그 제자가 몬토반드의 이름으로 도장을 열었다. 그리고 그 도장의 벽에다 레너드 몬토반드의 사진을 떡하니 걸어놓았다. 모든 도장이 그리했다.

"이제 됐다. 레너드 몬토반드도 죽을 때가 되었군."

그렇게 판단하고 나는 레너드 몬토반드를 자연사 처리했다. 정확히는 분신을 하나 둬 천천히 늙어 보이게 만든 후 분혼을 빼 죽은 것처럼 보이게 했다.

레너드의 장례식에는 구름 같은 문상객이 모여들었다. 내 직계 제자들과 그들의 제자들이 다 모인 덕택이었다.

상주는 내 수제자가 맡아주었다.

여기서 사실을 밝히자면 그 수제자가 나였다. 정확히는 분신이었지만 도중에 나와 교체했다.

내 분신과 수제자 자리를 다투었던 다른 직계 제자들에게는 미안한 일이다. 하지만 다 필요한 일이었다.

처음에는 그래도 제자 중에 가장 뛰어난 놈을 하나 골라 수제자 자리를 주었다. 그랬더니 아직 검법도 다 못 익힌 놈이 자기가 최고라며 뻐기는 꼴이 눈꼴시어서 못 보겠더라.

그래서 분신을 하나 생성해서 옛 수제자와 대결시키고 승리를 거두게 한 다음 수제자 자리를 바꿨다. 그제야 옛 수제자는 물론이고 다른 모든 제자들도 정진하더라. 모범이 하나 있는 것과 없는 것의 차이는 이렇게도 컸다.

따라서 나는 내 제자들에게 이러한 기만을 한 것에 대해 미안하기는 하나 후회하지는 않는다.

아무튼 나는 수제자로서 마지막까지 상주 역할을 했다.

분신이 든 관을 내려 땅에 묻고 비석을 세우고, 함께해 준 이들에게 식사까지 대접했다.

그런 다음 수제자로서의 나도 행방불명 처리를 했다.

사람들은 기이하게 여기겠으나 무도가라는 양반들이 종적을 감추고 홀로 수련하는 일은 종종 있어왔으니 레너드의 수제자 또한 그러하리라고 멋대로 납득해 주겠지.

레너드로서의 내가 사람들의 아쉬움과 그리움을 받으며 세상을 떠나는 것은 내게 기묘한 감흥을 주었다. 나는 아직 죽지 않았지만, 내가 죽어서 장례를 받는 것 같았다.

그것은 실로 이상한 부류의 만족감이었다.

그리고 깨달았다.

나 또한 세상을 뜰 때가 되었음을.

이제 나는 이 세상에 남은 미련이 없다. 그렇다고 떠나기 전에 해야 할 일까지 없냐면 그렇지는 않다. 마무리해야 할 일이 아직 조금 남아 있었다.

나는 그동안 줄곧 목에 걸고 있던 라플라스의 목걸이를 목에서 빼내었다. 그리고 목걸이를 각성창 안에 수납했다.

아무 일도 일어나지 않았다.

당연하게도.

그야 그렇다. 라플라스의 목걸이가 유물이었다면 내가 처음 유물 감지를 얻었을 때 알았을 테니까.

당시에는 목걸이를 워낙 내 살갗처럼 느끼고 있어서 별로 이상하다는 걸 못 느꼈지만, 천 년 가까이 차고 다니다 보면 위화감을 느낄 일도 한두 번쯤은 생긴다.

"라플라스."

—네, 새 주인님.

목걸이가 없음에도 라플라스의 목소리는 잘만 들렸다. 이상한 일이 아니었다. 애초에 목걸이는 아무 기능도 달리지 않은 장식품에 불과했으니까.

"너는 인공 정령이 아니었구나."

—네, 새 주인님.

더 이상 속일 생각도 없는 듯, 라플라스는 담담히 대답했다.

"너는… 신이었구나."

힌트를 얻은 것은 일리어스 님의 목소리를 처음 들었을 때의 일이다. 라플라스의 목소리와 같은 방식으로 들리는 일리어스 님의 목소리. 그리고 일리어스 님은 여신이다. 처음에는 그저 신령이긴 했지만, 완전한 신이 된 지금도 같은 방식으로 나와 대화해 주고 계신다.

그러니까 라플라스는 신이다, 라는 결론은 조금 성급했다.

하지만 라플라스가 이제껏 보여온 퍼포먼스는 녀석이 신이 아니면 불가능한 것들이 많았다. 그때는 몰랐지만 마법과 술법 둘 모두 어느 정도 경지에 오른 지금은 알 수 있었다. 고작 사람의 손으로 만들어진 인공 정령이 마력이든 뭐든 그렇게 퍼줄 수 있을 리 없었다.

플라비오는 라플라스라는 이름을 듣고 악마라고 말했지만, 그건 내게 전혀 도움이 안 되는 증언이었다. 뭐, 굳이 따지자면 반증 정도는 됐을까? 보통 어떤 신앙을 가진 이에게 다른 종교의 신은 악마로 받아들여지게 마련이니.

그런 맥락에서 보자면 플라비오가 어떤 신을 믿었는지는 몰라도 '다른 신' 인 라플라스를 악마라 부를 근거는 아예 없지는 않았다.

사실 완전무결한 추론은 아니었다. 추론이라기보다는 추측에 가까웠다.

—네, 새 주인님.

그러나 라플라스 본인이, 아니 본신이 고개를 끄덕였으니 이제 가설은 참이 되었다.

"라플라스."

—네, 새 주인님.

나를 주인으로 모신 지 천 년이 다 되어가건만, 라플라스의 호칭이 새 주인님에서 주인님으로 바뀌는 일은 없었다.

그것은 아직 녀석의 안에 전 주인님이 살아 있기 때문이겠지.

일리어스 여신님께서 사후 세계를 만든 걸 보고, 라플라스도 비슷한 게 가능하리라는 추측은 할 수 있었다. 추측에 그치는 이유는 라플라스가 어느 정도 위계의 신인지 알 수 없기 때문이었다.

하지만 카를을 무한 회귀 시킨 것이 라플라스라는 점을 감안하면, 아마 카를 하나를 위한 사후 세계를 만드는 건 별일도 아니었으리라.

나는 이 모든 추측을 확신으로 바꾸어놓는 대신, 이렇게 말했다.

"그동안 고마웠어."

미련만 가득 남긴 채 지구에서 죽어갈 내게 이토록 만족스러운 삶을 안겨준 것에 대해, 나는 그저 감사할 뿐이다.

—저도 감사했습니다.

그렇기에 나는 라플라스의 감사 인사에 더욱 놀랐다.

나는 받기만 했고 너는 주기만 했는데 왜 내게 감사를 하지?

묻지 않았다. 그저 추측만 할 뿐이다.

내가 나의 미련을 만족으로 바꾸어놓았듯, 라플라스도 뭔가를 얻었으리라는.

그리고 그것은 아마도 라플라스의 천국에서 나를 지켜봤을 카를의 미련 또한 만족으로 바꾸어놓은 것이리라는.

그러한 추측을.

그런 거였다면, 좋겠다.

*　　　*　　　*

—이별 인사는 끝냈니?

일리어스 여신님의 목소리가 들렸다.

—네, 여신님.

대답은 라플라스가 했다.

—왜 네가 대답을 하지?

—제가 대답 좀 할 수도 있죠.

마지막이라 그런지, 라플라스와 일리어스 님의 말싸움도 재미있게 들렸다. 아니, 사실 이건 재미없었던 적이 없었다.

—…그래, 네가 대답 좀 할 수도 있지.

하지만 말싸움은 길게 이어지지 않았다.

—나의 스파타를 마지막까지 보좌해 줘서 고맙구나.

—저야말로 감사드립니다. 그… 감사드립니다.

—내가 해준 게 없는 것처럼 말하지 말렴.

—아무튼 감사드립니다.

이어지지 않을 줄 알았지만, 의외로 이어졌다.

지금 와서 생각하는 것이지만, 대현자일 때 카를이 일리어스 여신님께 환영받지 않은 이유는 아마 그때의 카를은 이미 라플라스의 것이었기 때문이었으리라.

뭐, 이것도 추측이지만.

그리고 이 추측 또한 확신으로 바꿀 생각이 내겐 없었다.

마지막이 될 아옹다옹을 마치고, 일리어스 여신님은 내게 시선을 주셨다.

—그럼 스파타야.

"네, 여신님."

—승천할 준비는 됐니?

"됐습니다, 여신님."

—그래, 그럼… 기왕 하는 거 화려하게 하자꾸나.

"…예?"

* * *

라틀란트 시티, 그날 밤은 성 카를의 축일이었다.

라틀란트 시티에 나타난 여덟 개의 뿔을 지닌 강대한 악마 크시앙유를 성 카를 페르디넌트께서 물리친 날. 그날은 곧 제도가 압제자 플라비오 사바티오 유스티오로부터 해방된 날이기도 했다.

벌써 수백 년 전의 일이건만, 사람들은 아직까지도 성 카를의 축일을 기억하고 기념하고 있었다. 물론 그것은 성 카를이 라틀란트 사람들로부터 사랑받는 위인이었기 때문이기도 했지만, 무엇보다 이날은 라틀란트의 가장 큰 휴일이자 축일이었기 때문이었다.

크시앙유가 신성한 태양빛에 의해 불타 죽은 것이 한밤중의 일이기에, 성 카를의 축일 축제는 한밤중까지 계속된다. 결국 졸음을 참지 못해 꾸벅꾸벅 졸기 시작한 아이들을 제외하고는 라틀란트 시티의 모든 시민들이 거리로 몰려나와 포옹과 술잔을 나누고 있었다.

하늘로부터 태양빛이 내리쬔 건 바로 그러한 때였다. 원래대로라면 가장 어두웠어야 할 시각. 마치 성 카를이 나타나기 전 일리어스 여신께서 신성한 태양빛을 제도에 비춘 것과 같은 현상에, 사람들은 모두 놀라며 주목했다.

태양빛이 내리쬐는 곳은 다름 아닌 일리어스 여신의 대신전이었다. 라틀란트에서 가장 큰 일리어스 여신교의 신전은 그저 대신전이라는 말로 대신 불리기도 했다.

그 대신전 앞마당에 빛이 내리고, 그 빛의 중앙에는 빛의 계단이 나선형으로 펼쳐져 있었다. 그리고 그 계단을 오르는 사람이 있었다.

"성 카를!"

누군가가 비명처럼 외쳤다. 그제야 사람들은 알아보았다. 계단을 오르고 있는 이는 거대 황금두상의 주인이자, 가장 자주 쓰이는 지폐 도안의 주인이자, 그들에게 이 휴일과 축일을 선사한 기록의 주인공이었다.

"카를 페르디넌트 님!"

"저도 데려가 주세요!"

사람들은 대신전에 몰려들었고, 몇몇은 빛의 계단에 매달렸으나 그들에게 계단은 그저 허공일 뿐이었다.

―나의 아이들아, 기뻐하라.

그때, 일리어스 여신의 목소리가 들렸다.

―오늘은 나의 대전사가 승천하는 날이니.

계단의 끝에 오른 성 카를이 날개를 펼쳤다. 커다랗고 흰 날개.

―기뻐하고 또 기뻐하라.

성 카를은 하늘을 향해 날아올랐다. 그리고 곧 그 모습은 아무에게도 보이지 않게 되었다.

그들이 사랑하던 카를 페르디넌트가 여신의 품에 안겼음을 깨달은 사람들은 더 이상 술잔을 나누지 않게 되었다.

대신 소리 높여 노래를 불렀다. 성 카를의 노래를.

성가는 어느새 도시 전체의 합창이 되어, 라틀란트에 새벽이 올 때까지 계속되었다.

이날의 일을 직접 경험한 이들은 평생토록 잊지 못할 것이다. 또한 기록으로도 남아 이 세상의 그 어떤 전설보다도 위대한 전설로써 전해지리라.

천 년이 지나고, 다시 한번 천 년이 지날 때까지.

어쩌면 그 이후까지도 계속.

*　　　*　　　*

그렇게 나는 천국에 올랐다.

천국에 올랐다고 생각했는데, 그곳은 라틀란트 시티였다.

정확히는 도시 정경이 내려다보이는 바위산 정상에 나는 서 있었다. 카를의 황금 두상으로 깎였던 그 바위산이었다.

"…라플라스?"

나는 반사적으로 라플라스를 찾았으나, 대답은 돌아오지 않는다.

"여긴 나의 땅이란다. 나의 대전사, 나의 스파타야."

아니, 정확히는 다른 대답이 돌아왔다.

"여신님?"

"그래, 너의 일리어스 여신이란다."

항상 머릿속으로만 들었던 일리어스 여신님의 목소리를 고막으로 듣는 것은 묘하게 생경한 경험이었다. 그리고 그 모습을 눈으로 보는 것 또한 처음이다.

"육성을 듣는 것은 처음이로군요."

"정확히는 육성이 아니란다. 여긴 천국이고 넌 영체 상태니."

"아, 그건 그렇네요."

나는 여신님을 바라보았다. 여신님께서는 과거 신도들이 깎았던 신상의 모습과 흡사하셨다. 그 신상을 깎기 전에 조각가가 신탁을 받았다더니, 그게 사실이었던 모양이다.
"자, 도시로 가자꾸나. 아이들이 너를 기다린다."
여신님께서는 환하게 웃으시며 내 손을 잡고 도시로 인도했다.
맞잡은 여신님의 손은 따스했다.
"폐하! 오실 날을 손꼽아 기다리고 있었습니다!"
라틀란트 시티로 보이는 천국 도시의 정문으로 다가가니 가장 먼저 나를 맞이한 게 벨리사리오 경이었다. 죽기 전에는 대신관직에까지 올랐으니 당연히 천국에 있을 것 같긴 했다.
"사람이 죽기를 손꼽아 기다리다니 성격도 좋군, 경."
"그야 여긴 천국이니까요! 천국에 잘 오셨습니다!"
벨리사리오 경은 그렇게 말하며 도시의 정문을 열어젖혔다. 그러자 환영 인파가 나를 반겼다.
"폐하! 어서 오십시오!"
"이제야 오셨군요, 폐하!"
아는 사람들의 모습이 많이 보였다.
란첼 자작, 아니지. 죽기 전엔 라틀란트 최초의 마법 대학 학장이자 그 공으로 후작의 작위까지 받은 양반이니 이제는 란첼 후작이라 불러야 한다.
"오랜만이오, 후작."
"격조하셨습니다, 폐하."
너무 젊어 보여서 자작이라고 부를 뻔했다는 건 나만의 비밀로 간직하도록 하자. 천국이라 그런지 벨리사리오 경도 그렇고 다들 젊었다.

루에노의 모습도 보였다. 정령술이 아닌 정령법의 기초를 마련하고 대중화에 힘쓴 공으로 마찬가지로 후작의 작위를 받았으며, 세계 최초로 세워진 정령사들의 전당인 정령탑의 탑주도 맡았었다.

"스승님."

나는 루에노에게 먼저 가 손을 잡았다.

"제가 스승님이라 불러 드리는 게 맞는다고 몇 번을 말씀드렸습니까?"

그러자 루에노는 허허 웃으며 죽기 전엔 자주 나눴던 대화를 나누었다. 그런데 지금 취한 모습은 전성기 시절 젊을 때 모습이라 위화감이 장난 아니었다.

젊었던 시절의 루에노는 참… 그랬었지.

"아버지!"

"잘 오셨습니다, 아버지!"

나의 아이들도 나를 반겼다. 헨리, 앨리스…….

…그리고 또 누구더라.

아니, 농담이다. 내가 내 아이들의 이름을 잊을 리 만무하지 않은가?

하지만 숫자가 스무 명이나 되는 데다 사별한 지 수백 년이 넘다 보니 잠깐 기억이 안 날 수도 있지… 않을까?

물론 이것도 나만의 비밀로 간직하자.

"이제 오셨군요? 너무 늦으셨어요."

"나는 그렇게 생각 안 해! 하하하!"

가니메디아, 엘리사 바르하. 나의 두 아내도 당연히 나와 나를 맞이했다.

나는 그녀들에게 달려가 포옹했다.

"가니메디아, 엘리사!"

감동적인 재회가 될 수도 있었다.

"저를 먼저 부르셨으니 제 승리로군요."

"이 정도는 용서해 줘야지. 네가 먼저 죽었으니."

나는 아무것도 듣지 못했다. 이건 감동적인 재회다. 감동해야지. 우와앙.

"자, 스파타야. 이 천국의 황제가 너다."

내가 그렇게 혼자 감동하고 있을 때, 일리어스 여신님께서 천국의 옥좌를 가리키며 말씀하셨다.

"제가 황제면 여신님은요?"

"물론 나는 신이지."

아, 맞네. 원래 그랬지.

"이제 황제는 하기 싫은데."

내가 투덜거리자, 천국의 사람들이 왁자하게 웃었다.

"걱정 말거라. 천국은 괜히 천국이 아니니. 식량 걱정도, 범죄 문제도 없단다!"

"제일 골치 아픈 것들이 없군요."

나는 여신님의 인도에 따라 옥좌에 앉았다. 그러자 긴 나팔소리가 울렸다. 그 나팔 소리에 이어, 여신님께서 선언하셨다.

"성 카를이자, 나의 스파타이자… 김연준 황제의 즉위를 축복하라!"

음? 방금 뭐라고?

사람들의 환호와 박수갈채 속에서, 나는 홀로 상념에 잠겼다.

김연준. 그렇다, 나는 김연준이었다. 몇백 년씩이나 카를 페르디넌트라는 이름으로 불렸지만, 사실 카를은 원래 대현자가 되어야 했던 인물의 이름이다.

비록 내가 김연준으로서 보낸 삶은 하다못해 레너드 몬토반드로서 보낸 것보다도 짧았지만, 그 삶이 나만의 삶이며 내가 나임을 규정해 줄 유일한 삶이었다.

그 이름을 죽어서야 되찾게 되다니…….

"알고 계셨습니까? 여신님."

"그래, 스파타야."

어떻게 알았냐는 질문은 너무 식상하다. 여긴 일리어스 여신님의 천국이고, 나는 지금 영체 상태이니.

"나는 너를 스파타로 대할 테지만, 다른 이들은 너를 카를로 대하겠지. 하지만 그렇다고 네가 굳이 너임을 부정할 필요는 없단다."

"…감사합니다, 여신님."

나는 왜 감사한지조차 모른 채 감사드렸다. 확실한 건 알 수 없으나, 감사의 마음이 논리보다도 먼저 솟구쳤다.

그런데 여신님의 배려는 이것으로 끝이 아니었다.

"고향에 대한 미련은 없니? 지금의 내 힘이라면 너를 돌려보내 줄 수도 있단다."

예상치도 못한 제안에, 나는 잠깐 생각했다.

그러나 오래 생각할 필요는 없었다.

지구에서 내가 죽을 당시 지구 인류는 이방인들에 의해 거의 멸망했었지만, 지구인들 또한 각성창을 얻으며 반격하고 있었다. 승리를 확신할 수는 없지만, 그들 자신들의 운명을 스스로 개척할 정도의 힘은 있었다.

이런 상황에서 나 홀로 지구로 돌아가 모든 것을 바꾸겠다는 발상은 오만에 지나지 않는다. 그것은 지구인들이 할 일이며, 소명이다.

지구인으로서의 김연준은 이미 죽었으며, 나는 이미 천 년의 삶을 통해 이방인이 되어버렸다. 이런 내가 돌아가서 깽판을 놓아봐야 또 다른 이방인의 침략에 불과하겠지.

더군다나…….

나는 갑자기 조용해진 주변을 바라보았다. 모든 이들이 나의 입을 주목하고 있었다.

그렇다. 나는 이미 여기 사람이 되어버렸다.

내가 원하지 않아도…….

아니, 내가 그러기를 원한다.

따라서 나는 이렇게 대답했다.

"아뇨. 저는 여기서 살겠습니다. 제가 사랑한 사람들과, 저를 사랑해 주는 사람들과 함께."

내 대답을 들은 일리어스 여신님께서는 쾌활하게 웃으시며 이렇게 말씀하셨다.

"여신이 빠졌단다!"

다시 한번 사람들의 환호성이 울려 퍼졌다.

조금 전보다 조금 더 크게.

*　　　*　　　*

라플라스의 세상.

사후 세계라 부르기에는 너무 좁은 그 세상에 존재하는 영혼은 단 둘뿐이었다.

"라플라스."

카를 페르디넌트, 아니, 김연준이 천상에 오르는 모습을 지켜보고 있던 라플라스는 주인의 부름에 답했다.

"예, 주인님."

라플라스는 주인의 모습을 보았다.

대현자가 웃고 있었다.

"새 주인과 함께 네 주인을 비웃으니 기분이 좋더냐?"

생각해 보니 김연준은 시도 때도 없이 대현자를 놀려댔다. 여기서도 죽었느냐고 놀라고, 인성이 뭐 이렇느냐고 놀라고…….

다시 잘 생각해 보니 놀린 것보다는 놀란 게 더 많았지만, 라플라스는 굳이 그 점을 짚지는 않았다.

"꼬우셨나요? 꼬우셨으면 직접 하셨으면 됐을걸."
대신 라플라스는 대현자를 도발했다.
"아니, 됐다."
대현자는 고개를 저었다.
"저 결말은 나로서는 불가능했으리라는 답밖에 안 나오더군."
잠깐 입을 닫았다가 다시 열었을 때, 이어진 것은 말이 아니라 한숨이었다.
"…그리고 저 결말이 더 마음에 들어."
"그러십니까."
다시 침묵.
"난 왜 저렇게 못 했을까?"
대현자는 고개를 갸우뚱거렸다.
"그야 주인님께서는 너무 많이 죽으셔서……."
대답은 금방 나왔다. 라플라스의 즉각적인 답변에 대현자는 쓴웃음을 머금었다.
"대답이 너무 빨리 나오는데?"
"전부터 생각하던 일이었습니다."
"그렇구나."
이번 침묵은 조금 길었다.
라플라스의 세계는 시간 조절이 자유자재라 별 의미가 없었지만, 굳이 지상의 시간 감각으로 치자면 며칠 정도는 침묵한 것 같았다.

그 시간 동안 줄곧 세상을 내려다보고 있던 대현자는 문득 이런 말을 던졌다.

"라플라스, 역시 저 세계에는 내가 없는 편이 더 나았던 것 같아."

"그렇지 않습니다, 주인님."

"꽤나 단언하는군."

고민조차 없는 대답에, 대현자는 며칠 전과는 다른 의미로 쓴웃음을 지었다.

"새 주인님께서도 주인님께서 남기신 유산으로 말미암아 저러한 결말에 이를 수 있었던 것이니까요. 주인님께서 미리 족적을 남기지 않으셨더라면, 새 주인님의 행보도 상당히 달라졌을 것입니다."

"…그러냐."

"그렇습니다."

라플라스의 단언을 들은 대현자는 한결 편해진 표정으로 세상을 내려다보았다.

다시 며칠간의, 혹은 몇 주간의 침묵.

"다시 시작하시겠습니까?"

이번에 먼저 침묵을 깬 쪽은 라플라스 쪽이었다. 꽤나 뜬금없이 나온 질문이었으나, 대현자는 그게 무슨 의미냐고 되묻지 않았다.

"아니."

대신 대현자는 마치 라플라스처럼 별 고민도 없이 즉각 고개를 저었다.

"저 결말의 이후를 지켜보고픈 마음이야. 김연준과… 내가 함께 만든 세상을."

김연준이 승천한 뒤에도 세상은 계속해서 이어져 나아가고 있었다.

사람들은 서로 사랑하고, 번성하고, 또 번성하고 있었다.

"라플라스."

그 세상을 말없이 내려다보고 있던 문득 대현자는 이렇게 물었다.

"내가 사람 하나는 기가 막히게 뽑았지?"

"…네, 실로."

라플라스는 대답했다.

"훌륭한 인선이셨습니다."

『레전드급 전생자』 完.